KB062416

로크미디어가
유혹하는
재미있는 세상

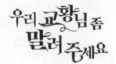

우리 교황님 좀 말려주세요 9

2023년 5월 8일 초판 1쇄 인쇄
2023년 5월 11일 초판 1쇄 발행

지은이 판미손
발행인 강준규

기획 이기헌 왕소현 박경무 강민구 조익현
책임편집 주현진
마케팅지원 이원선

발행처 (주)로크미디어
출판등록 2003년 3월 24일
주소 서울시 마포구 마포대로 45 일진빌딩 6층
Tel (02)3273-5135 Fax (02)3273-5134
홈페이지 rokmedia.com E-mail rokmedia@empas.com

ⓒ 판미손, 2022

값 9,000원

ISBN 979-11-408-0809-0 (9권)
ISBN 979-11-408-0095-7 04810 (세트)

우리 교황님 좀 말려 주세요

판미손 퓨전 판타지 장편소설 **9**

Contents

시스템

천사.

보통 악마의 정반대에 서서 신의 명을 따르는 사자들을 의미한다.

하지만 신의 명을 따르는 자들이라고 해서 꼭 선한 게 아니다.

아니, 애초에 천사를 선, 악으로 구분하는 것부터가 무의미하다.

그들은 어디까지나 하수인. 모시는 이의 뜻을 따를 뿐이다.

그들이 모시는 이가 악의 길을 걷는다면 악. 선의 길을 걷는다면 선.

그런 의미에서 봤을 때 이 천사 놈은.

"악."

명백한 악의 길을 걷고 있다.

자기를 추종하는 자들의 목숨을 함부로 하고, 그들을 아무렇지 않게 괴물로 만들었다.

그것이야말로 악의 증거다.

이곳의 주인이 어떤 길을 걷고 있는지, 너무나도 쉽게 알 수 있는 증거.

나는 녀석의 삼지창을 너클로 튕겨 내면서 입술을 핥았다.

따라와라. 이곳에서 그분의 뜻을 거스를 순 없다. 이곳은 그분만을 위한 신전. 네 동료들을 생각한다면 포기해라.

"포기하라는 놈이 죽일 듯이 창을 찔러 대고 있네. 도대체 어느 장단에 놀아 달라는 거냐? 그리고 네가 보기에는…… 쟤네가 당할 것 같아?"

천사 녀석은 혼자서 등장하지 않았다.

지금까지 우리가 상대했던 괴물들보다 훨씬 많은 숫자의 괴물들을 끌고 왔다.

사제복을 입은 괴물들.

그 괴물들이 파도처럼 몰려들고 있었다.

위대하신 분을 위해 목숨을 기꺼이 바친 종들이다. 그 종들은 셀 수 없이 많다. 한낱 인간에 불과한 너희가 감당할 수 없을 것이다.

쉴 새 없이 입을 나불거리는 천사 놈.

아까 전부터 모기처럼 날아다니는 게 거슬린다.

이 녀석이 이 던전의 중간 보스인 것 같은데, 솔직한 내 감상을 말하자면…….

"실망이다."

뭐?

"너무 약하잖아."

부우우우우욱!

나는 왼손으로 녀석의 오른쪽 첫 번째 날개를 뜯으면서 히죽였다.

천사를 상대해 본 건 이번이 처음이 아니다.

에덴에서도 천사를 몇 번 상대해 본 적이 있다.

필멸자들을 버리고 마왕의 편에 섰던 놈들의 천사들을 말이다.

애초에 이 녀석들은 감정이란 게 희미한 놈들이다.

그저 시키는 대로 움직이는 꼭두각시일 뿐.

하지만 그런 놈들도 딱 한 가지, 피할 수 없는 감정이 있다.

공포.

녀석들도 공포를 느낀다.

부우우우우우욱.

나는 녀석의 목을 손으로 움켜쥔 채로 날개를 한 장 한 장씩 뜯어 버렸다.

천사는 발버둥을 쳤지만, 내 손에서 벗어날 순 없었다.

상대방이 당신이 보유한 〈격〉에 압도당합니다.

이 〈격〉이라는 게 어떤 식으로 적용되는 건지는 몰라도, 한 가지는 확실하다.

인간 따위의 격이 무슨⋯⋯.

덜덜덜.

이 녀석에게는 아주 치명적으로 작용하고 있다는 것.

삼지창을 들고 기세 좋게 달려들던 천사의 모습은 이미 온데간데없었다.

자랑하듯 펼쳤던 날개는 벌써 네 장.

그래도 내가 밸런스를 신경 써서 오른쪽, 왼쪽 한 장씩 찢어 줬다.

따지고 보면 이 녀석도 신성력을 사용하는 존재.

나에 비하자면 손색이 있지만, 이 정도로 속수무책으로 당할 수준이 아니다.

하지만 왜일까?

이 녀석은 지금 정말 아무것도 못 하고 있었다.

아무것도.

키이이이이이이익!

푸우우우욱.

이 녀석이 지금 할 수 있는 것이라고는 고작 주위의 괴물들을 불러들이는 것.

나는 나를 향해 달려들던 괴물들을 천망을 이용해서 가볍게 제압해 준 다음, 천사의 연녹색 눈동자를 들여다보았다.

"표정 좋네."

얼굴을 잃어버린 사제들과는 다르다.

천사는 신이 직접 빚어 낸 피조물.

완벽에 가까운 이목구비다.

녀석의 몸에서 반항이라도 하는 듯 간헐적으로 신성력이 뿜어져 나오고 있었으나, 그 신성력들은 모두 내 신성력에 잡아먹힌다.

그것은 내 의지가 아니었다.

순식간에 내 몸에서 흘러 나간 신성력이 천사의 전신을 잠식하기 시작했다.

그리고 잠시 후.

내 눈앞에 새로운 메시지가 떠올랐다.

상대가 당신의 격에 완전히 굴복합니다.
〈알 수 없음〉의 권속을 당신의 권속으로 거둘 수 있습니다.
핵심 키워드 〈권속〉을 획득합니다.

……권속?

그 메시지가 뜬 순간, 천사에게서 뿜어져 나오던 적의가
소멸한다.

적의로 가득 찬 눈빛을 대체하는 것은 공허한 눈빛.

녀석은 텅 빈 표정으로 내 눈빛을 마주했다.

제단에 도달하는 통로가 제 안에 있습니다. 당신에게 그 길
을 보여 드리겠나이다.

그리고 그때였다.

푸우우욱.

천사는 내가 어찌하기도 전에 자신의 가슴팍에 손을 찔러
넣었다.

그와 동시에 바닥에 흰색 피가 흩뿌려졌다.

우리 교황님 좀
말려 주세요

그 피는 순식간에 괴상한 모양으로 흩어지더니, 곧 그 피 사이에서 사람 하나가 겨우 들어갈 법한 크기의 검은색 문이 모습을 드러냈다.

"이건 또 무슨⋯⋯."

내가 천사에게 물어보려던 찰나.

파스스슥.

천사의 몸이 새하얀 빛으로 흩어져 내렸다.

나는 눈살을 찌푸리면서 검은색 문을 바라보았다.

끼이이익—.

그 문은 마치 나를 초대라도 하는 듯, 소리를 내며 열렸다.

문이 열리자마자 그 너머에서 거대한 신성력이 느껴지기 시작했다.

방금 전의 천사와는 비교할 수도 없이 순수하고 끔찍한 신성력이 말이다.

"후."

나는 그 문과 내 동료들을 번갈아 본 다음, 고개를 끄덕였다.

그리고 성큼성큼 문 안으로 들어갔다.

⁂

그 너머의 풍경은 내 예상과는 너무 많이 달랐으나, 동시에 나에게 너무나도 익숙한 풍경이었다.

높은 천장, 곳곳에 위치한 거대한 기둥들.

무엇보다도 중심에 위치한 누군가의 신상.

그 신상은 나에게 익숙할 수밖에 없었다.

그도 그럴 것이, 그 신상은 리멘의 〈얼굴 없는 신상〉이었으니까.

나는 그제야 이곳이 어디인지를 깨달았다.

에덴의 교황청에 위치한 리멘 교단의 대신전.

원래는 셀 수 없이 많은 사제들과 신도들이 모여 기도를 드리는 곳이었으나, 이 넓은 공간에 나를 제외한 인원은 단 한 명도 없었다.

쥐 죽은 듯이 조용한 예배당.

나는 아무 말 없이 리멘의 신상을 향해 다가갔다.

마침내 내가 리멘의 신상 앞에 도달했을 때, 신상 뒤쪽에서 한 여자가 모습을 드러냈다.

"시우."

귀에 익은 목소리.

검은색 드레스.

숨 막히게 아름다운 리멘이 나를 향해 다가왔다.

그러나 나는 이 모든 것들이 가짜라는 걸 알고 있었다.

리멘의 외관은 모방할 수 있으나, 리멘의 신성력까지는 모방할 수 없다.

우리 교황님 좀
말려 주세요

리멘의 신성력은 그 무엇보다 순수하다.

따뜻하면서도 부드러운, 마주하는 것만으로 행복해지는 신성력.

고작 잡신 따위가 흉내 낼 만한 기운이 아니다.

나는 창으로 그녀의 목을 겨누면서 말했다.

"흉내를 내려면 좀 신경을 쓰지 그랬냐? 아, 신성력은 흉내를 못 내나?"

그러자 리멘의 모습을 흉내 내고 있는 '그것'이 가녀린 목소리로 말했다.

"시우, 나야. 나를 진짜 못 알아보겠어?"

"당연히 못 알아보지."

푸우우우욱.

그것의 가슴팍에 창을 찔러 넣었다. 그리고 능글맞은 목소리로 말했다.

"오늘 처음 보는데, 어떻게 알아보냐?"

창에 가슴이 꿰뚫린 '그것'은 창을 내려다보면서 슬며시 미소를 지었다. 그리고 고개를 끄덕였다.

"생각했던 것보다 훨씬 터프해. 리멘이 너를 왜 좋아하는지 알 것 같아. 마음에 들어."

촤르르르르륵.

그녀의 발밑에서 검은색의 촉수들이 뻗어 나왔고, 촉수들이 눈 깜짝할 사이에 그녀의 전신을 뒤덮었다.

나는 신성 보호막을 두르면서 가만히 그 장면을 지켜보았다.

잠시 후, 그 촉수들 사이에서 한 형체가 모습을 드러냈다.

갈색 피부와 붉은색 머리카락의 여성체.

"이 모습은 마음에 들어?"

그녀는 은근한 목소리로 속삭이면서 내 턱을 손으로 쓸었다.

나는 내 턱을 쓰다듬는 그녀의 손을 꽉 붙잡은 채로 눈살을 찌푸렸다.

"너는 도대체 뭐냐?"

눈앞의 그녀가 신격에 도달한 존재라는 건 분명했다.

전신에서 흘러나오는 불쾌한 신성력.

그 신성력은 쉴 틈 없이 내 전신을 압박한다. 신성력을 미리 두르지 않았다면 벌써 숨이 막혔을지도 모른다.

"보통은 두려워해야 정상인데…… 배짱도 좋아. 이래서 리멘이 미리 너를 납치해 간 건가? 아쉬워. 나를 먼저 만났다면 내가 완벽하게 사육을 해 줬을 텐데."

"너를 먼저 만났다면 그냥 혀 깨물었을 것 같은데."

"그 요물 같은 혓바닥을 깨물었을 거라고? 그러면 안 되지. 네 매력 포인트가 바로 그건데."

그녀는 미소를 지은 후, 천천히 예배당의 의자에 앉았다.

그리고 나를 바라보면서 말을 이어 갔다.

"내 기대 이상이야. 지금까지 귀환자들이 보여 준 행보 중에서는 네 행보가 제일 눈길이 가. 앉아서 얘기할까? 나는 일단 싸울 생각은 없어."

나는 아무런 대답 없이 그녀를 노려보았다.

그런 내 태도에 그녀는 큰 소리로 웃더니, 손가락을 가볍게 튕겼다.

그러자 내 바로 뒤에 의자가 생겼다.

"앉아."

"그 전에 네가 누군……."

"안 앉으면 네 동료들 다 죽여 버린다? 응?"

"……그런 건 좀 빨리 말해. 안 그래도 다리 아팠는데."

내 동료들을 죽인다는 게 마냥 농담 같지는 않았다.

그래서 나는 일단 자리에 앉았다.

그러자 그녀가 만족스럽게 고개를 끄덕였다.

"말 잘 듣네. 농담이었어. 내가 네 동료들을 왜 죽여? 그리고 사실 죽일 수도 없어. 그냥 시험을 좀 하고 있었을 뿐이야. 아, 그리고 뭐라도 좀 마실래? 와인? 샴페인?"

"식혜."

"식혜 좋지."

그녀가 다시 한번 손가락을 튕기자 곧 내 손에 식혜가 담긴 크리스털 잔이 생겼다.

나는 그 식혜를 벌컥 들이켰다.

시원한 살얼음까지 껴 있는 게, 맛 한번 제대로다.

"밑에서는 어땠어, 마음에 좀 들었어? 네 신격을 깨워 주려고 나름 준비를 했어."

"괴물들과 천사의 정체는 뭐였지?"

"빌어먹을 새끼들이 이 세계로 끌고 들어온 망자들. 내 선에서 처리할까 하다가, 너한테 좋은 경험이 되겠다 싶어서."

그녀는 잔에 담긴 금빛의 액체를 들이켰다.

"권속. 신격으로서 거둘 수 있는 하수인. 자신의 신성력을 나누어 주어, 일부 권능을 대리할 수 있게 해 줘. 아까 전에 네가 경험한 건 일종의 튜토리얼이었어."

나는 조용히 그녀의 얼굴을 주시했다.

불쾌한 신성력이 느껴지는 건 여전하다.

하지만 그녀로부터 위협적인 기세는 전혀 느껴지지 않는다.

가능성은 두 가지다.

그녀가 정말 나에게 적의가 없거나, 아니면 그녀가 내 직감에서 아득히 벗어난 존재거나.

전자의 경우에는 싸울 일이 없는 거고, 후자의 경우에는 그런 힘이 있음에도 나를 살려 두는 거고.

어쨌거나 양쪽 다 당장은 안전하다는 뜻이다.

나는 빠르게 판단을 내린 다음, 곧바로 말을 꺼냈다.

"너는 도대체 뭐지?"

그러자 그녀가 살며시 미소를 짓는다.

그리고 내 시선을 마주하면서 답했다.

"방금 힌트를 줬잖아. 이 미궁 자체가 튜토리얼이었다고. 너한테 튜토리얼을 내줄 만한 존재가 몇이나 있겠어?"

그제야 나는 그녀의 정체를 짐작할 수 있었다.

"……시스템."

내 말에 그녀가 잔에 남은 액체를 모두 비웠다. 그리고 입꼬리를 비틀며 고개를 끄덕였다.

"정답."

"어째서 지금……."

내 물음에 그녀가 나른한 목소리로 대답했다.

"그 이유를 지금부터 말해 주려고."

❧

그녀는 자신의 이름을 테라라고 소개했다.

"누군가는 나를 가이아라고도 부르고, 그 밖의 많은 이름으로도 불렀어. 그런데 어떻게 불렀는지가 중요하겠어? 사실, 그딴 건 하나도 중요하지 않아. 내가 아직도 존재하고 있다는 것. 그것만 중요할 뿐이지."

뭐라고 부르는 게 편하겠냐고 물어보자 그녀는 '테라'라고 답했다.

테라.

그 밖에 그녀가 가졌던 수많은 이름이 지닌 의미는 모두 한 가지를 의미했다.

땅. 우리가 딛고 살아가고 있는 이 땅.

"너희 인류에게 시스템이라는 선물을 건네준 장본인이기도 해."

"본인이 이 사태의 원흉이라는 말을 떳떳하게 하네."

"원흉이라…… 좀 억울한데?"

그녀는 자신의 비어 있는 잔에 다시 금빛의 액체를 채웠다.

그리고 그 액체를 단숨에 비운 다음, 은근한 목소리로 말을 이어 갔다.

"굳이 너에게 변명은 하지 않을게. 하지만 나도 어쩔 수 없었어. 너희 인류는 살아남기 위해서라면 무엇이든 하잖아? 나 역시 마찬가지야."

"신이라고 불리는 존재의 변명치고는 지나치게 인간적이다?"

"그렇게 들렸다니 다행이네. 아, 그리고 리멘과 거래를 한 당사자도 나야. 내가 너를 리멘에게 팔아넘겼어."

내 동의도 없이 나를 이세계로 팔아넘겼다는 이야기를 뻔뻔하게도 내뱉는 테라.

나는 인상을 잔뜩 찡그린 채로 그녀를 바라보았다.

그러자 테라는 내 빈 잔에 식혜를 리필해 주면서 말했다.

"촌뜨기 차원계의 머저리 같은 신에게 미물을 하나 대여해 줬는데, 이렇게 크게 돌아올 줄은 몰랐지. 이걸 인간들은 떡상이라고 표현하던가?"

"리멘을 함부로 이야기하지 마."

"둘이서 눈이라도 맞았나 봐? 아까 내가 리멘을 흉내 내고 있을 때도 굉장히 화가 난 표정이었거든. 신과 그를 모시는 인간의 사랑이라…… 그런 건 드라마로 나와도 재미없겠다. 현실성도 없고, 소재도 옛날 소재고."

"그 주둥아리로 신이 된 거냐? 쓸데없이 말이 많아."

"재밌네. 아까부터 궁금했는데, 도대체 무슨 생각으로 내 앞에서 그렇게 배짱을 부리는 거야?"

테라의 눈이 흑색으로 빛난다.

그녀의 신성력이 나를 향해 난폭하게 몰아친다.

당장에라도 내 목숨을 끊을 기세였다.

하지만 나는 그 신성력을 묵묵히 견뎌 냈다. 그리고 테라를 똑바로 바라보면서 말했다.

"내가 너에게 필요한 존재잖아?"

"왜 그렇게 확신해?"

"필요 없는 놈에게 튜토리얼까지 내 주고, 이렇게 친절하게 이야기를 나눌 리가 없잖아."

"내가 오랜만에 미물이랑 놀고 싶은 생각일 수도 있지."

"그럼 죽여 보든가."

"무서워하는 척이라도 해 줘. 그래야 재미가 좀 있잖아? 너는 가만 보면 항상 오늘만 사는 놈 같아."

그녀의 말에 나는 어깨를 으쓱였다.

"오늘이라도 살아야 내일이 있지. 오늘 죽으면 내일도 없어."

"제법 그럴듯해."

"다 떠나서, 지금 나를 압박하고 있는 이 신성력. 그 고대 신이라는 놈들이 사용하는 신성력과 비슷한 것 같은데. 내 착각이냐?"

아까부터 궁금했던 것.

이 녀석이 시스템이고 뭐고를 떠나서, 이 불쾌한 신성력부터가 짜증이 났다.

지구 밖으로 쫓겨났다던 고대 신이 사용하는 신성력과 크게 다를 바 없는 신성력이었기 때문이다.

내 질문에 테라는 당연하다는 듯이 대답했다.

"착각이 아니라, 비슷한 거 맞아. 나 역시 그 녀석들과 같은 뿌리를 두고 있어서 그래. 뿌리가 같으면 신성력 역시 비슷하게 느껴질 수밖에 없어. 그 녀석들과 내가 한 가지 다른 점이라면, 그 녀석들은 쫓겨났고, 나는 지구에 잠들었다는 것뿐이야."

"왜 너 혼자만 지구에 남은 건데?"

"간단해."

테라는 의자에서 일어섰다.

그러고 내 앞으로 다가오더니, 나를 향해 몸을 기울이면서 말했다.

"내가 배신자였으니까."

"배신자?"

"나는 이 땅을 믿는 이들로부터 태어난 존재. 그 땅을 자기 멋대로 하겠다는 놈들과 뜻을 함께할 수는 없었어."

그녀는 몸을 빙글 돌리면서 리멘의 신상으로 다가갔다.

리멘이나 베스로부터 들어 본 적조차 없는 이야기들이었다.

과연, 그녀가 말하는 것들이 진실일까?

그러나 나는 곧 그 말의 옳고 그름을 가르는 것이 의미 없다는 것을 깨달았다.

"믿든지 말든지 그건 네 자유고. 어차피 네가 그 이야기를 듣는다고 해서 달라질 건 없을 거야."

그녀의 말대로였다.

아득히 먼 과거의 이야기.

고대에 어떤 전쟁이 있었는지 따위는 사실 내 관심 밖이었다.

지금 나에게 중요한 것은 앞으로의 일.

테라가 고작 과거에 대한 이야기를 들려주려고 이렇게 직접 나서진 않았을 것이다.

"아, 갑자기 든 생각인데."

테라는 리멘의 얼굴 없는 신상을 손가락으로 가리켰다.

"네가 내 신성력을 불쾌하게 느끼는 이유는 별거 없어. 리멘의 신성력에는 불순물이 없어. 그녀의 신성력은 온전히 그녀의 것이라서 그래. 그에 반해 내 신성력은 꽤 잡다한 것들이 섞여 있어. 다른 신격의 신성력을 흡수했단 말이지."

"딱히 안 궁금했어."

"그래? 궁금한 표정이었는데?"

신이라서 그런가, 눈치가 제법이다.

나는 의문점을 하나 해결했다.

다른 신격의 신성력을 흡수했다라.

그게 가능하리라고는 생각지도 못했다.

그 과정에서 제대로 융화되지 못한 불순물들 때문에 내가 불쾌감을 느꼈던 모양이다.

그렇게 생각하니 쉽게 이해가 된다.

한마디로 잡탕찌개였다는 뜻.

"그럼 차원을 연 것도 네 짓이냐?"

"그건 쫓겨난 놈들이 지구로 돌아오기 위해서 벌인 짓."

"배신자라면서 그것도 못 막았어?"

"그놈들이 다른 차원에서 힘을 길러 온 걸 나보고 어떻게 하라고? 그래서 인류에게 시스템을 준 거잖아. 그리고 일부

는 다른 차원으로 유학도 보내 주고……. 내 딴에는 열심히
했어."

그 유학이라는 게 설마 다른 차원으로 던져 버리는 건가?

유학치고는 너무 살벌하다.

"유학 갔다가 죽는 경우도 허다하잖아? 그거랑 비슷한 거
지."

나는 그제야 그녀가 인류에게 시스템을 준 진정한 이유를
깨달을 수 있었다.

시스템의 목적은 처음부터 단 하나뿐이었던 거다.

"너는 인류를 키워서 그놈들을 막을 생각이었던 거네."

"맞아."

"그럼 뭐 하나만 묻자."

의자에서 일어나 그녀에게로 다가갔다.

그리고 주먹을 꽉 쥔 채로 물었다.

"마기 사용자들을 이 세상으로 불러들인 것도 너지?"

마왕 놈들이 이 세상으로 넘어오기 위해서는 그녀의 허락
이 필수적이었을 것이다.

그 말은 결국 테라가 마왕이 지구로 넘어오는 걸 허락해
줬다는 뜻이다.

그녀는 내 질문을 부정하지 않았다.

"그건 내 짓이야. 네가 마기로 부르는 그 기운 역시 격에
도달하는 방법 중에 하나니까."

"사람을 무자비하게 죽여 대는 새끼들을 격에 도달하게 해 준다고? 네가 그러고도 신이냐?"

에덴에서 그놈들이 어떤 짓을 벌였는지를 생각하면 아직도 이가 부드득 갈린다.

녀석들은 끔찍한 재앙이나 마찬가지다.

내가 도저히 용납할 수 없는 것들.

그러나 테라는 손에 검은색의 신성력을 끌어올렸다. 그리고 그 신성력을 사방으로 퍼트리며 말했다.

"나에게 선악을 요구할 생각이야? 어차피 그놈들이 돌아오면 선악을 구분할 필요도 없어져."

그녀가 다시 나에게로 다가온다.

그리고 내 멱살을 잡으면서 미소를 지었다.

"나는 인과율을 관장함과 동시에 인과율에 속해 있는 존재. 지금 내 천칭 위에 놓여 있는 건 선과 악 따위가 아니야. 지구의 존속과 멸망이지."

그녀는 나의 아군이 아니다.

그렇다고 해서 명확한 적군도 아니었다.

아군과 적군, 그 사이의 어딘가에 위치한 회색분자.

"나는 단지 전쟁에서 쓸 총알이 필요할 뿐이야. 그 총알이 무엇으로 만들어졌든, 나에게 있어서 그딴 건 중요하지 않아."

사르르르륵.

우리가 서 있던 신전이 천장부터 부서져 내린다.

지금까지의 모든 것들이 그저 환상에 불과했다는 걸 증명이라도 하듯, 눈 깜짝할 사이에 사방의 풍경이 뒤바뀐다.

이제 이곳에는 아무것도 없었다.

기둥도, 의자도.

리멘의 신상도.

생명이라고는 찾아볼 수 없는 황량한 땅. 하늘 위에는 붉은색의 태양이 요사스럽게 빛나고 있었다.

"네가 막지 못하면 맞이하게 될 지구의 미래. 내가 너를 부른 이유가 이거야. 이 모습을 너에게 보여 주고 싶었어."

갈라진 땅 위에서 그녀가 말했다.

그녀의 갈색 피부가 태양의 붉은빛에 물들어 핏빛으로 빛난다.

"너에게 동기부여가 필요할 것 같아서."

나는 그녀의 목소리에 눈살을 찌푸렸다.

"거참 지랄맞은 동기부여네."

"네가 악을 멸하고 선을 추구하는 걸 막지는 않을 거야. 그 과정 속에서 네가 강해진다면, 그것도 나쁘지 않지. 하지만 기억해. 네 적은 마기뿐만이 아니야."

하늘이 갈라진다.

잿빛으로 물든 하늘 틈에서 셀 수도 없이 많은 괴물이 모습을 드러낸다.

테라는 그 괴물들을 손가락으로 가리키며 말했다.

"돌아와선 안 될 자들이 돌아오고 있다는 거, 절대로 잊지 마."

잠시 후.

스르르르륵. 검은 빛이 내 시야를 잠식했고, 그 사이로 테라의 목소리가 낮게 내리깔렸다.

"계속 지켜보고 있을게, 사랑스러운 교황아. 리멘에게 안부 전해 주고."

그걸로 끝이었다.

내가 다시 눈을 떴을 때.

"성하!"

"형님!"

"오빠!"

어느새 나는 동료들의 옆에 있었다.

⁂

우리가 던전에서 나왔을 때였다.

무서울 정도로 깊이 파여 있던 구덩이는 이미 온데간데없었다.

"신기하네요."

"바닥이 안 보이는 구덩이가 순식간에 메꿔질 줄이야. 이거 메우려면 한참은 걸릴 줄 알았는데."

내 동료들은 한때 구덩이였던 그 평지를 바라보면서 작게 감탄사를 내뱉었다.

테라.

그녀에게는 이런 것쯤은 아무것도 아닐 테지.

에덴이 리멘의 영역이었던 것처럼, 이 지구가 테라의 영역일 테니까.

나는 착용하고 있던 슈트를 해제하면서 한숨을 내쉬었다.

"다들 고생했어."

내 동료들 중 그 누구도 나에게 무슨 일이 있었는지에 대해서 묻지 않았다.

내 표정이 그만큼 심각했다는 뜻이겠지.

루나조차도 아무것도 묻지 않았으니까.

"후우."

머릿속이 복잡했다.

리멘은 나에게 테라의 존재에 대해서 단 한 번도 이야기해 주지 않았다.

그렇다는 건 리멘과 테라 사이에 어떠한 약속이 되어 있다는 것.

생각해 보면 리멘이 나에게 무언가를 말해 주고 싶어 했지만, 그녀의 뜻대로 하지 못했던 적이 있었던 것 같다.

그게 테라와 관련된 이야기들이었을까?

지금 내 심정을 간략하게 요약하자면.

"소문으로만 듣던 악덕 사장을 마주한 기분이야."

월급을 매번 밀리고, 단 한 번도 얼굴을 비치지 않던 사장을 드디어 마주한 기분이다.

한마디로 기분이 아주 더럽단 뜻이다.

내가 에덴으로 건너가게 된 흑막을 만난 것 같기도 하고.

턱을 긁으면서 이런저런 생각에 잠기려던 찰나, 뒤에 있던 루나가 은근한 목소리로 물었다.

"성하, 성유물, 성유물은 어떻게 되었어요?"

"아, 맞다."

이번 퀘스트를 클리어하면서 얻게 된 〈무작위 성유물〉.

잠시 깜빡하고 있었다.

테라를 만난 게 워낙 충격적이었거든.

나는 루나의 말에 고개를 끄덕거린 다음, 빠르게 명령어를 내뱉었다.

"무작위 성유물."

그러자 눈앞에 새로운 메시지창이 떠올랐다.

아이템 〈무작위 성유물〉을 사용합니다.
〈리멘 교단〉의 성유물 중 한 가지를 무작위로 선택합니다.
〈에덴-지구 차원 간의 협약〉에 따라 해당 작업은 인과율을 적용받지 않습니다.

딱 신전을 세울 수 있는 수준의 성유물이면 좋겠다.

성유물 사이에도 급 차이가 꽤 나는 편이라서, 일부 성유물은 성지를 생성할 수 없다.

큰 욕심 안 바란다.

중상급 이상의 성유물만, 딱 그 정도면 된다.

우우우우웅.

허공에서 신성력이 모여들더니, 곧 어떤 형상을 그리기 시작한다.

그렇게 약 1분 뒤, 성유물이 지구에 넘어오게 되었다.

마침내 완성된 형상.

그 성유물을 본 루나가 어이가 없다는 듯이 중얼거렸다.

"큰일 났네."

"……진짜 큰일 났네."

나는 완성된 그 '검'을 손에 쥔 채로 머리를 긁적였다.

"에덴의 교황청, 지금 난리 났겠는데?"

"난리에서 끝나면 다행이죠. 따로 연락 안 해 주면 전쟁 날 것 같은데요?"

성유물 〈심판의 검〉을 획득하셨습니다.

1등상.
아니, 0등상에 당첨되어 버렸다.
왜냐하면 이 검은…….

❧

이곳은 서울 신전에 위치한 내 집무실.
미궁을 클리어하고 돌아오자마자 곧바로 긴급회의가 시작
되었다.
참여자는 교단의 핵심 간부들.
나, 레오, 루나, 라파르트 대주교, 토비.
이렇게 긴급회의가 시작된 이유는 다음과 같았다.
"……어째서 이 검이…… 허어."
"심판의 검을 이곳에서 보게 될 줄은 몰랐습니다. 저도 딱
한 번 봤던 검인데, 히야. 지구로 넘어오니 별일이 다 생기는
군요. 머나먼 드워프의 선조들께서 벼리시고, 리멘님께서 눈
물을 떨어트려 완성시켰다는 신화를 들은 적이 있습니다."
"놀랍게도 그 신화는 실화입니다, 토비."
"오, 성하. 라임 맞추시는 거 봐."
〈무작위 성유물〉에서 튀어나온 이 〈심판의 검〉.

과연, 이 〈심판의 검〉이 나올 확률이 얼마나 되었을까?

감히 상상조차 할 수 없었다.

셀 수 없이 많은 성유물들 중에서 이 녀석이 나올 줄이야.

"리멘께서는 악마와 악인 들에 의해 살해당하는 자식들을 위해 눈물을 흘리셨고, 그 눈물이 검에 닿았으니, 그 검은 심판을 위한 검이 되었노라."

라파르트 대주교는 리멘 교단의 성서 속에 있는 구절을 읊었다.

그것은 성서의 초반부에 등장하는, 이 〈심판의 검〉에 대한 구절이었다.

즉, 이 검은 리멘 교단의 초창기 때부터 존재해 온 성유물이라는 뜻이다.

리멘 교단이 보유한 성검 중에서 태초의 성검이자, 최후까지 남을 성검.

"큰일인데 이거."

리멘 교단의 성유물 중 귀중하기로는 세 손가락 안에 반드시 들어갈, 그런 귀한 성유물이란 뜻이었다.

악마들을 상대로 엄청난 위력을 발휘하는 것은 물론이며, 대지에 검이 꽂히는 순간 난공불락이라고 불러도 과언이 아닐 정도로 강력한 신성 결계가 생성된다.

이 검은 교황청 최후의 방어선이기도 하다.

이것 하나만으로 교황청이 위치한 도시 전체에 신성 결계가 가동되었을 정도.

한마디로 말도 안 되는 스펙의 성유물이란 소리다.

"교황청 신성 결계가 크게 약화되었을 것 같은데, 괜찮을까요, 라파르트 대주교?"

나는 라파르트 대주교를 향해 조심스럽게 물었다.

라파르트 대주교도 아까 〈심판의 검〉을 마주하자마자 안색이 어두워졌지만, 아주 빠르게 평정을 되찾은 상태였다.

"전쟁이 끝나고 대륙에 흩어져 있던 성유물을 많이 모아뒀으니…… 당장 큰 문제는 없을 것 같습니다."

"그렇다면 다행이겠지만……."

사실, 우리 코가 석 자긴 하다.

게다가 반송조차 안 되는 상황.

이런 상황에서 뭘 어쩌겠어?

그냥 재수가 좋았다고 생각하고 알뜰하게 사용하는 수밖에.

"아, 그런데 이거를 성지를 만드는 데 쓰기에는 좀 아쉬운 감이 있는데……."

내 말에 심판의 검을 바라보며 감탄사를 연신 내뱉던 루나가 대답했다.

"어차피 성하 말고는 못 쓰잖아요."

"……그렇긴 하지."

이 〈심판의 검〉의 최대 단점.

아무나 사용할 수 없다는 것.

검으로부터 인정받은 자만이 사용할 수 있다는 특징을 지니고 있다.

지구에서 유명한 엑스칼리버 전설과 얼추 비슷한 느낌이라고 생각하면 편하다.

나는 책상 위에 놓아둔 심판의 검을 내려다보면서 씁쓸하게 미소를 지었다.

"적당한 성유물만 넘어왔어도 이런 고민은 안 했는데, 너무 큰 게 넘어와서 좀 어지럽네?"

"저도 그렇게 생각합니다."

"아니, 진짜 이래도 되나?"

인재들을 빼 온 것도 모자라 귀중한 성유물까지 가져와 버린 상황.

진짜 이래도 되나 싶다.

에덴을 우리 교단의 본점이라고 친다면, 지구 분점이 본점의 살림살이를 전부 털어 오고 있는 건데…….

뭔가 양심의 가책이 느껴진다.

하지만 내 고민은 그리 길지 않았다.

여기에서 고민해 봤자 달라질 게 뭐가 있겠어?

이왕 상황이 이렇게 된 이상, 저쪽 세계의 동료들에게 부끄럽지 않도록 알뜰하게 사용해 줘야 한다.

나는 심판의 검을 손으로 집었다.

우우우우웅.

검은 내 신성력에 감응하면서 기분 좋게 공명했다.

"앞만 보자고, 앞만."

에덴에는 리멘이 있다. 그렇기 때문에 어지간해서는 문제가 발생하지 않을 것이다.

그동안 나를 지켜보기만 했던 테라가 직접 나타나서 나에게 경고까지 했다.

마기를 사용하는 놈들뿐만 아니라, 이제 고대 신이라는 적까지 수면으로 올라왔다는 의미다.

이럴 때일수록 다른 걸 생각해서는 안 된다.

눈앞에 직면한 위협.

그것들에 온 신경을 집중할 때였다.

성유물 〈심판의 검〉을 〈차원계: 지구〉에 결속시키겠습니까?

눈앞에 떠오르는 메시지.

그 메시지가 무엇을 의미하는지는 잘 알고 있다.

심판의 검이 보유하고 있는 또 다른 특성.

최고의 성유물답게 아주 여러 가지 기능이 내장되어 있는데, 그중 가장 대표적인 것이 바로 이거다.

"결속시킨다."

성유물 〈심판의 검〉이 〈차원계: 지구〉에 적용됩니다.
리멘 교단에 속한 모든 플레이어의 경험치 획득률을 영구적으로 30% 증가시킵니다. 또한 〈에너지: 마기〉를 보유한 적들을 상대로 모든 스테이터스와 스킬의 레벨이 30% 상승합니다.
〈심판의 검〉 반경 5km 이내에서는 특수 효과 〈성전〉이 자동으로 적용됩니다.

내가 에덴에서 성장을 할 때, 이 검의 도움을 톡톡히 받았다.

성장에 목이 마른 우리 교단 소속의 플레이어들에게는 그야말로 꿀맛 같은 버프.

고작 성유물 하나일 뿐인데, 엄청난 수준의 집단 버프가 적용된다.

"1기 교육생들이랑 2기 교육생들, 이번 2차 북진 때 전부 다 포함시켜."

이런 기회를 놓칠 수 없다.

1기 교육생들의 전투력이 많이 올라왔지만, 아직까지 2기 교육생들의 전투력은 미미한 상황.

우리 교단이 중국에 상륙하기 전에 최대한 전투력을 끌어올릴 필요가 있었다.

"루나, 레오."

"예, 성하."

"네."

"애들 죽기 전까지 굴려."

작은 힘이라도 소중한 때다.

중국에서 난리를 치고 있는 정화자.

그리고 저 너머에서 마수를 뻗어 오고 있는 고대 신들까지.

"근래에 좀 조용했잖아? 크게 움직여 보자고."

그동안 쌓아 둔 것들을 통해서 한 발자국 크게 내디딜 때가 되었다.

나는 간부들을 바라보면서 고개를 끄덕였다.

꒘

그날 이후 우리 교단의 시간은 정말 빠르게 흘러갔다.

본격적으로 재개된 2차 북진.

평양 임시 기지를 중심으로 시작된 압록강을 향한 과감한 진격 작전.

두 번째 이레귤러 자현이의 합류로 그 어느 때보다 강력한 동력을 손에 넣은 대한민국 정부는 한 치의 망설임 없이 압록강을 향한 북진을 시작했다.

그렇게 한 달이라는 시간이 흘렀다.

아, 작전의 결과가 어떻게 되었냐고?

[제목 : 오늘만큼은 나에게 국뽕을 허락한다.]

내용 : 요 근래만큼 대한민국이 자랑스러웠던 적이 없다. 압록강까지 찍어 보고…… 이게 고토 회복이 아니면 뭐임? 그냥 이 기세로 압록강을 넘어 중국까지 들어갔으면 좋겠음.

ㄴ김시우 천자현 원투펀치 미치긴 했지

ㄴ킹시우 킹자현이다

ㄴ어허. 우리 교황님의 이름 앞에 킹이라니; 최소 갓은 붙여야지.

ㄴ중국이 멀쩡했으면 애초에 불가능했을 것. 항미원조 전쟁의 교훈을 잊지 말아야……

ㄴ항미원조 전쟁? 잡았다 이 새끼ㅋㅋ

ㄴ야ㅋㅋㅋ니네 본진 지금 불났는데 여기에서 뭐 하냐

커뮤니티의 반응만 보더라도 알 수 있듯이, 대한민국 정부가 주도한 북진 작전은 대성공이었다.

나는 유유히 흘러가고 있는 압록강을 바라보면서 작게 숨을 뱉어 냈다.

지금 우리가 있는 이곳은 한때 신의주라고 불렸던 곳.

그나마 평양에 비해서 도시가 보존된 편이었지만, 그렇다고 해서 멀쩡한 상태는 아니었다.

90% 이상 파괴된 도시.

한때 이곳에 도시가 있었다는 것을 알려 주는 일부 구조물들만 남아 있을 뿐, 폐허는 폐허였다.

"성하, 여기서 뭐 하고 계셨어요?"

"웹 서핑."

"압록강을 바라보면서 웹 서핑이라…… 낭만 있네요. 그런데 여기 인터넷 터져요?"

"라파엘."

"라파엘산은 믿을 만하죠. 나도 나중에 부탁해야겠다."

루나는 양손에 꼬치를 든 채로 나에게 다가왔다. 그리고 곧 오른손에 들고 있던 꼬치를 나에게 건네주었다.

"돼지고기예요. 정부군에서 내어 준 삼겹살을 숯불로 구웠으니까 맛있을 거예요."

"고맙다."

"역시, 성하를 챙겨 주는 건 저밖에 없죠?"

루나는 씨익 미소를 지은 다음 내 옆에 털썩 앉았다.

그리고 꼬치에 꽂혀 있던 삼겹살을 터프하게 물어뜯었다.

"여기가 그 유명한 압록강이구나."

"압록강 잘 아냐?"

"음, 대한민국의 최북단에 흐르는 강? 백두산 서쪽이 압록강, 백두산 동쪽이 두만강."

"지리 공부 좀 했네."

"시연이가 가끔 저한테 한국 지리도 가르쳐 줘요. 그리고 요새 포털 사이트 들어갔다 하면 압록강 이야기밖에 없는 걸요."

더할 나위 없는 한국인이 되어 가는 루나였다.

루나는 고기 한 점을 더 입에 집어넣은 다음, 압록강 너머로 세워져 있는 거대한 벽을 바라보았다.

"그라운드 제로랑 비슷한 것 같기도 하고."

"저 너머서부터는 그 나라야."

"아하."

중국이 잃어버린 땅의 몬스터들을 막아 내기 위해 세웠다는 높은 벽.

무식한 크기의 벽으로 몬스터들을 막아 내겠다는 아이디어를 봐선 확실히 저건 중국의 작품이 맞다.

옛날이었다면 여기서 단동시가 보여야 한다고 하던데, 내 눈에는 단동시의 모습이 보이지 않았다.

보이는 것이라곤 군데군데 파여 있는 무식한 벽뿐.

압록강 너머 벽을 공격했던 몬스터가 꽤 있었다고 한다.

그리고 그중에는.

"옛날에 내가 휴전선 부근에서 쫓아낸 오크들 있지?"

"네."

"그놈들이 저기에다가 꼴아박았대. 일부는 벽 밑에 땅굴 파서 단동 시내로 들어갔다더라."

김 실장이 알려 준 이야기였다.

나에게서 도망친 오크들이 결국 중국에 도달하여, 적지 않은 피해를 입혔다고 했다.

내 말에 루나는 고개를 끄덕이며 퉁명스럽게 한마디 했다.

"자업자득이지 뭐. 안 그래요? 그러게 평소에 마음을 곱게 썼어야지. 나쁘게 써서 그렇게 된 거 아니야."

"네 말이 맞다."

중국의 내전은 어느덧 통제할 수 없는 지경에 이르렀다고 한다.

일부 지역은 대놓고 독립선언을 하고 있고, 일부 지역에서는 여전히 국지전이 벌어지는 중이다.

그중 가장 피해가 큰 지역은 상하이.

상하이에서는 여전히 쉴 새 없이 전투가 이어지고 있다고 한다.

그리고 그만큼 민간인 사망자가 다수 발생하고 있고.

그로 인해서 리멘 교단의 교세가 어마어마한 속도로 퍼져 나가고 있는 지역이기도 하다.

희망을 꿈꿀 수 없는 상황에서 결국 최후의 보루는 신앙심일 테니까.

아, 루나의 공식 파견일도 결정되었다.

지금으로부터 9일 후.

중국 정부의 발표도 있었고, 내가 직접 기자회견도 했다.

파견 명분은 당연히 평화 유지.

대한민국과 일본 정부도 쌍수를 들면서 환영하더라.

우리 교황님 좀
말려주세요

"루나야."

"네, 성하."

"가서 누구 편들어 주지 말고. 정부군이건, 반란군이건 신경 쓰지 말고 민간인들을 최우선적으로 생각해라."

"물론이죠. 근데 어차피 상해에다가도 신전 세우실 거잖아요? 급한 일 있으면 바로 넘어오시면 되지, 뭘 그렇게 걱정하세요."

"……일단 네가 총책임자잖아."

"확실히 못 미덥기는 하네요. 사고 안 치면 다행이지."

본인이 잘 알아서 다행이다.

나는 피식 웃으면서 다시 압록강의 강물을 바라보았다.

그래도 이번 북진을 통해 엄청 많은 걸 얻었다.

리멘 교단의 사망자는 놀랍게도 아직까지 0명.

1기 교육생들과 2기 교육생들은 내가 기대했던 것 이상의 성과를 거두었다.

우리 교단 플레이어들에 대한 특집 기사가 있었을 정도로 많은 사람이 주목할 정도의 성과였다.

"이제 어디 가도 맞고 다니진 않겠어."

"1기 교육생들은 이제 다른 A급 헌터들과 비교해 봐도 꿀리지 않죠. 2기 교육생들은 성장 속도만큼은 1기 교육생을 상회하구요. 그리고 어디 가서 맞고 다니면 제 손에 죽을 거라고 미리 말해 뒀어요. 금방 알아듣던데요?"

루나 손에 죽을 바에는 차라리 다른 사람한테 맞아 죽는 게 낫지.

나는 손에 들고 있던 삼겹살 꼬치를 전부 해치운 다음, 슬쩍 손으로 입술을 닦으면서 말했다.

"상해에 진출하기 전, 그간의 성과를 증명할 좋은 기회야."

오늘 우리가 병력을 이끌고 이곳에 온 이유.

"우린 오늘 압록강을 넘는다."

그 이유는 바로 저 벽 너머에 있었다.

나는 장벽 너머의 하늘에서 일렁이는 붉은빛을 바라보며 조용히 숨을 죽였다.

압록강 너머에서

"여기서부터는 저희가 도와드리지 못합니다. 대한민국 정
부 소속의 헌터들이 넘어가는 순간, 복잡한 외교 문제가 발
생하기 때문입니다."

한때 신의주와 중국의 단동시를 연결했던 철교의 밑.

원래는 부서진 다리의 잔해뿐이었지만, 정부 소속 마법사
들의 도움으로 인해 압록강을 도하할 수 있는 다리가 일시적
으로 생성되어 있는 상태였다.

김 실장은 고개를 끄덕이면서 말했다.

"하지만 급한 상황이 벌어진다면, 언제든지 연락을 주십
시오."

"복잡한 외교 문제가 발생한다면서요?"

"그 복잡한 외교 문제보다 더 중요한 것이 김시우 교황님입니다."

"맞습니다, 형님. 이곳에서 기다리고 있겠습니다."

김 실장의 옆에서 환하게 웃고 있는 자현이.

나로부터 벗어난다는 생각에 얼굴이 편 모습이 아주 인상적이다.

마음 같아서는 자현이를 데리고 가고 싶었으나, 아쉽게도 자현이는 정부에 소속되는 길을 택했다.

그렇기 때문에 자현이를 이번 원정에 데려갈 수는 없었다.

그레이스나 라파엘 역시 마찬가지고.

우리가 단동으로 넘어가는 이유는 한 가지다.

도시 전체에서 강력한 마기가 느껴지고 있었기 때문이다.

원래 우리가 처음 신의주에 도착했을 때까지만 하더라도 마기 반응은 없었는데, 3일 전부터 마기 반응이 강해졌다.

그것 때문에 중국 측에 따로 문의를 넣어 봤는데, 중국 측에서도 정확한 상황을 파악하지 못하고 있었다.

뭐, 이해는 간다.

지방 도시 따위를 신경 쓰기에는 녀석들의 상황이 여유롭지 않거든.

그랬기 때문에 우리는 중국 측에 우리 교단에서 자체적으로 조사를 한다고 통보했고, 그들은 그 제안을 수락할 수밖에 없었다.

"3차 계획이 신의주를 중심으로 동진이었죠?"

나는 김 실장에게 물었고, 김 실장은 고개를 끄덕였다.

"그렇습니다. 평양과 신의주. 두 지점에서 동시에 동진을 함으로써 모든 국토를 회복할 계획입니다."

"확실하게 하고 가는 게 중요하죠. 제가 교단 병력 이끌고 금방 들어갔다가 오겠습니다."

혹시나 하는 상황에 대비해서 천벌을 잔뜩 배치해 두었다.

라파엘이 특별히 제작해 준 사격 통제 시스템이 알아서 우리의 작전을 도울 것이다.

"그럼 다녀오겠습니다."

나는 김 실장을 비롯한 정부 측 인원들과 가볍게 인사를 나눈 다음, 곧바로 우리 교단의 전투원들에게로 돌아갔다.

루나와 레오.

거기에 1기 교육생 전원과 일정 기준을 통과한 2기 교육생 1백 명까지.

옛날이었다면 루나와 레오, 나, 이렇게 셋이서 들어갔겠지만, 이번 작전에서는 우리 교육생들도 함께한다.

"다들 긴장하지 마라."

나는 웃으면서 교육생들을 돌아보았다. 그리고 가장 앞에 서 있던 재민이를 향해 한마디 던졌다.

"재민아."

"예, 성하!"

"긴장되냐?"

그러자 재민이가 기합이 바짝 든 목소리로 대답했다.

"그렇지 않습니다! 성하와 함께 전투를 할 수 있다는 것이 영광스러울 뿐입니다!"

"립 서비스 잘 배웠네. 루나한테 배웠냐?"

처음 만났을 때만 하더라도 딱 잼민이 느낌이 물씬 풍겼던 재민인데 말이지.

시간 참 빠르다.

그만큼 재민이도 열심히 노력을 해 왔다는 뜻이겠지.

나는 재민이의 등을 툭툭 두드려 준 다음, 교육생들을 돌아보면서 말했다.

"전투를 하러 들어가는 건 아니다. 우리는 어디까지나 마기가 발생하고 있는 현상을 조사한 다음, 마기를 저 도시에서 지워 내는 것이 목적이다."

정화자 놈들의 장난질이라는 건 불 보듯 뻔하다.

우리가 북진하는 것에 맞춰서 흉악한 장난질을 벌여 뒀을 것이다. 그러고도 남을 새끼들이니까.

"하지만 다들 이것만큼은 기억해라."

우리의 목표는 어디까지나 저 마기에 물든 도시를 구원하는 것.

그러나 한 가지만은 확실하다.

"우리는 악을 마주하면 그냥 지나치지 않는다. 악을 이 세상에서 몰아내고, 고통받는 이들을 구원하는 것이 우리의 목적이다. 다가오는 전투는 피하지 않는다. 싸워서 제거한다. 악을 철저하게 분쇄한다."

이것은 우리 교단의 첫 해외 원정.

단순히 교단의 간부들만 동원된 것이 아닌, 우리 교단의 병력이 대대적으로 동원된 작전이다.

"리멘님께서 너희를 보우하시기를."

그 이상의 격려는 필요 없다고 생각한다.

나는 내 앞에 도열한 2백여 명의 사제와 성기사 들을 바라보면서 주먹을 가볍게 움켜쥐었다.

처음에는 햇병아리 같았던 사람들이 이제는 성직자로서의 자세가 잡혀 있다.

눈에서 튀어나오는 독기도 아주 마음에 들고.

"나와 루나, 레오가 선두에 선다."

"예, 성하."

"기다리고 있었어요."

시간을 질질 끌 생각은 없었다.

저 중국의 도시에 어떤 일이 생겼든, 빨리 해결하고 서울로 돌아가고 싶다.

서울에서 시연이랑 놀아 줘야 하고, 백설이도 괴롭혀야 하고, 인욱이의 등도 후려쳐야 하고.

할 게 너무 많이 쌓여 있단 말이지.

"자, 제군들! 모두 광개토대왕님의 위업을 본받아 대륙을 정벌하러 가자!"

"……루나야."

"예?"

"제발 좀 할 때 안 할 때를 구분…… 아니다, 아니야."

한순간이라도 너에게 기대를 한 내 잘못이지.

에휴.

⁂

벽에 다가가서야 알게 된 사실인데, 애초에 그 장벽에는 출입구가 없었다.

보통 성벽에는 성문이 있기 마련이다.

하지만 이 벽에는 문이 없었다.

즉, 처음부터 압록강으로 넘어오는 모든 것을 막기 위해 설계되었다는 뜻이다.

혹시 모를 생존자들을 생각하지 않았냐느니, 이런 식으로 따지고 싶지는 않았다.

충분히 이해가 가긴 했으니까.

그 누구도 생존자가 압록강을 넘어올 것이란 생각은 못 했을 것이다.

우리가 북진을 하면서 본 구 북한 지역은 죽음의 땅이라

부르기에 충분했으니 말이다.

그래도 어찌 되었건 도시 내부로 진입하기 위해서는 벽을 넘어야 했다.

가장 좋은 방법이라면 헬기나 수송기를 이용하는 것이었겠지만, 이래저래 과정도 복잡하고 혹시 모를 위협에 노출될 가능성이 있었다.

그렇기에 우리가 선택한 방법은 바로 이거다.

콰아아아아아앙−!

나는 건틀릿을 낀 채로 벽을 강하게 후려쳤다.

몬스터들을 막기 위해서 건축된 장벽이니만큼 두께가 상상을 초월했지만, 큰 문제 없이 벽에 구멍을 뚫을 수 있었다.

"이 정도면 충분하겠지."

성인 남성이 동시에 20명 정도 입장할 수 있을 정도로 널찍한 구멍이 뚫렸다.

그리고 곧 그 구멍 사이로 도시 내부의 풍경이 드러나기 시작했다.

불타고 있는 건물들.

건물들 사이에서 울려 퍼지는 비명과 끔찍한 괴성.

예상했던 대로 이곳의 재앙은 현재진행형이었다.

"벽이 마기를 어느 정도 감추고 있었네."

도시로 진입하자마자 마기가 더욱 선명하게 느껴졌다.

아마도 장벽에 마기를 차폐하는 성분이 포함된 듯한데, 이런 기술을 지닌 단체는 내가 알기론 하나뿐이다.

정화자.

역시나 그놈들.

"성하, 이 정도 마기 반응이라면……."

"아, 맞아. 마왕의 화신체. 이 마기라면…… 나태의 마
왕, 벨페고르."

마왕의 화신체가 도시를 잡아먹었다.

마왕의 수중에 넘어간 도시는 에덴에서 이미 수도 없이 보
아 왔다.

도시 전체가 악마들의 장난감이 되어, 생지옥이라는 단어
가 잘 어울리는 곳이 되어 버린다.

지금 이 도시가 딱 그 꼴이었다.

"살려 주세요!"

"끄아아아아아악!"

형체를 알아볼 수 없는 괴물들이 무자비하게 살육을 이어
나가고 있었으며, 생존자들을 가지고 놀며 일부러 궁지에 몰
아넣고 있었다.

생존자들은 살 수 있을 것이라는 희박한 희망을 지닌 채로
도망가다가 무참히 살해당한다.

나는 눈살을 찌푸리면서 손을 휘둘렀다.

휘리리리리릭-.

12기의 천망이 튀어 나갔고, 곧 눈앞의 마물들의 목을 빠

르게 베어 냈다.

"마치 우리가 보란 듯이 저질렀네."

우리가 들어오자마자 이런 장면을 마주하게 된 것이 단순히 우연일까?

콰지지지직—.

"성하, 어떻게 할까요?"

루나는 우리를 향해 달려드는 마물들의 대가리를 철퇴로 아작을 내 버렸다.

그리고 루나의 옆에 서 있던 레오 역시 마찬가지였다.

솥뚜껑만 한 주먹으로 마물들을 보이는 족족 터트리고 있었으며, 나머지 병력 역시 따로 명령을 하지 않았음에도 곧바로 전투에 돌입했다.

"별다른 방법이 있냐? 이 사태의 원흉을 잡아서 찢어 버려야지. 벨페고르, 그 새끼를 찾아내야 해."

7마왕 중 가장 찾기 힘든 놈을 꼽으라고 한다면 단연 벨페고르다.

녀석은 나태의 마왕.

나태함의 수준이 극에 이르렀다.

활동을 해야 그 흔적을 추적하건 말건 하는데, 벨페고르는 쉽게 움직이지 않는다.

그저 수하들에게 명령을 내린 채로 뒤에서 관망할 뿐.

본인이 직접 움직이는 경우는 손에 꼽을 정도였다.

"여기서부터는 각자 움직이도록 하자. 너희 둘은 병력을 이끌고 최대한 많은 생존자들을 구해라. 벨페고르 새끼의 성격상 아직까지는 생존자가 많을 거야."

벨페고르 이 새끼의 악취미 중에는 끔찍한 게 하나 있는데, 그것은 바로 일부러 생존자들이 탈진할 때까지 쫓는다는 거다.

절박함으로 물든 생존자의 도주.

녀석은 생존자들의 절박함에서 기인하는 필사적인 모습을 보며 쾌감을 느낀다.

절박함은 나태함의 반대에 위치해 있기 때문이다.

그로 인해 나태의 마왕이 점거한 지역의 생존자들은 다른 마왕들이 점거한 지역과 비교했을 때, 꽤 오랫동안 살아남을 수 있다.

물론 종국엔 모두 죽는 건 동일하겠지만.

"벨페고르가 작정을 하고 우리를 끌어들였어. 정신 똑바로 차려라."

"성하께서는 그럼……."

"잊었냐? 나는 벨페고르랑 숨바꼭질해서 진 적이 없다. 이 새끼 분명 이 도시 어딘가에서 처박혀 있을 거야. 내 걱정은 하지 말고, 병력이나 잘 챙겨."

벌써부터 내 직감이 요동을 친다.

벨페고르의 존재감이 느껴진다는 소린데, 문제는 벨페고

르의 존재감이 한 곳이 아니라 여러 곳에서 느껴진다는 것.

녀석은 대놓고 나에게 싸움을 걸고 있었다.

이번에는 대한민국의 게이트에서 등장했던 바알이나 릴리스와는 상황부터가 달랐다.

아무런 계획 없이 대한민국을 급습했던 두 병신들과는 다르게, 벨페고르는 덫을 설치한 채로 우리를 이곳으로 불러들였다.

"서둘러."

내 명령에 레오와 루나는 동시에 고개를 끄덕인 다음, 곧바로 병력을 지휘하기 시작했다.

이제부터 사실상 대장전이다.

내가 벨페고르를 빨리 발견하면 큰 피해 없이 상황이 종료될 것이고, 벨페고르를 늦게 발견하면 큰 피해를 입게 될 것이다.

벨페고르의 존재감이 사방에서 전해지고 있었지만, 내가 해야 할 일은 명확하다.

"전부 다 확인하면 되지."

나는 반지를 만지작거려서 슈트를 활성화한 다음, 어디선가 나를 보고 있을 벨페고르를 향해 말했다.

"거기서 기다려라, 이 게으른 버러지야. 내가 곧 간다."

이런 내 말에 대답이라도 하는 듯.

끼야아아아아아악!

사방에서 귀를 찢을 듯한 괴성이 울려 퍼졌다.

※

"하아아."

어느 빌딩의 지하.

시체들이 널려 있는 장소의 한가운데, 한 여자가 핏빛 수정 구슬을 들여다보면서 교성을 내질렀다.

"드디어 다시 만나게 되었네. 정말 그 인간 놈의 말이 사실이었어. 여기에서 덫을 놓고 신호만 주면, 알아서 찾아올 거라고."

그녀의 몸에서 흘러 나간 핏빛의 기운이 시체들 사이로 파고들었다.

그리고 잠시 후.

"살, 살려 주세요."

시체들 사이에서 숨을 죽인 채로 있던 한 작은 여자아이를 끄집어냈다.

어린 소녀는 반쯤 정신이 나간 채로 목숨을 구걸했다.

여자는 그런 어린 소녀를 자신의 앞으로 데려온 다음, 소녀의 얼굴을 부드럽게 쓰다듬으면서 말했다.

"걱정하지 마렴, 애야. 나는 너를 죽일 생각이 없단다."

"감……사합……."

우리 교황님 좀
말려 주세요

"하지만 시체가 된 네 부모들은 그렇게 생각하지 않나 봐. 저기 봐 봐."

시체들 사이에서 시체 두 구가 몸을 일으켰다.

한참 전에 목숨이 끊긴 소녀의 부모.

그 둘은 어떻게든 소녀를 지키기 위해서 마지막 순간까지 소녀를 껴안았었다.

소녀가 이 지옥에서 살아남을 수 있었던 건 그들의 희생이 있었기 때문이었다.

"……엄마? 아빠?"

소녀는 떨리는 목소리로 그 둘을 불렀다.

그때였다.

캬아아아아아아악—!

소녀의 부모가 괴성을 내지르며 소녀를 향해 달려오기 시작했다.

여자는 미소를 지으면서 소녀에게 말했다.

"도망가야지, 어서."

"꺄아아아아악!"

소녀는 비명을 내지르면서 밖으로 내달렸다.

희미한 빛이 보이는 출구.

그곳을 향해 무작정 달려갔다.

그렇게 얼마나 시간이 흘렀을까?

소녀는 마침내 그 희미한 빛에 도달했다.

"살……."

소녀가 터질 것 같은 가슴을 움켜쥐면서 숨을 돌리려는 그 순간, 아까 전에 소녀를 일으켜 세운 여자가 다시 모습을 드러냈다.

그녀는 소녀의 가녀린 목을 손으로 움켜쥐면서 미소를 지었다.

"충분히 즐거웠어. 상으로 행복한 죽음을 내려 주마, 착한 아이야."

콰드드득.

섬뜩한 파육음이 울려 퍼졌고, 소녀의 몸이 축 늘어졌다.

소녀의 목숨을 끊어 버린 여자, 벨페고르는 이번에는 자신의 목에 손을 가져다 대며 몸을 부르르 떨었다.

"어서 빨리 보고 싶구나, 나의 교황. 어서 빨리 나를 찾아 다오."

⚜

본래 인간은 극한의 상황에 이르면 본성이 드러난다고 했다.

"하."

나는 내 발 앞에 놓인 시체들을 잠시 살폈다.

처참하게 살해당한 시체들.

하지만 단동으로 진입한 이후 지금까지 보아 왔던 시체들과는 사뭇 달랐다.

마물에게 죽은 희생자들은 보통 짐승에게 물어뜯긴 듯한 흔적이 남아 있어야 하는데, 이 시체들에 남은 흔적은 전혀 그렇지 않았다.

목 부근에 남아 있는 검상.

의심할 여지 없이 인간의 짓이다.

시체 곳곳에 상처들이 빼곡하게 남아 있는 것을 보아하니, 무슨 생각으로 이런 짓을 벌였는지 쉽게 짐작할 수 있었다.

"심심풀이."

살육에 맛이 들린 놈들.

혼란을 틈타 본인들의 뒤틀린 욕구를 배설하려는 쓰레기들.

나는 시체들을 내려다보면서 인상을 잔뜩 찡그렸다.

그리고 시체들을 성화로 불태워 준 다음, 천천히 전방을 주시했다.

불타오르고 있는 건물들 사이에서 사람들이 하나둘씩 모습을 드러내기 시작한다.

피가 묻은 병장기를 쥐고 있는 각성자들.

이 도시의 생존자들임과 동시에.

"분리수거 시간이냐?"

광기에 물든 쓰레기들.

녀석들은 자신들의 광기를 숨길 생각이 없어 보였다.

도대체 얼마나 많은 사람들을 죽인 걸까? 녀석들에게서 끔찍할 정도로 짙은 피 냄새가 풍겨 왔다.

"외부인인가? 보기보다 멀쩡한걸."

그 무리의 가장 앞, 쥐새끼처럼 생긴 놈 하나가 자신의 칼에 묻은 피를 혀로 핥으면서 다가왔다.

"어디서 왔지? 당에서 병력을 파견했나?"

"그게 왜 궁금해?"

"내가 어떤 놈을 죽이는지는 알아야 더 짜릿할 거 아니야. 흐흐, 조선어를 사용하는 걸 보니 조선족 출신인가? 이거, 이런 상황에서 동포를 만나는군그래."

스스로를 조선족이라고 밝힌 그 녀석은 가볍게 손을 흔들었다.

그러자 곧 더 많은 인원들이 건물들 사이에서 기어 나왔다.

숫자는 대략 22명.

나는 녀석들의 쓰레기 같은 면면을 살피며 입꼬리를 슬쩍 올렸다.

"병신 같은 놈들을 이렇게나 많이 모아 두기도 힘든데 말이야."

"혓바닥이 마음에 드는 동포야. 너에게서 동류의 냄새가나. 어때, 우리랑 같이 움직이지 않겠어? 함께 버러지들을 죽여 버리는 거야."

한 가지는 확실하다.

저 녀석들은 내가 누군지를 모른다.

이곳이 대한민국이었으면 나를 본 순간 미친놈들조차 제 정신이 돌아왔겠지만, 저놈은 사리 분간도 못 한 채로 본인 의 단검을 빙그르 돌린다.

이래서 사람이 해외로 나가서 여러 가지 경험을 쌓아야 하 나 보다.

대한민국에서 느껴 볼 수 없는 대우 덕분에 기분이 신선하 기까지 하다.

"정확하게 물을 필요도 없긴 한데, 그래도 예의상 물어볼 게. 이 사람들, 너희가 죽였냐?"

나는 바닥의 시체들을 가리키며 물었다.

그러자 그 쥐새끼같이 생긴 놈이 두 팔을 벌리면서 고개를 끄덕였다.

"당연히 우리의 작품이지. 마물놈들에게 쫓기고 있기에 마물들을 대신 죽여 줬어. 우리가 마물들을 처리해 줬을 때 저 사람들의 표정이 어땠는지 알아? 특히, 저 머리 반쯤 벗 겨진 아저씨 보이지?"

녀석은 붉게 상기된 표정으로 몸을 베베 꼬았다.

"자식들을 안은 채로 우리에게 연신 감사하다고 말하더라 고. 흐흐, 병신 같은 아저씨란 말이야. 우리가 구해 준 이유는 마물에게 먹잇감을 빼앗기는 게 싫어서였거든. 내 단검에 목을 찔렸을 때의 표정이 얼마나 짜릿했냐면, 생각만으로 아랫배가 빳빳해질 지경이야."

벨페고르가 이 녀석들을 살려 둔 이유를 알 것 같았다.

악마들은 악마와 다를 것 없는 인간들을 좋아한다.

왜냐하면 그런 인간들에 의해 자신들의 작품이 더욱 완벽해지기 때문이다.

패시브 스킬 〈멸악의 의지〉가 분노합니다.

아까 전부터 〈멸악의 의지〉가 난리다.

녀석들의 악행을 확인해서 그런가, 당장 녀석들에게 심판을 내리라고 소리치고 있었다.

나는 속에서 불같이 끓어오르는 그 감정을 순순히 받아들였다.

그리고 쥐새끼를 향해 천천히 다가가며 말했다.

"짐승은 포식자를 조우하면 도망가기라도 하지. 너희는 참 여러 가지 부분에서 짐승만도 못한 새끼들이구나."

"이 숫자를 보고도 우리에게 덤빌 생각이야? 허세 부릴 생각은 하지도 마. 이미 우리 쪽의 탐색 능력자가 네 힘을 확인했어. 뭣도 없는 놈이, 도대체 무슨 생각으로 이러는 거야?"

녀석은 단검을 계속 돌리면서 나를 노려보았다.

나는 녀석을 향해 웃으면서 답했다.

"어차피 처음부터 나를 살려 줄 생각은 없었잖아?"

"보기보다 눈치가 빠르네. 가만, 다시 보니까 너 사제복을 입고 있구나. 김시우 코스프레라도 하는 거야? 얼굴도 제법 비슷한데?"

"오, 김시우도 알아?"

"당연하지. 조선말을 쓰면서 김시우를 모를 수야 있나. 힘 빼지 말고 순순히 항복해라, 동포. 최대한 안 아프게 죽여-."

부우우우욱.

허공에 피 분수가 솟구친다.

방금 전까지 신나게 혀를 놀리던 그 녀석의 오른팔을 생으로 뽑아 버렸다.

녀석은 찢겨 나간 자신의 팔을 내려다본다.

그러더니 곧 몸을 떨면서 비명을 내질렀다.

"끄아아아아악!"

이 새끼가 리더 격이었는지, 나머지 인원들이 움찔거리면서 당장 몸을 움직이려고 했다.

하지만 상황은 녀석들이 원하는 대로 흘러가지 않았다.

우우우웅.

내 몸에서 흘러 나간 신성력이 이 주위를 완벽하게 통제했다.

멸악의 의지가 발동한 공간.

이 공간 내에서 악인들은 내 허락 없이는 아무것도 할 수가 없다.

아무것도.

툭.

나는 손에 들고 있던 쥐새끼의 오른팔을 녀석의 발밑에 던져 주었다.

그리고 왼쪽 어깨에 손을 올리면서 말했다.

"아까 전부터 묻고 싶었는데, 누가 네 동포야."

아무리 리멘이 자비의 여신이라지만, 이런 놈들에게까지 자비를 내리진 않는다.

악인들에겐 응당 벌이 필요하다.

"안 죽일 테니까 긴장하지 말고."

잠시 후에는 제발 죽여 달라고 애원할지도 모르겠지. 하지만 그게 내 알 바야?

우드드드득.

나는 그 자세 그대로 녀석의 어깨뼈를 가루로 만들어 버렸고.

"끄르르르르륵."

쥐새끼가 게거품을 물면서 정신 줄을 놓으려 했다. 하지만 살짝 신성력을 넣어 기절하지 못하게 만들었다.

"비겁하게 기절하면 안 되지."

그 상태 그대로 쥐새끼를 고정시켜 둔 다음, 천천히 녀석

우리 교황님 좀 맙려 주세요

의 부하들을 향해 다가갔다.

어디선가 불쾌한 시선이 느껴진다.

내 온몸을 훑어 내리는 불쾌하고 끈적한 시선.

벨페고르의 존재감이 섞인 집요한 시선.

"잠깐만 기다려라, 벨페고르."

분리수거는 못 참는 성격이라서 말이야.

끼하하하하하하핫—!

기분 탓일까?

바람에 섞여서 누군가의 광소가 울려 퍼진 것만 같았다.

❧

그 쓰레기 같은 놈들을 조우한 후, 나는 루나와 레오에게
또다른 명령을 전달했다.

–마기에 미쳐 날뛰는 각성자들을 발견한다면, 흔적도 없
이 지워 버릴 것.

마기에 물든다고 해서 모두가 다 그렇게 미치는 게 아니
다.

마기는 기본적으로 인간의 욕심을 증폭시키는 기운.

애초에 재미로 살인을 해 봤거나, 살인에서 희열을 느끼는

놈들을 살인귀로 만들어 버린다.

이런 상황에서는 그런 놈들이 가장 위험하다.

혼란을 틈타 본인의 욕심을 채우는 쓰레기들.

레오와 루나라면 내 이야기를 충분히 이해했을 것이다.

분리수거조차 힘든 쓰레기들은 결국 소각이 답인 법.

"그나저나 벨페고르 이 새끼, 진짜는 어디에 있는 거야?"

나는 '일곱 번째 벨페고르'를 바닥에 던져 버리면서 인상을 한가득 찡그렸다.

'일곱 번째 벨페고르'의 시체는 땅에 닿자마자 연기가 되어 흩어졌다.

아까 전부터 꾸준히 나타나던 '벨페고르'들.

이 녀석은 나를 가지고 장난이라도 치는 듯, 본인의 꼭두각시들을 이용해서 나를 기만하고 있었다.

마왕의 화신체는 어딘가에 숨겨 둔 채로 미끼들만 던져 대는 걸 보고 있자니 슬슬 화가 한계 끝까지 올라가고 있다.

하지만 그래도 이번 '일곱 번째 벨페고르'는 나에게 유의미한 단서를 건네주었다.

꼭두각시와 연결되어 있던 가느다란 마기의 선.

순간이었지만, 그 선을 추적하는 데 성공했기 때문이다.

한 가지 의문은 들었다.

지금까지 흔적을 잘 지우고 있던 벨페고르가 과연 방심을 했을까?

의도적으로 그 단서를 남겼을지도 모른다.

나를 초대하는 느낌으로.

하지만 이 상황에서 굳이 그 초대를 거절할 필요는 없었다.

나는 곧바로 몸을 움직였다.

그렇게 얼마쯤 내달렸을까?

나는 곧 어느 거대한 빌딩에 도착할 수 있었다.

벨페고르의 흔적이 느껴지는 건 이 건물의 지하 깊은 곳.

크고 높은 빌딩이었음에도 불구하고, 빌딩 어느 곳에서도 생존자의 흔적이 느껴지지 않는다.

게다가 입구부터 끔찍한 조형물들이 나를 반겨 주었다.

"X발 놈."

인간의 시체로 만들어진 거대한 탑.

한때는 안내 데스크가 있었을 그곳에, 사람들의 시체로 만들어진 탑 수십 개가 쌓여 있었다.

비위가 약한 사람이라면 이 장면을 보자마자 기절했을지도 모르겠다.

시체의 탑은 마치 나를 안내라도 하는 듯, 계단의 양옆에 가지런히 정렬되어 있었다.

마기로 범벅이 된 '시체탑'은 이미 그 존재만으로도 끔찍한 저주나 다름없었다.

저항력이 없는 사람이 이곳에 들어온다면, 저것을 보는 순간 미쳐 버리게 될 것이다.

화르르륵.

나는 내 발밑에 성화를 흘리면서 천천히 앞으로 걸어갔다.

내 몸에서 흘러 나간 새하얀 성화가 빠른 속도로 탑들을 집어삼킨다.

고통스러운 비명이 들려온다.

탑에서 해방된 영혼들이 비명을 내지르면서 사방으로 퍼져 나간다.

"부디 평안하기를."

희생당한 이들에게 해 줄 말이라곤 그뿐이었다.

나는 속에서 끓어오르는 분노를 애써 삼킨 채 계단을 내려갔다.

지하 1층이라고 적혀 있는 문 앞.

그 문 앞에서 자그마한 어린아이의 시체를 발견했다.

기껏해야 시연이 또래쯤 되었을까?

지옥.

그야말로, 지옥.

시체가 사방에 널려 있는 지옥이 아니라면 그 어느 곳이 지옥이겠는가?

나는 그 불쌍한 소녀의 시체 역시 성화로 정화시켜 준 다음, 마침내 지하 1층 안으로 들어섰다.

키이이이익.

캬아아아악.

시체가 썩는 냄새가 진동하는 곳.

죽었지만 살아 있는 자들이 괴성을 내지르면서 돌아다니고 있었다.

그리고 그 뒤에서 요사스러운 목소리가 울려 퍼졌다.

"숨바꼭질은 여기까지만 했으면 해서. 나는 널 정말 보고 싶었어. 릴리스 그년만 네 얼굴을 본 게 얼마나 억울했는지 몰라."

저 멀리서 나체의 여인이 나를 향해 걸어온다.

적갈색으로 빛나는 눈동자.

한없이 아름다운 외모였으나 내 눈에는 그 화려한 외모가 오히려 아름다움을 모독하는 것처럼 느껴졌다.

그도 그럴 수밖에 없지.

저 외모 뒤에 뭐가 가려져 있는지, 다 알고 있으니까.

"오랜만이야. 여전히 멋지고, 여전히 짜릿하게 생겼네. 내 무료함이 단번에 날아가는 것만 같아."

"벨페고르."

"마지막에 네가 그렇게 나를 부르면서 내 심장을 뽑아 줬지? 그때만 생각하면 아직도 여기, 가슴이 뜨거워."

촤르르르륵.

벨페고르의 나체가 순식간에 벌레에 뒤덮였고, 그 벌레들은 곧 갑주처럼 변화한다.

수백 개의 눈을 지닌 갑주.

"요새 내가 신세 지고 있는 건방진 인간 놈 하나가 나에게 부탁을 하더라? 이곳으로 가서 네 신경을 잔뜩 긁어 달래. 그래서 내가 자원을 했지. 네 얼굴을 다시 보고 싶었어. 내가 이 순간을 얼마나 기다렸는지……. 아, 오면서 본 내 작품들은 어땠어?"

벨페고르가 사뿐한 발걸음으로 다가온다.

그녀가 내뿜는 거대한 마기와 악의가 뒤섞이며 폭풍처럼 몰아치기 시작했다.

"그때처럼 내 무료함을 감당해 줘."

마왕의 화신체들이 어느 수준까지 힘이 올라왔는지가 보인다.

에덴에서 보여 주었던 힘에 비하자면 3분지 2 수준.

70% 가까이 회복한 듯 보였다.

나는 한껏 여유를 부리는 벨페고르를 향해 가볍게 히죽거렸다.

그리고 슈트를 활성화시킨 다음, 허공에 잠깐 손을 휘둘렀다.

"유언은 끝이야?"

성유물 〈심판의 검〉을 소환합니다.

우리 교황님 좀
말려 주세요

세상은 역시 템빨이지.

나는 심판의 검을 쥐는 것과 동시에 12기의 천망 모두를 사출했다.

왼손에는 건틀릿, 오른손에는 심판의 검.

심판의 검을 이렇게 사용하게 될 줄은 몰랐다만, 쓸 수 있는데 굳이 쓰지 않을 이유는 없지.

"기다려 봐. 너, 산 채로 회 떠 줄게."

그 말을 내뱉고서 잠시 후회했다.

……방금은 너무 깡패 같았나?

뭐, 아무렴 어때?

보는 사람도 없는데.

❧

사방에서 시체들이 몰려든다.

노인도, 어린아이도.

하나같이 처참한 상태로 죽어 나간 그 불쌍한 이들의 흔적이 매 순간 나를 압박해 들어온다.

"살려 주세요."

"제발, 제발 살려 주세요."

시체들은 저마다 처절하게 외치면서 나를 향해 달려들었다.

악취미다.

그들은 이미 목숨이 끊어졌으니, 저 뒤에서 이 상황을 연출해 내고 있는 벨페고르의 짓이었다.

나태의 마왕.

그녀의 주특기는 연출이다.

직접 움직이는 걸 선호하지 않는 탓에 미리 전장을 조성해 두고, 그 전장으로 자신의 적을 끌어들인다.

그로 인해 처음에는 개인의 전투력이 강하진 않을 것이다, 그런 분석도 이루어졌던 걸로 기억한다.

하지만 그건 어디까지나 일개 분석이었을 뿐.

파아아아아아앙-!

내가 직접 맞상대했던 벨페고르의 전투력은 전혀 약하지 않았다.

오히려 다른 마왕들보다 까다로운 편이었다.

나는 내 앞에서 폭발한 시체의 살점을 성화로 불태우면서 앞으로 달려 나갔다.

콰르르르르륵!

사방에서 검은색의 가시들이 솟아난다.

가시의 끝에 묻은 극독이 희미한 조명에 의해 번들거렸고, 엄청난 속도로 내 몸을 향해 뻗어 온다.

이곳은 이미 벨페고르의 덫 한복판.

"사랑스러운 교황아, 얌전히 나의 인형이 되어 주련?"

벨페고르는 만반의 준비를 한 채로 나를 이곳으로 끌어들인 것이다.

사실, 이 전투는 처음부터 불공평했다.

저 녀석은 어디까지나 마왕의 화신체에 빙의한 상태라, 이 자리에서 저 녀석을 죽이더라도 또다시 부활할 것임에 틀림없었다.

그에 반해 나는?

죽으면 여기서 끝.

내 쪽은 목숨을 베팅했는데, 저쪽은 아무것도 베팅하지 않았다.

"생각해 보니 괘씸하네."

열이 받는다.

지난번에 릴리스도 그렇고, 바알도 그렇고.

죽으면 다른 화신체로 부활하면 된다는 저 썩어 빠진 마인드.

화가 머리끝까지 솟아오르는군.

"일단 한 대 맞아."

벨페고르의 30m 앞까지 도달한 나는 곧바로 뛰어오르면서 거리를 좁혔다.

그리고 오른손에 들고 있던 심판의 검을 단순 무식하게 내리쳤다.

검술은 사실 복잡할 게 없다.

비록 내가 에덴에서 두 달짜리 속성 강의를 받았을 뿐이지만, 검술이 어떤 건지 잘 알고 있다.

내가 들고 있는 검을 목표를 향해 정확하고 강력하게 꽂아 넣는 것.

그것이 바로 검술이다.

좌르르르르륵!

벨페고르의 앞에 수십 개의 눈알로 뒤덮인 장막이 모습을 드러낸다.

얼핏 보면 하나로 이루어진 장막처럼 보이지만, 그 짧은 시간 안에 2백 개 이상의 장막이 중첩되어 있었다.

하지만 딱 그뿐이다.

부우우우욱.

말도 안 되는 희대의 사기 성유물, 〈심판의 검〉 앞에서는 그저 종잇장에 불과하다.

내가 휘두른 검은 그 장막을 부드럽게 베어 버렸고, 그 뒤에서 나를 바라보고 있던 벨페고르의 육신 역시 가차 없이 베어 버렸다.

검 끝으로 살을 베는 물컹한 느낌이 전해진다.

그리고 잠시 후.

툭.

벨페고르의 목이 바닥에 떨어졌다.

"흥미로워. 원래 검은 안 쓰지 않았나?"

목이 잘렸음에도 불구하고 벨페고르는 바닥에 목이 떨어진 채로 미소를 지었다.

"도구를 사용하는 걸 좋아하진 않았던 것 같은데……. 인간은 취향이 바뀌기도 하는 법이니까. 좋아, 바뀐 네 취향은 확인했어."

바닥에 떨어진 목이 입을 나불거리는 꼴이 참 괴이했다.

나는 가차 없이 녀석의 대가리를 발로 으깨 버렸다.

콰지직-.

보통 이 정도면 죽어야 정상이긴 한데, 마왕 놈들 중에서 정상이 있을 리가 있나.

내가 녀석의 대가리를 박살 내 버린 순간, 급속도로 재생이 시작된다.

목을 잃어버린 몸뚱어리.

깨끗하게 절단된 목 부근에서 벨페고르의 머리가 재생되었고, 곧바로 반격이 시작되었다.

녀석의 갑주에 박혀 있던 수백 개의 눈알.

그 눈알들이 동시에 나를 주시한다.

그리고 그와 동시에 내 시야가 검은빛으로 물들었다.

패시브 스킬 〈신성 보호 Lv. Max〉가 강력한 정신 간섭을 방어합니다.

……정신 간섭?

이 상황에서?

"도대체 무슨 생각-."

그때였다.

이 지하의 한구석에 자리 잡고 있던 검은색 구체에서 무언가가 걸어 나오기 시작했다.

"도구라면 나도 사용할 줄 알거든. 어때, 내 귀여운 인형들은 마음에 들어?"

"이 씨발 놈이 진짜!"

구체에서 걸어 나온 존재들은 다름이 아니라 어린아이들이었다.

시연이 또래로 보이는 어린아이들 수십 명.

어린아이들의 몸에서는 강력한 마기가 분출되고 있었지만, 그 어린아이들은 아직까지 숨이 끊긴 상태가 아니었다.

"이곳에 도착하자마자 심혈을 기울여서 만들었거든. 내 역작들이니까 마음에 들었으면 해."

벨페고르의 입가에 실린 미소가 더욱 짙어졌다.

그와 동시에 자그마한 어린아이들이 맹렬하게 달려오기 시작했다.

나는 그 아이들을 바라보면서 눈살을 찌푸렸다.

그리고 다시 벨페고르를 바라보면서 말했다.

"저게 네가 준비한 전부야?"

"저 아이들을 죽이고, 나도 죽여. 네 손에 어린아이들의

우리 교황님 좀
말려 주세요

피를 묻히는 거야. 나는 그것만으로도 만족해. 어린아이들을 무참히 학살하는 교황! 아아, 생각만으로도 너무 황홀해."

벨페고르의 눈빛이 광기로 일렁거린다.

"그거 알아? 지금 여기 생중계 중이다? 이제 지구의 모든 인간들이 네 본모습을 알아차리는 거야. 선의로 포장된 네 모습을 벗어던져, 사실 너는 이기기 위해서는 무엇이든지 하는 놈이었잖아."

나를 향해 달려오는 저 아이들.

벨페고르가 직접 주입한 마기의 양이 상상을 초월하는 수준이었다.

저대로 나에게 다가와서 폭발한다면, 나조차도 멀쩡할 자신이 없었다.

"완벽한 전개야. 흥분을 참을 수가 없어."

벨페고르는 처음부터 나를 죽일 생각이 없었던 거다.

녀석이 원했던 건 바로 이 장면.

저 마기에 물든 불쌍한 어린아이들을 내 손으로 직접 지워 버리는 것.

"아저씨…… 저, 저 너무 아파요. 저 좀 구해 주세요."

"아저……씨, 저희 구하러 오신 거 맞죠?"

"제발요. 여기 어딘가에 저희 부모님도……."

아이들이 지옥을 넘어서 나에게로 달려온다.

아이들의 몸을 잠식해 들어간 마기는 마치 조롱이라도 하는 듯, 아이들의 뇌까지는 잠식하지 않았다.

그래서 아이들은 처절하게 울부짖었다. 자신의 의지와는 다르게 움직이는 몸뚱어리가 두려울 것이고, 시체로 가득한 이 지옥이 두려울 것이다.

"뭐 해? 어서 나를 죽이고, 저 귀여운 아이들도 죽여야지. 그래야 나의 교황님이지. 저 가여운 어린 양들을 해방시켜 줘야 하잖아?"

저 아이들은 신성력으로 정화하면 반드시 죽는다.

몸의 침식이 심각한 수준이라 신성력에 닿는 순간 부서져 내릴 것이다.

"에덴에서 기억나지?"

벨페고르의 끈적한 목소리가 귓가에 울려 퍼진다.

에덴에서의 끔찍했던 기억.

내가 애써 기억의 저편에 눌러 두었던 그 기억들이 다시 살아난다.

마기에 침식됨으로 인해 내 손에 죽어 나갔던 사람들.

"그때처럼 똑같이 저지르는 거야."

나는 벨페고르의 목소리를 들으며 묵묵히 검을 들었다.

그리고 벨페고르를 향해 히죽였다.

"이제야 알겠네."

"……뭐?"

"테라가 나에게 격에 대해서 알려 줬던 이유 말이야. 이제 알 것 같아."

푸우우우욱.

나는 심판의 검을 벨페고르의 심장에 꽂아 넣었고, 곧바로 왼손으로 벨페고르의 목을 움켜쥐었다.

그리고 그 순간, 내 앞에 메시지창이 하나 떠올랐다.

> 당신의 격이 일시적으로 상대의 격을 압도합니다.
> 마왕 〈벨페고르〉가 당신의 격에 굴복합니다.
> 하지만 〈에너지: 마기〉와의 상성이 좋지 않은 관계로 종속시킬 수 없습니다.
> 상대가 보유한 격을 일부 흡수할 수 있습니다!

"……에덴에서는 격에 도달하지 못했는데? 교황, 넌 지금……."

"산 채로 회 떠 준다는 말은 취소."

나는 내 손에 잡혀서 몸을 버둥거리는 벨페고르를 노려보면서 말을 맺었다.

"어차피 죽이면 다른 화신체로 부활할 거니까…… 발상을 전환해 보자고. 너는 교보재가 딱이겠어. 불만 없지?"

"내 귀여운 인형들이 너를……."

"그것도 마침 좋은 생각이 떠올랐어. 잘 지켜봐라."

어느새 지옥을 건너온 아이들이 내 앞에 도달했다.

가장 선두에 서 있던 아이의 몸에서 마기가 거칠게 폭발하려던 그 순간,

시스템이 당신의 의도를 파악했습니다.
당신은 그들을 권속으로 거둘 수 있습니다.

내 몸에서 흘러 나간 회색빛의 기운이 아이들을 감쌌다.

그리고 그 순간, 눈앞에 회색빛 테두리의 메시지가 떠올랐다.

당신에게 잠재되어 있던 〈혼돈: 선〉으로서의 신격이 완전하게 개화합니다.

털썩.

지옥을 건너온 아이들이 일제히 바닥에 쓰러졌다.

아이들의 얼굴을 잡아먹었던 두려움 역시, 아이들과 함께 쓰러졌다.

⚜

눈 깜짝할 사이에 상황이 종료되고, 내 호출을 받은 우리 교단의 일부 병력이 내가 있던 건물의 지하로 진입했다.

벨페고르가 내 손에 완벽하게 제압된 순간, 이 도시에서 활동하고 있던 괴물들 역시 소멸했다고 한다.

마왕을 제압하는 것.

에덴에서는 사실상 불가능한 일이었는데, 지구에서는 핑

장히 수월했다.

이게 전부 〈격〉 덕분이었다.

"그게 벨페고르의 화신체예요?"

루나는 이번에는 피를 닦아 낼 시간도 없었는지, 붉게 물든 철퇴를 등에 멘 채로 나에게 물었다.

나는 고개를 끄덕이며 대답했다.

"어."

"죽이는 게 낫지 않겠어요?"

"죽이기에는 좀 아깝지 않냐? 교보재로 쓰면 딱 좋을 것 같아서. 그리고 어차피 죽이면 또 다른 화신체로 부활할 거야. 그럴 바에 이곳에 봉인시켜 두고, 영혼을 소멸시킬 방법을 찾아보는 게 나아."

"위험할 것 같은데."

"심판의 검도 있으니까 그렇게 위험하진 않을 거야. 내가 따로 조치도 해 뒀어."

내 말에 루나는 어깨를 으쓱였다.

"성하께서 그리 말씀하신다면야, 큰 문제는 없겠죠. 그런데 성하."

"응?"

"그 회색빛의 기운, 처음 보네요."

루나는 내 몸에서 일렁거리는 회색빛을 가리키면서 말했다.

평소에 사용하던 리멘의 신성력은 새하얀 빛이었지만, 지금 내가 내뿜고 있는 신성력은 회색빛이었다.

이건 나도 사실 영문은 모르겠다.

〈격〉을 개방하면서 내 몸에서 흘러나온 기운인데, 일단은 신성력이다.

"이상하냐?"

"이상하진 않고, 오히려 친숙해요. 성하의 느낌이 물씬 풍긴다고 해야 하나?"

파아아앗.

나는 왼손에는 회색빛의 신성력을, 오른손에는 새하얀 리멘의 신성력을 각각 끌어올렸다.

리멘의 신성력은 여전히 사용할 수 있었다.

회색빛의 신성력은…… 아무도 내가 리멘의 하위 신이 된 것과 관련이 있는 색깔인 듯싶다.

"정화자 놈들이 이곳을 생중계하고 있었어."

"왜요?"

"내 손으로 저 어린아이들을 죽이는 모습, 그걸 생중계하려는 계획이었던 거지."

나는 그렇게 말하며 우리 교단 소속의 병력이 아이들을 부축하고 있는 모습을 지켜보았다.

"하여간에 나쁜 쪽으로는 대가리가 참 잘 돌아가. 그 모습이 생중계되었다면…… 후폭풍이 상당했겠지."

우리 교황님 좀
말려 주세요

상황이 어쨌든, 내가 저 어린아이들을 죽이는 모습이 송출되었다면, 그리 좋은 결과가 나오진 않았을 것이다.

적어도 우리 교단과 내 이미지에 치명적인 타격을 입었을 것이다.

그리고 그것이 아마 저놈들이 원했던 그림이었을 테고.

만약 내가 신격을 얻지 못했었더라면 그렇게 되었을 가능성이 높았다.

"그래도 쓸 만한 정보를 많이 얻었어."

나는 천천히 고개를 끄덕이면서 벨페고르의 화신체를 내려다보았다.

그리고 나지막한 목소리로 말했다.

"정화자 놈들이 우리에게 선물을 줬으니, 이번에는 우리가 선물을 줄 차례야."

선물은 주고받아야 제맛이지

내가 벨페고르를 처리하자마자 중국 정부에서는 병력을 단동시에 투입했다.

벨페고르와 벨페고르를 따르는 마족, 마물 들이 정리된 것을 확인하자마자 움직인 것이다.

속이 훤히 들여다보이는 짓.

여태까지는 병력 손실이 아까워서 도시의 밖에서 대기하고 있었던 것이다.

도시 내부에서 어떤 지옥이 벌어지고 있는지 역시 대강 파악하고 있었던 듯했다.

그래도 중국 측의 각성자들이 도시 내부로 진입하니 사태는 빠르게 정리되었다.

"우리 쪽 피해 상황은?"

"중상자 12, 경상자 52. 성수를 챙겨 온 덕분에 중상자들 모두 생명에 지장은 없을 것 같습니다."

"신의주에서 헬기가 날아올 거야. 돌아갈 때는 헬기를 이용한다."

단동시의 상황이 종료됨에 따라서 제공권 역시 다시 확보되었다.

그래도 목숨을 걸고 싸웠는데, 돌아가는 건 편하게 돌려보내 줘야지.

나는 레오, 루나로부터 이번 전투에 대한 간략한 보고를 받았다.

그렇게 우리가 이야기를 나누고 있을 때.

"고생하셨습니다."

어깨에 오성홍기를 달고 있는 중국 측의 각성자 무리가 다가왔다.

"현 시간부로 단동시는 저희가 통제하도록 하겠습니다. 리멘 교단 측의 도움이 없어도 수복은 했겠으나, 이리 도움을 주신 점 정말 감사……."

그 무리에서 가장 앞에 서 있던 중년 남성이 뻔뻔한 이야기를 지껄였고, 나는 그를 비웃으면서 대답했다.

"거리를 둔 채로 지켜보고 있다는 소식을 들었는데, 수복은 무슨. 시체들이나 수습하러 왔겠지. 감사 인사 받을 생각은 딱히 없으니까 넘어가고, 저기 아이들 보입니까?"

나는 우리 교단의 사제들에게서 치료를 받고 있는 아이들을 가리켰다.

벨페고르에게 이용당했던 어린아이들.

일단 내 몸에서 흘러 나간 회색빛 신성력 덕택에 목숨은 부지했지만, 나조차도 아직 회색빛 신성력이 어떤 결과를 낳을지 장담할 수 없었다.

"저 아이들, 우리 교단이 데려가겠습니다."

내 말에 중국 측 대표가 곤란하다는 표정을 지었다.

"그건 불가능합니다. 당의 명령 없이는……."

"내가 지금 부탁을 하는 걸로 보입니까?"

좋게 말해서는 들어 먹을 놈들이 아니었다.

나는 주먹을 가볍게 쥐었다 펴면서 말했고, 중국 측 대표는 입술을 지그시 깨물었다.

그러더니 곧 고개를 작게 숙이면서 말했다.

"……상부의 허가 없이는 제가 독단적으로 결정할 수 없……."

"기다려 보십쇼."

상부의 핑계를 댄다면 나도 방법이 있지.

나는 주머니에서 스마트폰을 꺼낸 다음, 곧바로 순리에게 전화를 걸었다.

─여보시오.

전화기 너머로 들려오는 순리의 목소리.

한마디였음에도 불구하고 말끝이 떨리는 것이, 지난번의 내 예절 교육이 아주 효과적이었던 모양이다.

"나야."

—……용건이 무엇이오.

"단동시는 내가 정리했다. 이곳에서 우리가 구출한 어린 아이들이 있는데, 이 어린아이들은 내가 데려간다."

그러자 전화기 너머로 작게 한숨 소리가 들려왔다.

그리고 잠시 후, 체념한 듯한 순리의 목소리가 이어졌다.

—그렇게 하시오.

"우리 교단의 병력도 꽤 피해를 입었어. 소비한 물자도 많고."

—보상금을 책정하여 청구하면, 곧바로 지급하겠소.

확실히 말 안 듣는 놈은 좀 쥐어 패야 한다.

매운맛 좀 보니까 순순해진 것 좀 봐라.

나라가 기울어져 가도 돈은 좀 있다는 건가? 부자는 망해도 삼대는 간다더만, 그 말이 맞나 보다.

나는 만족스럽게 고개를 끄덕였다. 그리고 전화기를 손에 든 채로 루나와 레오에게 손짓을 했다.

"아이들 챙겨. 신의주에서 곧장 서울 신전으로 복귀할 거야."

"예, 성하."

"예."

그렇게 루나와 레오를 보낸 후, 나는 계속해서 통화를 이어 갔다.

"좋은 소식이 하나 있다, 순리. 정화자 놈들의 근거지 중 하나를 알아냈다."

아까 전에 내가 벨페고르의 격을 흡수하면서 알아낸 몇 가지 정보.

그 정보 중에는 벨페고르가 평소에 은거하고 있던 정화자의 근거지가 포함되어 있었다.

격을 흡수하니까 상대방의 기억도 일부 흡수할 수 있더라.

하나같이 쓰레기 같은 기억들뿐이었지만, 그래도 그 기억 중에 정화자의 근거지에 대한 정보가 있어서 참 다행이라고 생각한다.

-정화자의 근거지?

"그래."

-우리에게 정보를 공유해 줬으면 하오. 우리도 자체적으로 대책을 강구해 두었…….

나는 그 말에 퉁명스럽게 대답했다.

"백명교의 힘을 빌리겠다고?"

-……우리와 협력 관계에 있는 집단이오.

"뭐, 내가 중국의 외교 관계에 대해서 왈가왈부하고 싶지는 않아. 하지만 이번에는 좀 곤란할 것 같은데. 정화자에서 먼저 선물을 준 마당이니, 우리도 선물을 보내 줘야지. 그게 공평한 거 아니겠어?"

백명교가 현재 중국 정부 쪽에 붙어 있다는 정보는 나 역시 입수를 했다.

우리와 충돌을 하게 될 가능성이 아주 높은 상황.

그나마 다행인 점은 이제는 한반도가 아니라 중국 대륙에서 부딪치게 될 것이라는 점이다.

그것만으로 만족해야지 뭐.

—선물이라고 한다면……?

순리가 겁에 질린 목소리로 나에게 물었다.

올 것이 왔군.

아까 벨페고르의 머리에서 이 정보를 빼낸 순간부터 세웠던 선물 계획.

그 계획을 힘차게 말해 주도록 하자.

"정화자의 근거지 중 하나로 파악된 곳은 시안 쪽. 선물을 보내기에 살짝 거리가 있어서 그러는데, 그 전에 뭐 하나만 묻자."

—뭐요?

"정화자 놈들, 미사일 요격 가능하냐?"

—핵심 시설들은 아직까지 우리의 통제 안에 있소. 이능을 이용한 요격이면 몰라도, 미사일을 요격하는 건…… 김시우, 당신 설마!

"그렇단 말이지?"

그렇다면 다행이네.

선물이 무사히 도착할 가능성이 높아졌으니 말이야.

나는 씨익 입꼬리를 올린 다음, 전화기 너머의 순리를 향해 말했다.

"천벌 몇 발만 쏘자. 특별히 내가 싼값에 팔아 줄게."

─……우리의 영토에 미사일을 쏘는 것도 모자라서, 그 대금까지 우리에게 청구하겠다는 거냐? 이런 미친…….

"싫어?"

싫냐는 말에 순리는 한참 동안이나 대답을 하지 못했다.

꽃

고된 하루 일을 끝내고 우리는 신전으로 복귀했다.

신의주에서 헬기를 타고 평양 전초기지로 간 다음, 평양 전초기지에서 연료를 보급하여 서울로 돌아오는 일정.

그래도 전초기지 주변과 신의주까지의 제공권을 거의 확보한 상황이라, 이동 간에는 큰 문제가 없었다.

대한민국 정부에서 일본과 미국의 수송 헬기를 대거 빌려왔다고 하던데, 확실히 서 대통령의 수완 하나만큼은 인정해 줄 만하다.

"오빠!"

우리가 고된 몸을 이끌고 신전으로 복귀했을 때, 시연이가 기다렸다는 듯이 나에게 달려와서 안겼다.

"교황!"

"기다렸어!"

시연이와 함께 놀고 있었던 모양인지, 페어리들 역시 조잘거리면서 나에게 날아들었다.

근래에 북진한다고 시연이랑 잘 못 놀아 줬는데, 웃고 있는 시연이를 보니 마음이 편하게 놓인다.

역시, 집이 최고다.

"시연이, 잘 있었어?"

"응! 당연하지. 라파르트 할아버지한테 교리도 배우고, 호신술도 배우고! 엄청 재밌었어."

"그래? 라파르트 대주교, 시연이 어때요?"

나는 슬쩍 라파르트 대주교를 향해 물었다.

그러자 라파르트 대주교가 보기 드문 미소를 지으며 고개를 끄덕였다.

"성하의 동생답습니다. 습득 속도가 아주 빠릅니다. 보시다시피…… 신성력도 엄청 빠르게 증가하고 있습니다. 아무래도 신수님께서 많이 신경을 쓰고 계시는 것 같습니다."

라파르트 대주교는 시연이의 다리에 머리를 부비고 있는 백설이를 가리키며 말했다.

그러자 백설이가 꼬리를 살랑거렸다.

"내가 신목으로부터 받는 신성력 절반을 시연이에게 나눠 주고 있어. 나 잘하고 있지?"

"잘하고 있네. 내가 따로 상을 줄게."

"상?"

"핀란드산 원목으로 제작한 캣 타워. 슬슬 캣 타워 하나 새로 장만할 때 된 것 같지?"

그러자 백설이가 냅다 내 다리에 몸을 비비면서 말했다.

"주인, 난 항상 주인을 존경해! 리멘님 다음으로 존경하는 거, 잘 알지?"

자본주의에 물든 신수라…… 자본주의의 맛이 확실히 짜릿하긴 하지.

나는 백설이의 머리를 슬쩍 쓰다듬어 준 다음, 뒤를 바라보면서 말했다.

"물건 내려라."

"예!"

그러자 1기 교육생들이 헬기에서 자루 하나를 꺼냈다.

축성받은 천으로 만든 자루.

그것도 모자라서 최상급 신성석으로 만들어 낸 신성 결계가 자루를 철저하게 둘러싸고 있었다.

그 자루의 한가운데에 꽂힌 심판의 검은 그야말로 화룡점정이라고 할 수 있겠다.

"성하."

그 자루를 본 순간, 라파르트 대주교의 미간이 가늘게 좁혀졌다.

"저것은 설마⋯⋯."

"벨페고르의 화신체죠. 아직 벨페고르의 영혼이 깃들어 있습⋯⋯."

그때였다.

"마기!"

가만히 자루를 지켜보고 있던 시연이가 자루를 향해 달려가더니, 곧 고사리 같은 손으로 자루를 내려치기 시작했다.

고사리 같은 손으로 때려 봤자 얼마나 세겠⋯⋯.

콰아아아아아앙–!

⋯⋯콰아아아앙?

"오빠! 방금 이 나쁜 놈 꿈틀거리는 거 봤지? 라파르트 대주교님이 그랬는데, 나쁜 놈들은 일단 주먹부터 내지르라고 했어. 이렇게 하는 거 맞아?"

콰아아아아아앙–!

시연이가 자루를 후려칠 때마다 간이 착륙장의 땅이 흔들렸다.

어마어마한 힘.

어째서 라파르트 대주교가 시연이가 나와 닮았다고 했는지 이해할 수 있는 모습이었다.

그 모습을 내 뒤에서 지켜보고 있던 루나가 눈물까지 글썽이면서 말했다.

"성하, 시연이가 훌륭하게 잘 자라고 있어요."

저걸 잘 자라고 있다……라고 말해도 되는 걸까?

시연이가 얼마나 세게 때렸는지, 자루 안에 봉인되어 있는 벨페고르가 몸을 움찔거렸다.

나는 그 모습을 보면서 아찔함을 느꼈다.

벌써 저 정도면, 학교에서 절대로 싸우지 말라고 해야겠다.

싸우는 순간 인사 사고다.

그리고 저 모습을 보니 시연이가 특화된 분야도 대강 파악이 간다.

전투 쪽.

그것도 나와 아주 흡사한, 격투 스타일.

그렇지 않고서야 이 짧은 시간 동안 저 정도의 힘을 손에 넣었을 리가 없다.

"이렇게 해서 인욱이가 우리 집 최약체가 된 것은 확정인가?"

불쌍한 우리 인욱이.

시연이한테 맞으면 죽게 생겼다.

특단의 조치를 취해 줘야 할지도?

"시연아, 이리 와."

나는 시연이를 불렀고, 시연이가 쪼르르 나에게 달려왔다.

"응!"

"작은오빠 때리면 안 돼. 알겠지? 친구들이랑 싸워도 주먹 휘두르지 말고."

"저쪽에서 먼저 때리면 어떻게 해?"

"어디 가서 지고 다니라는 소리는 아니야. 저쪽에서 먼저 때리면…… 딱밤 정도로 해결하자."

"알았어!"

맞고 다니는 건 또 볼 수 없지.

내 말에 시연이가 딱밤 시늉을 내면서 해맑게 미소를 지었고, 나는 그 모습을 흐뭇하게 바라보았다.

그래도 우리 시연이, 어디 가서 맞고 다니진 않겠어.

그것만으로 이 오빠는 기쁘단다.

아, 맞다.

라파르트 대주교한테 해 줄 이야기가 있구나.

"라파르트 대주교."

"예, 성하."

"중국 쪽에 천벌 좀 판매하고 왔습니다. 박지원 고문에게도 전달해 주세요. 정확히 40발 인계했거든요. 대한민국 정부가 신의주에 배치했던 천벌을 판매한 셈이니까, 정부 쪽에 재고 채워 주시구요."

"알겠습니다. 그런데 이리 갑작스럽게 판매하신 이유가……."

"지금쯤이면 아마 뉴스가 보도되고 있을 건데…… 여기 있다."

나는 스마트폰을 꺼내 라파르트 대주교에게 보여 주었다.

때마침 포털 사이트를 도배하고 있는 기사.

〈(속보) 중국 정부, 반란군의 근거지로 의심되는 '시안'에 미사일 공격 감행!〉

〈중국 외교부 대변인, '이번 미사일 공격은 반란군의 뒤에 숨어 있는 사악한 이들을 향한 공격이다. 민간인들의 피해는 없을 것이다.'〉

〈중국 대륙의 내전, 어디로 향하는가?〉

나는 자루에서 버둥거리는 벨페고르를 바라보면서 말했다.

"큰 선물을 받았으니, 받은 만큼은 돌려줘야죠. 그게 한국인의 정이지."

❀

서울 신전에는 아주 비밀스러운 장소가 있다.

지하 3층에 위치한 어느 밀실.

원래 이곳은 교단의 성유물을 보관하기 위해 만들어진 장소였지만, 지구에서는 아직까지 보관할 만한 성유물이 몇 개

없기 때문에 꽤 널찍한 장소기도 했다.

에덴에서 지구로 처음 넘어온 성유물이라고 해 봤자 세 개뿐이다.

하나는 이곳에 자리 잡은 〈리멘의 증표〉, 그리고 또 다른 하나는 저기에 있는 신목.

마지막으로 이번에 새로 뽑아 온 심판의 검까지.

"신성력은 충분하고."

심판의 검까지 이곳에 배치해 둬서 그런지, 지금 이곳은 성지의 그 어느 곳보다 강렬한 신성력이 느껴지고 있었다.

나는 심판의 검과 함께 벽에 꽂혀 있는 벨페고르를 바라보면서 미소를 지었다.

"어때, 당분간 네가 갇혀 있을 곳인데. 마음에 들어?"

벨페고르의 상태는 단동에 있을 때보다 훨씬 안 좋았다.

그도 그럴 수밖에 없는 것이, 성지의 신성력은 마왕이 감당하기엔 힘든 수준이었기 때문이다.

100%의 컨디션으로도 쉽게 감당할 수 없는 신성력인데, 대부분의 힘을 나에게 뺏긴 상태면 어떻겠어?

부들부들.

몸을 벌벌 떠는 것만 보더라도 대강 알 수 있다.

영혼이 타들어 가는 고통.

아니, 실제로도 영혼이 타들어 가고 있을 거다.

나는 벨페고르에게 천천히 다가간 다음, 녀석의 턱을 손으로 움켜쥐었다.

"빠져나갈 수 있으면 빠져나가 봐."

원래의 계획은 화신체에서 도망가는 거였을 거다.

하지만 심판의 검에 몸이 꿰뚫린 이상, 녀석의 계획대로 흘러갈 수가 없었다.

심판의 검은 단순히 육체만 꿰뚫는 검이 아니다.

육체에 결속되어 있는 영혼.

그것까지 꿰뚫어 버린다.

심판의 검이 마왕들과의 전쟁에서 사실상 최후의 병기로 거론되었던 것에는 다 이유가 있었다.

"나를 묶어 둔다고 해서 달라질 건 없어, 교황. 내 형제들이 이미 이 땅에 강림했다. 너 혼자서 내 형제들을 막을 수 있을까?"

그래도 꼴에 마왕이라고, 벨페고르는 고통을 참으면서 내게 자신의 의지를 전했다.

"지금 나 협박하는 거야?"

"고작 이 작은 땅에서 안주하는 네 모습을 보고 있으니까 기가 차."

"내가 넓은 땅에서 살든, 작은 땅에서 살든. 네가 알 바 아니고. 한 가지 사실을 알려 줄게, 벨페고르."

나는 녀석의 얼굴에 주먹을 한 방 먹여 준 다음, 천천히 말을 이어 나갔다.

"마기에 물든 영혼들은 신성력과 닿는 순간 무너지기 시작해. 너희 마왕들의 영혼도 마찬가지야. 처음에는 문제가 없을지 몰라도, 지속적으로 노출이 된다면…… 아마 너도 지금쯤 깨닫고 있을 거라고 본다."

에덴에서는 리멘의 도움으로 마왕의 영혼들을 찢어발길 수 있었다.

그럼에도 이 녀석들이 부활할 수 있었던 이유는, 영혼들의 조각이 남아 있었기 때문이다.

그래서 이번에는 생각을 좀 바꿨다.

신성력을 아주 오랜 시간 동안 지속적으로 녀석들의 영혼에다 투사할 것이다.

그리고 벨페고르야말로 그 방법을 실험하기에 충분한 실험체기도 했고.

지금은 임시방편으로 심판의 검을 사용하고 있었으나 그 문제도 빠른 시일 내로 해결될 것이라고 본다.

라파엘과 토비에게 부탁을 해 뒀거든.

라파엘이 진행하는 마기 연구가 진척도도 빠른 상황이고, 정 안 되면 심판의 검을 계속 이용해도 괜찮을 것 같다.

심판의 검을 꽂아 둔 자리에다가 마왕의 영혼들을 모아 두면 되는 거니까.

나는 만족스럽게 고개를 끄덕이면서 벨페고르를 바라보았다.

"그래도 참 쓸모가 많을 때 잡혀 줘서 고마워. 안 그래도

요새 교보재가 부족했거든. 중국 가서 마족들을 잡아 와야
하나 고민을 많이 했단 말이야."

"……그건 무슨 소리야?"

"레오, 교육생들 데리고 들어와라."

내 부름에 레오가 문밖에서 대답했다.

"예, 성하."

레오가 성유물 보관실의 문을 열고 안으로 들어섰다.

레오의 옆에는 이은택 씨를 비롯하여 이단심문관 교육생
다섯 명이 함께하고 있었다.

"성하께서 명하신 대로 이단심문관 교육생들 중에서 성과
가 좋은 교육생들을 간추렸습니다."

"잘했어. 때마침 좋은 교보재가 들어와서, 이단심문관들
교육에 사용해 보려고."

완벽하게 무력화된 마왕의 화신체.

이단심문관들에게 있어서 이만한 교보재가 얼마나 있을
까?

단언컨대 이것만큼 좋은 교보재는 없을 것이라 생각한다.

나는 레오의 옆에서 벨페고르를 쳐다보고 있는 이은택 씨
를 향해 말했다.

"이은택 형제님."

"예, 성하."

"이리 와 보세요."

내 말에 은택 씨는 순순히 내 옆으로 왔다.

현재, 은택 씨는 이단심문관 교육생들의 대표라고 할 수 있는 사람.

교육 성과도 좋다.

이번에 중국에 파견되는 인원이기도 하고, 개인적으로 내가 기대를 많이 거는 사람이다.

우리 교단에 더할 나위 없이 적합한 인재상이라고 해야 하나?

"앞으로 이은택 씨를 비롯한 이단심문관 교육생들은 이 마왕의 화신체를 통해서 여러 가지를 학습하게 될 거예요. 효과적으로 마기를 억제하는 법, 마기를 지닌 존재를 심문하는 법. 여러 가지를 배울 수 있을 겁니다."

이단심문관 교육생들이 실습할 수 있는 기회가 적어서 마음이 쓰였는데, 벨페고르를 포획해 온 것은 그야말로 가뭄의 단비다.

물론 취급할 때 주의 사항이 있다.

"레오, 이곳에 출입할 때는 무조건 네가 동행해. 알겠지?"

내 말에 레오가 고개를 끄덕였다.

"성유물 보관실의 신성 결계를 통과하기 위해서는 허가가 필요한 구조입니다. 간부들과 동행하지 않는 이상, 출입은 불가능합니다."

"뭐, 실수로 이 녀석이 뛰쳐나가도 상관은 없긴 해."

나는 벨페고르의 화신체를 바라보면서 한쪽 입꼬리를 슬쩍 올렸다.

"심판의 검이 꽂힌 채로 나가는 순간, 베스가 물어뜯어 버릴 거야."

어차피 심판의 검은 내가 아니고서는 뽑을 수 없다.

애초에 그런 검이니까.

즉, 여기서 벨페고르의 운명이 결정되었다는 소리다.

나는 벨페고르의 얼굴에 주먹을 한 번 더 날린 다음, 개운한 목소리로 말했다.

"앞으로 마음대로 사용하도록 합시다. 우리 이단심문관 형제 여러분들의 무궁한 발전을 기원합니다."

"항상 생각해 주셔서 감사합니다!"

"감사합니다!"

기합이 바짝 들어 있는 이단심문관 교육생들의 대답.

나는 흡족한 표정으로 고개를 끄덕였다.

"아주 좋습니다. 훌륭한 이단심문관이 되어 주시길 바랍니다."

"최선을 다하여 교단의 적을 분쇄하겠습니다!"

"교단의 이름을 더럽히는 이들에게 응당한 벌을 내리겠습니다!"

"리멘님에게 영광이 있기를!"

"리멘님에게 영광이 있기를!"

순식간에 열렬한 신앙 고백의 현장이 되어 버린 이곳.

우리 교단의 미래가 아주 밝구나.

내가 만족스럽게 그들을 쳐다보고 있을 때였다.

띠리리링.

전화벨이 울렸고, 곧바로 전화를 받았다.

"여보세요."

그러자 전화기 너머에서 들려오는 익숙한 목소리.

—김시우 교황님, 그간 잘 지내셨습니까?

"아, 서신우 대통령님."

—혹시 지금 시간이 괜찮으시다면 차 한잔 어떻겠습니까?

내가 아는 장사꾼 중 최고의 장사꾼, 서신우 대통령의 목소리.

이 양반이 이번에는 무슨 일이려나?

아직 퇴근까지 시간이 좀 남았으니…… 잠깐 이야기하는 것 정도는 괜찮겠지.

"좋습니다."

—김동식 실장에게 이야기를 전달해 두었습니다. 구 청와대에서 뵙겠습니다.

구 청와대면, 우리 신전 바로 옆.

어째 하루도 조용할 날이 없구만.

나는 전화기를 끊은 다음, 천천히 성유물 보관실 밖으로 나섰다.

우리 교황님 좀
말려 주세요

꽃 문양

김 실장이 운전해 주는 차를 타고 도착한 구 청와대.

정비 작업이 끝나서 그런가, 지난번에 왔을 때보다 훨씬 깔끔하고 수수한 분위기가 느껴졌다.

"오셨습니까, 김시우 교황님."

회의실 내부로 들어온 나를 서 대통령이 반갑게 맞이해 주었다.

나는 그가 건네는 손을 맞잡으면서 미소를 지었다.

"오랜만에 뵙습니다. 요새 많이 바쁘신 것 같습니다?"

"대통령이 바쁘다는 말은 그만큼 나라가 활기차게 돌아간다는 뜻입니다. 좋은 일 아닙니까?"

"대통령님에게는 별로 좋은 일이 아닌 것 같아서요."

"역시, 리더의 고충은 리더가 알아주십니다, 하하!"

유머러스하게 농을 주고받은 우리는 곧바로 의자에 착석했다.

나는 비서가 내어다 준 차를 한 모금 마시면서 서 대통령을 바라보았다.

"이제 이곳을 집무실로 사용하시는 겁니까?"

"음, 일단은 임시로 사용하고 있습니다. 이곳 구 청와대는 대한민국이 위기를 극복해 나간다는 상징이 되었으니까요."

서울의 심장부를 관통했던 그라운드 제로.

그 그라운드 제로를 딛고 내일로 향하겠다는 정부의 다짐이 깃든 장소.

역사의 뒤안길로 사라질 뻔했던 구 청와대가 부활한 이유도 바로 거기에 있다.

상징은 중요한 법이다.

특히, 지금처럼 혼란한 시기에서의 상징은 더더욱.

그래도 서 대통령의 밝은 안색을 보면 나도 기분이 좋아진다.

피곤한 기색이 역력했던 예전의 서 대통령은 이미 온데간데없었고, 그러니까……

"회춘한 것 같지요?"

"이제는 독심술까지 습득하셨네요. 최근에 각성하셨습니까?"

"요새 그런 소리 많이 듣습니다."

진짜 회춘한 것 같다.

표정에서 활력이 엿보인다고 해야 하나?

아무튼 보기 좋다.

"이게 전부 다 김시우 교황님께서 저를 많이 도와주신 덕분입니다."

"상생의 효과가 좋아 보여서 저도 기분이 좋습니다."

"제 말을 기억하고 계셨군요. 이거, 정말 영광입니다."

서 대통령은 활짝 미소를 지었다. 그리고 힘이 들어간 목소리로 말을 이어 갔다.

"대한민국의 국력이 많이 강해졌습니다. 신의주까지의 북진은 완료되었고, 이제 남은 건 신의주, 평양을 중심으로 동진을 이어 가는 겁니다. 마지막 단계지요. 강한 힘에는 그만큼 강한 책임이 뒤따른다고 했습니다. 이제 대한민국은 강한 책임을 감당할 수 있는 나라가 되었다고 생각합니다."

서 대통령의 얼굴에서 자부심이 엿보였다.

내가 돌아왔을 때만 하더라도 정부는 유명무실하고, 주변국의 압박이 거셌던 걸 생각해 본다면…… 정말 엄청난 변화라고 할 수 있었다.

기회는 내가 많이 만들어 주기는 했다만, 기회를 준다고 해서 좋은 결과가 나오리라는 보장은 없다.

대한민국의 국력이 여기까지 올라온 건 서 대통령의 역할이 컸다고 생각한다.

"대통령님께서 고생 많이 하셨죠."

"모두가 고생을 했습니다. 누군가는 밤을 새워 작전을 계획하고, 또 누군가는 밤을 새워 물자를 준비하고. 저는 그저 수많은 이들의 노력에 숟가락을 올렸을 뿐입니다."

가식적인 멘트라고 하기에는 진심이 뚝뚝 묻어 나오는 말.

공을 아래로 돌릴 수 있는 사람들이야말로 훌륭한 리더라는 말이 이해가 가는 순간이었다.

나는 차를 한 모금 더 목으로 넘긴 다음, 본론으로 들어

갔다.

"그런데 오늘 이렇게 갑자기 만나자고 하신 이유가……."

"중국 정부 측에서 사진이 도착했습니다. 김시우 교황님께서 중국 측에 인계한 천벌 미사일이 목표 지점을 정확하게 타격했다고 합니다."

서 대통령은 그렇게 말하며 회의실의 앞에 설치된 스크린에 사진을 띄웠다.

중국 정부에서 직접 촬영한 자료.

사진 속에는 천벌 미사일이 남긴 흔적이 고스란히 담겨 있었다.

"보시다시피 물리적 파괴력은 제한적입니다. 미사일이 타격한 원점을 제외하고서는 민간인 피해도 전무합니다."

미사일에 폭격당한 도시라고 하기에는 건물들이 대부분 멀쩡했다.

나는 그 사진을 보면서 만족스럽게 고개를 끄덕였다.

"물리적 파괴력은 최대한 억제하고, 신성력을 퍼뜨리는 것에 중점을 둔 미사일이니까요."

천벌 미사일을 설계했을 때부터 그렸던 그림이다.

일반인들에게는 큰 피해가 없으나, 마기를 보유한 이들에게 치명적인 미사일.

물론 사진 속의 모든 건물들이 멀쩡한 건 아니었지만, 그 건물들이 멀쩡하지 않은 이유는 대강 예상이 갔다.

우리 교황님 좀
말려 주세요

"마기에 침식당한 건물들이 무너졌네요."

"중국 쪽에서도 그렇게 판단하고 있습니다."

결과는 기대 이상.

천벌이 마기를 타격할 수 있는 효과적인 수단인 것이 다시 한번 증명되었다.

우리 교단의 전략적 선택지가 더욱 다양해졌달까?

"선물이 제대로 배송된 것 같아서 다행입니다."

정화자 놈들에게 배송한 선물이 성공적으로 도착해서 그런가, 마음이 아주 흐뭇하다.

"사실, 제가 오늘 김시우 교황님을 이곳까지 모신 건 거창한 이유가 있어서가 아닙니다. 부탁드리고 싶은 것이 있습니다."

"보통 대통령의 부탁이 거창하지 않은 경우가 없던데요."

"거절하셔도 좋습니다."

"일단 들어는 보겠습니다."

내 대답에 서 대통령은 곧바로 '부탁'을 말했고, 나는 그 '부탁'을 듣자마자 다시 되물었다.

"……제가요?"

"예, 그렇습니다."

"……진짜 이게 맞나?"

예상치도 못한 '부탁'이 서 대통령의 입에서 튀어나와 버렸다.

서 대통령으로부터 의외의 '부탁'을 받고 집무실로 돌아왔다.

"……그렇게 해서, 이번 교류 행사의 강사를 맡게 되었다."

"축하드립니다, 성하."

"우리 사부님이라면 자격이 충분하죠!"

"형님, 과연, 대단하십니다."

"어째 다들 표정이 좀 이상한데? 속으로 고소해하고 있지?"

서 대통령의 부탁을 간단하게 정리하자면 다음과 같다.

―지난번에 LA에서 개최되었다가 흐지부지된 각성자 포럼을 대체할 '제1회 각성자 국제 교류전'이 2주일 후, 서울에서 개최되는 것으로 결정되었다. 대대적인 교류 행사이며, 친선전을 위주로 진행될 예정이다. 그에 맞춰서 대한민국이 특별 강사들을 모으고 있는데, 김시우 교황님께서 그중 한 명이 되어 주었으면 한다.

지난번 동북아 교류전에서 워낙 재미를 봐서 그런가?

서 대통령 딴에는 열심히 준비한 기색이 역력해 보였다.

우리교황님좀
말려주세요

실제로 이번 교류전을 주최하기 위해서 대한민국의 외교 라인이 풀가동되었다고 한다.

확실히 서 대통령의 수완이 좋다고 느낀 게 뭐냐면, 이번 교류전의 개최 명분이 제법 그럴듯했다.

1. 중국의 바로 옆인 한반도에 국제급 회의를 개최하여 내전 종식을 촉구한다.

2. 그동안 각성자 후진국으로 분류되었던 대한민국의 위상이 높아졌음을 다시 한번 공고히 하여, 대한민국의 영향력을 대폭 확대한다.

3. 외국 기업들에도 잃어버린 땅 개발 사업 입찰 참여를 독려하여, 그동안 대한민국에서 빠져나간 외국 자본을 다시 대한민국에 유입시킨다.

그 밖에도 셀 수 없이 많은 명분들.

정치는 명분 노름이라더니, 그 말이 딱 맞다.

내 앞에서 수십 가지의 명분을 댈 것 같은 기세를 보여 주었는데, 그걸 내가 어떻게 면전에서 거절하겠어?

물론 서 대통령이 나를 명분으로만 꼬신 건 아니다.

"이번 각성자 국제 교류전 행사에 리멘 교단 병력과 교단의 장비들이 동원될 예정입니다. 평화를 수호하는 리멘 교단의 이미지에 정말 알맞은 행사 아니겠습니까?"

나는 해맑게 미소를 지으면서 집무실에 모인 인원들에게 말했다.

그러자 과자를 먹고 있던 루나가 한마디 던졌다.

"성하, 얼마 받으셨어요?"

"왜 그러시죠, 루나 레벤톤 경? 저는 돈 따위에 현혹되는 사람이 아닙니다. 저는 어디까지나 대한민국과 전 세계의 평화를 위해서 그 제안을 받아들였을 뿐입니다."

그리고 마침 그때였다.

똑똑똑.

집무실 밖에서 문을 열고 들어온 라파르트 대주교가 나를 향해 묵례를 하면서 말했다.

"성하, 입금 확인되었습니다."

그러자 순식간에 조용해지는 집무실 내부.

그렇게 얼마나 시간이 흘렀을까?

루나가 과자를 한 개 더 집어 먹은 다음, 실실 웃으면서 말했다.

"자본주의사회에서는 돈이야말로 평화죠. 성하의 철학, 잘 이해했답니다."

"……이번에도 거절하기에는…….."

"거절하기에는 큰 금액이었다? 네네, 그러시겠죠. 그 돈으로 저희 애들 장비나 든든하게 맞춰 주세요."

이거 참 체면이 안 서는군.

나는 씁쓸하게 고개를 끄덕였다.

"이번에 정부 측에서 지급한 금액 중 절반은 교단의 복지 사업에 사용될 겁니다. 보육원, 병원, 학교 등. 리멘 교단의 이름으로 여러 가지 시설이 건축될 예정입니다."

우리 교단의 복지 사업을 주관하는 〈리멘 재단〉의 설립은 한참 전에 완료된 상황.

리멘 교단의 이름으로 각종 복지 사업이 본격적으로 펼쳐지게 될 것이다.

많은 사람들이 우리 교단에 보내 주는 성원만큼은 보답해 줘야 한다.

'여러분들이 주신 은혜를 몇십 배, 몇백 배로 돌려드리겠습니다.'가 우리 리멘 교단의 모토다.

"상해로 향하는 1차 선발대는 이번 국제 교류전이 끝나는 대로 파견할 예정이니까, 루나 너는 그렇게 알고 있어라. 솔직히 요새 고생 많이 했잖아? 한국에서 2주 정도 더 쉬고 가."

"저야 좋죠."

"이단심문관들도 벨페고르를 통해서 이것저것 학습할 기회를 줘야 하니까, 알겠지? 레오 너는 이단심문관들에게 심문 기술 전수 빡세게 해 주고."

"예, 성하."

보폭을 크게 가져가기 전에 숨을 고르는 건 당연한 일이다.

나는 레오와 루나에게 각각 지시를 내린 다음, 이번에는 루나의 옆에 앉아 있던 그레이스를 바라보았다.

"그레이스."

"네, 사부님!"

"이번에 바티칸 교황청에서도 유망주들을 파견한다고 했고, 아까 그쪽 교황님이랑도 전화 통화 했어. 따로 전달은 받았지?"

"네."

"바티칸의 유망주들은 우리 교단의 훈련소에서 신성력에 대한 수업도 병행하게 될 거야. 나중에 루나를 그쪽에 붙여 줄 테니까, 성과를 충분히 내도록 해. 그래야 내 체면도 사니까. 알지?"

그레이스가 요새 우리 교단의 인원들과 활동을 하고 있기는 하지만, 결국 그레이스는 가톨릭의 성녀다.

언젠가는 바티칸으로 돌아가 가톨릭의 신도들을 이끌어야 할 운명을 지녔다.

그래도 뭐 훈련 성과는 아주 좋다.

이번 북진 작전에서 꽤 큰 전공을 세우기도 했고, 신성력을 사용하는 것도 제법 능숙해졌다.

"리멘 교단이 잘나가는 것도 좋지만, 그렇다고 해서 우리만 생각해서는 안 됩니다, 여러분. 다른 종교, 다른 신성 계열 플레이어들의 수준이 올라와야 마기 사용자들과의 싸움에서 더 유리하게……."

"아, 성하, 방금 전에 가톨릭 측의 추가 입금도 확인되었습니다."

"……예, 그렇다고 하네요. 제가 돈에 미친 놈입니다. 준다고 하는 걸 거절하기가 정말 힘들어요. 아시겠죠?"

이쯤 되면 라파르트 대주교가 일부러 나를 멕이는 것 같기도 한데…….

내가 요새 따로 챙겨 준 게 없었나?

그렇게 대강 이번 교류전에 관한 안건들이 정리가 되었고, 그 이후로 세부적인 조정이 시작되었다.

"북진 동안 교육생들이 고생이 많았을 테니, 당분간은 휴식 위주로 일정을 짜면 됩니다. 저도 이참에 좀 쉬겠습니다."

사실상 중국 진출 전 마지막 숨 고르기다.

숨 고르기를 안 하면 막상 뛰어야 할 때 숨이 모자라는 상황이 온다.

나도 이참에 교류전을 준비하면서 좀 쉬어야지.

아, 맞다.

한 가지 더.

"이번에 우리 교단의 유망주 대표로는 승우가 참가하게 되었습니다."

우리 교단에서도 이번 교류전에 유망주를 참가시키기로 했다.

그것은 바로 승우.

원래는 재민이를 참가시킬까 했는데, 솔직히 재민이가 유망주급으로 분류되는 건 자존심이 상할 것 같았다.

내 말에 라파르트 대주교가 고개를 숙이며 답했다.

"준비를 시키도록 하겠습니다."

"진서준 형제님과도 이야기를 나누고 허락도 받았으니까, 라파르트 대주교가 신경 좀 많이 써 주세요."

"리멘 교단의 선지자가 어떤 존재인지 증명해 보이도록 하겠습니다."

나중에 승우랑 같이 밥이라도 먹어야지.

그렇게 해서 간단한 회의는 끝.

모든 안건이 끝나자마자 나는 곧바로 자리에서 일어섰다.

"오늘 일은 여기서 끝. 다들 퇴근합시다."

"성하, 술 한잔 하실? 오늘 토비 아저씨표 성수 맥주 출고하는 날인데, 제가 두 박스 정도 사 뒀거든요."

"성수 맥주?"

SNS에서 요새 인기가 많다는 이야기는 들었는데…… 성수 맥주라면 나쁘지 않지.

"좋지. 집으로 가자."

"집으로? 저 씻고 갈까요, 아니면 가서 씻어요?"

"인욱이도 성수 맥주 마시고 싶다더라. 헛소리하지 말고, 광장시장 가서 육회랑 안줏거리 좀 사 들고 가자. 레오랑 그

우리 교황님 좀
말려 주세요

레이스도 같이 가자."

"예, 성하."

"네, 사부님."

가끔 모여서 회식하면 좋지.

그나저나 인욱이가 아까 전에 자랑할 게 있다고 하던
데…… 뭘까?

❧

동료들과 함께 성수 맥주랑 안줏거리들을 챙겨서 집으로
돌아왔다.

먼저 집에 돌아와 있던 시연이가 우리를 반겨 주었고, 곧
안방에서 활기찬 표정의 인욱이가 걸어 나왔다.

"형! 왔어?"

"오냐."

"안줏거리 부족할까 봐 김치찌개랑 수육도 해 뒀어. 안주
로는 뭐 사 왔어?"

"육회랑 튀김 등등. 고생했다, 인욱아."

인욱이의 요리 실력은 꽤 괜찮은 편이다.

손재주도 제법 좋고.

"인욱이, 이제 장가만 가면 되겠네? 누나는 요리 잘하는
남자 호감이더라. 안 그래, 그레이스?"

"맞아요. 인욱 씨라면 어딜 가나 인기 많을 것 같아요."

"저 별로 인기는 없는데……."

"이참에 그레이스, 네가 우리 인욱이 데려갈래? 성하께서 허락만 해 주신다면 괜찮을 것 같은데? 안 그래요, 성하?"

갑작스럽게 주선되는 소개팅 현장.

나는 한숨을 푹 내쉬면서 말했다.

"어차피 가톨릭 사제들은 결혼 못 하잖아."

그러자 그레이스가 어깨를 으쓱였다.

"저 수녀도, 사제도 아닌데요? 우리 교황님께서도 결혼은 마음대로 하라고 하셨는데."

"……그래도 돼?"

"안 될 게 뭐가 있어요."

"일단 본인 의사부터 묻…… 인욱아, 못생겼으니까 입 닫 아라."

"아, 미안, 형. 나도 모르게 그만."

우리는 이런저런 이야기를 주고받으며 거실에 상을 폈다.

빠르게 세팅되는 술자리.

토비표 성수 맥주를 중심으로 갖가지 안주들이 배치되었 다.

시연이를 위한 오렌지 주스까지 해서 세팅은 끝.

"오늘은 편하게 놀자."

그 이후로 술자리가 진행되었다.

우리끼리의 술자리 분위기는 늘 그렇듯이 무난무난했다.

루나가 분위기를 띄우고, 레오와 시연이가 그걸 받아 주고.

참 평화로운 한때였다.

나는 토비표 성수 맥주를 마시면서 슬며시 긴장을 풀었다.

요새 이런 자리를 마련하지 못한 지도 꽤 오래되었다. 그만큼 정신없이 달려왔다는 뜻이다.

워라벨이란 게 이렇게 참 중요하다.

체력적인 부분을 떠나서, 정신적인 피로는 신성력으로도 크게 어쩔 수 없거든.

그렇게 도란도란한 분위기 속에서 술자리가 진행되어 가던 중, 나는 성수 맥주를 마시면서 인욱이에게 물었다.

"너는 왜 한 모금도 안 마시냐?"

그러자 인욱이가 씨익 웃으면서 대답했다.

"형한테 자랑하고 싶은 게 하나 있어서."

"뭔데?"

내 질문에 인욱이는 기다렸다는 듯이 스마트폰을 꺼내 나에게 보여 주었다.

스마트폰의 액정 속에는 우리 아파트 주차장에 주차되어 있는 어떤 차가 있었다.

"나 차 새로 하나 뽑았어. 평소에 사고 싶었었는데, 이번에 중고로 엄청 싸게 나왔더라."

일단 첫마디부터 불안하다.

중고로, 그것도 엄청 싸게 나왔다라…….

"그냥 신차로 사지 그랬어."

"어차피 내가 자주 타고 다니는 것도 아니고…… 비싼 차 타고 다니면 형 이미지에 안 좋을 수도 있잖아? 그래서 그랬지."

루나가 타고 다니는 슈퍼카를 생각해 보면 마냥 그렇지만도 않은데.

그래도 내 이미지를 생각해 주는 모습이 참 기특하다.

"그래서 그냥 아는 형이 소개해 준 사람한테 싸게 샀어."

"아는 형?"

"어, 원래 편집하던 형인데, 요새는 보험도 팔고 다니고. 되게 열심히 살아."

그렇구나.

나는 웃으면서 고개를 끄덕였다.

"그런데 그거랑 술을 안 마시는 건 무슨 상관?"

"차도 새로 뽑았는데, 형이랑 같이 드라이브 좀 하려고 그랬지. 형이 월급 넉넉하게 준 덕분에 산 건데, 그래도 은혜는 갚아야 하잖아?"

"오."

인욱이가 이렇게 기특한 면이 또 있네?

절로 흐뭇한 미소가 지어진다.

"인욱이 차 뽑았어? 누나가 좀 봐 줄까?"

이런 우리의 대화를 옆에서 듣고 있던 루나가 빠르게 끼어들었다.

차량에 관해서는 루나가 사실상 전문가라고 볼 수 있다.

지구로 귀환한 이후 루나가 가장 관심을 둔 분야가 차량이었기 때문이다.

든든하네.

"이참에 차나 한번 구경해 보러 갈까?"

"좋지."

"레오야, 시연이랑 백설이 데리고 있어라. 잠시 내려갔다 올게."

"예, 성하."

쇠뿔도 단김에 빼랬다고, 우리는 곧바로 아파트 주차장으로 향했다.

인욱이의 차는 겉으로 보기에는 꽤 말끔했다.

외관만 보면 신차에 가까운 상태.

"원래는 다른 거 보러 갔었는데, 이게 가격이 괜찮게 나왔더라. 그래서 샀어. 어때, 괜찮지?"

"뭐 하나만 묻자, 인욱아."

"어?"

"그, 아는 형이라는 사람, 많이 친한 사람이냐?"

그러자 인욱이가 어깨를 살짝 으쓱였다.

"아니, 형이 내 친형인 것도 모르는 사람인데, 그냥 안면

이 조금 있는 것 정도?"

"그렇구나. 루나야, 점검 좀 해 봐라."

"네에."

잠시 후.

차의 이곳저곳을 들여다본 루나가 말했다.

"성하."

"어."

"당했어요."

"……뭘를?"

루나는 차의 보닛을 툭툭 두드리면서 미소를 지었다.

"이거 침수 차예요. 100%. 인욱아, 이거 누구한테 샀어? 누나가 좀 다녀와야겠는데?"

"침수 차요? 그럴 리가 없는데. 제가 서류 다 꼼꼼하게……."

현실을 부정하는 인욱이.

나는 그런 인욱이를 바라보면서 한숨을 푹 내쉬었다. 그리고 루나를 바라보면서 말했다.

"갈 때 나랑 같이 가자."

인욱이가 아직 애는 애구나.

에휴.

누군가의 운수 좋은 날

　인천의 어느 중고차 매매 단지.

　우태식은 오늘따라 기분이 너무 좋았다.

　전날에 꽤 많은 실적을 올렸기 때문이다.

　"태식이, 어제 꽤 많이 낚았다면서?"

　늘 그렇듯, 사무실로 출근한 그를 동료 딜러가 반갑게 맞이해 주었다.

　"예, 형. 어제 호구 몇 명 괜찮게 낚았거든요. 할아버지 둘이랑 아줌마 하나, 그리고 미튜브 편집자랬나? 그렇게 넷."

　"할아버지들한테 또? 이런 악랄한 새끼."

　"돈이 최고라고 가르쳐 주신 분이 형님 아니세요?"

　"야, 이러다가 대표님이 나보다 너 더 챙겨 주시는 거 아니냐? 오늘 끝나고 한잔 사라. 그런데 너 오늘 왜 이렇게 일찍 출근했냐?"

딜러의 질문에 우태식은 씨익 웃으면서 대답했다.

"방금 말했던 그 미튜브 편집자 있잖아요? 그 호구 새끼가 자기 형한테도 차 한 대 뽑아 주고 싶다면서 찾아온다나 봐요."

"이제는 가족까지 털어먹어? 이야, 이 지독한 놈 봐라."

"굴러 들어온 복을 찰 수는 없잖아요. 제가 어제 입을 잘 털긴 했거든요."

우태식은 본인이 어제부터 정말 운수가 좋다고 생각했다.

계약을 하나도 못 따낼 때가 많았는데, 어제부터 자꾸만 손님이 몰려들고 있었다.

원래 영업은 타이밍이다.

물이 들어올 때 노를 저어야 한다.

중고차 참교육 미튜버들 때문에 한때 뒤안길로 사라질 뻔한 사업이었지만, 잘될 때는 이것만큼 괜찮은 직업이 없다.

세상이 바뀌더라도 귀가 얇은 사람들은 얼마든지 있으니까.

낮은 가격에 홀려서 오는 사람들은 의외로 감언이설에 잘 넘어간다.

"맞다, 태식아. 너 그거 아냐?"

"뭐요?"

우리교황님좀
말려주세요

"요새 C급 헌터들이 그렇게 괜찮다더라. 폼을 잡고 싶어서 외제 차는 타고 싶고, 그렇다고 신차 사기에는 아직 부담스럽고. 세상 물정에 어두운 놈들도 많아서 의외로 잘 낚인다던데?"

C급 헌터.

없어서는 안 되지만, 그렇다고 큼지막한 레이드에선 활약하지 못하는 헌터들.

우태식은 동료의 정보를 빠르게 머리에 담아 두었다.

항상 자신의 멘토가 되어 주는 사람의 조언이다. 이야기를 들어 보니 확실히 C급 헌터들이 괜찮을 것 같기는 하다.

최악의 경우를 가정하더라도 말이다.

"어차피 각성자특별법 때문에 각성자가 민간인에게 함부로 무력을 쓰면 엄청난 가중처벌을 받는다잖아? 만약 걸리더라도 일부러 몸싸움을 유도하든가 해. 그거 이용해서 협박하는 방법도 있다더라."

"오. 그거 진짜 솔깃한데요?"

'각성자들은 일반인들보다 형량이 높게 나오는 편이니까, 두고두고 빨아먹을 수도 있겠네.'

좋은 정보였다.

작업 치기 괜찮은 각성자를 알게 된다면 한번 시도해 보겠다고 다짐하는 우태식이었다.

"그럼 이따가 보자. 형 오늘 외부에서 약속이 있어서, 이따가 연락할게."

"예, 형. 다녀오세요."

"그래."

그렇게 동료 딜러는 사무실 밖으로 나갔다.

그리고 때마침 책상 위에 잠시 내려 둔 그의 영업용 폰이 울렸다.

오늘 오기로 한 미튜브 편집자였다.

"예, 고객님. 전화 받았습니다."

ㅡ저희 거의 다 왔거든요. 어디로 가면 될까요?

"아! 어제 오셨던 사무실로 바로 들어오시면 됩니다. 계약 준비도 다 끝내 뒀습니다."

ㅡ네, 곧 뵐게요.

"천천히 오세요. 일부러 시간 넉넉하게 비워 뒀습니다."

뚝.

간단한 전화는 그것으로 끝.

우태식은 전화기를 내려 둔 다음, 잠시 복도로 가서 창문을 열고 입에 담배를 물었다.

'오늘 계약 끝내면 유진이한테 바다라도 다녀오자고 그럴까? 가방 하나 사 주면 좋다고 따라올 것 같은데.'

근래에 들어 열심히 연락하고 있는 여자애를 떠올리던 우태식은 곧 건물 안으로 들어오는 한 무리의 사람들을 볼 수 있었다.

남자 둘, 여자 하나로 구성된 무리.

그중 가장 눈이 갔던 건 늘씬한 몸매를 지니고 있는 외국인이었다.

"와."

마스크를 쓰고 있었음에도 미모가 가려지지 않는다는 말이 바로 저런 걸까?

그는 그녀로부터 시선을 뗄 수 없었지만, 곧 아쉬운 상황이 연출되었다.

그녀가 우태식이 있던 건물 안으로 들어가 버린 것이다.

'저런 사람도 중고차를 사러 오나? 딜러가 누군진 몰라도 부럽네.'

저런 여자라면 허위 매물이 아니라 진짜 괜찮은 매물을 주선해 준 다음, 연락을 이어 나가는 것도 괜찮지 않을까?

우태식은 그런 생각을 했다.

하지만 딱히 영양가 없는 상상.

그는 피우고 있던 담배를 대충 털고 창문 밖으로 던진 다음, 주머니에서 향수를 꺼내 몸 곳곳에 뿌렸다.

그리고 사무실로 들어가려던 찰나.

"딜러님."

"오셨습니까, 고객…… 어?"

눈앞에 방금 전에 보았던 그 서양 여자가 서 있었다.

그리고 그녀의 옆에는 어제 침수 차를 비싸게 넘겼던 호구, 미튜브 편집자가 서 있었다.

"고객님, 옆에 계신 분들은⋯⋯."

"아! 이쪽은 제 친형이구요, 이쪽은 친한 누나예요."

"제 정신 좀 봐. 여기서 이러실 게 아니라 사무실로 들어가셔서 말씀 나누시죠."

우태식은 긴장되는 마음을 추스르면서 그들을 사무실 안으로 안내했다.

그리고 사무실에 있던 커피포트에서 커피를 내린 다음, 그들의 앞에 내어 주었다.

"먼 길 오시느라 고생 많으셨습니다. 리멘 교단 성지 쪽에 사신다고 하셨었죠?"

"예."

"편하게 형 동생 하셔도 된다니까. 시혁이 동생이면 제 동생이죠. 그나저나 저도 리멘 교단 성지에 한번 들러 보는 게 소원이거든요. 그렇게 핫 플레이스라던데, 하하."

그는 능글맞게 말을 붙이면서 자리에 앉았다.

그리고 은근한 목소리로 질문을 이어 나갔다.

"형님분이 타실 차를 구하신다고 들었습니다. 맞죠?"

그러자 마스크를 쓰고 있던 남자가 무신경한 목소리로 대답했다.

"네."

"이건 어디까지나 개인적인 호기심인데⋯⋯ 두 분 혹시 커플이신가요? 엄청 잘 어울리셔서요."

옆에 있던 서양 여자를 슬쩍 쳐다보면서 묻자, 남자가 똥한 목소리로 대답했다.

"별 사이 아닌데요. 그냥 직장 선후배?"

"아, 실례가 안 된다면 무슨 일을······."

"종교인입니다."

"종교인이라. 저도 학생 때 교회를 다녀서 잘 알죠. 목사님이랑 수련회도 가고, 간증도 하고. 그랬었습니다. 좋은 일 하시네요."

"그쪽은 아닙니다."

"아, 그렇군요."

'사이비 종교인인가? 뭐, 알 바는 아니지. 그래도 둘이 커플은 아니라니까······.'

잘만 하면 이 여자랑 잘해 볼 기회가 있을지도 모르겠다.

우태식은 입꼬리를 올리면서 다시 한번 여자를 쳐다보았다.

가까이서 보니 더욱 압권이다.

마스크를 벗은 얼굴을 보고 싶어서 커피를 빨리 내어 주었는데, 아쉽게도 커피를 마시고 있진 않다.

'나중에 따로 전화번호를 달라고 해 봐야겠어.'

우태식이 머릿속으로 여러 가지 생각을 하고 있을 때, 가만히 그를 지켜보고 있던 남자가 딱딱한 목소리로 질문을 던졌다.

"어제 동생이 끌고 온 차를 보고 너무 충격받아서 이렇게 직접 왔습니다."

"저희는 항상 최고의 차들만 취급합니다. 충격을 받으실 만하죠."

기분 탓일까?

우태식은 이 남자의 목소리가 꽤 익숙하다고 느꼈다.

어디에서 들어 본 것 같다.

하지만 어디서 들었는지 아무리 생각해 봐도 갈피를 잡을 수가 없었다.

"최고의 차들이요?"

"그렇습니다. 저희 상사에서는 최고의 차들을 아주 저렴한 가격으로……."

"루나야."

"예, 성하."

"그렇다는데?"

"그러게요. 신기하네. 사람 새끼가 이렇게 뻔뻔할 수는 없는데, 끝까지 잡아떼려고 하네. 가서 망볼까요?"

"굿."

남자의 명령과 함께 자리에서 일어나는 서양 여자.

그녀는 가벼운 발걸음으로 사무실 밖으로 나갔고, 곧 사무실의 문이 소리를 내며 닫혔다.

"이게 도대체 무슨······."

우태식의 질문에 남자는 대답 대신 마스크를 벗었다.

"내 동생한테 침수 차 팔았다면서."

"침수 차라니요. 오해가 있으신가 본데, 서류도 분명히······."

"내 얼굴 봐."

"예?"

우태식은 얼굴을 잔뜩 찌푸리면서 남자의 마스크 벗은 얼굴을 쳐다보았다.

그리고 5초 후, 눈앞의 있는 사람이 누구인지 곧바로 알아차릴 수 있었다.

대한민국에 사는 사람이라면 모를 수가 없는 사람.

인터넷이나 TV를 틀면 거의 매일 볼 수 있는 사람.

"······김시우?"

믿기지 않았지만, 바로 그 사람이었다.

남자, 아니 김시우가 웃으면서 말했다.

"옛날 소설이 생각나는 하루야. 어쩐지 운수가 좋더라니, 안 그래? 너, 그 소설 결말이 어땠는지 알아?"

"모르······는데요."

우태식의 진심이 담긴 대답에 김시우는 어깨를 으쓱였다.

"그러게 학창 시절에 공부를 좀 하지. 내가 대신 알려 줄게."

김시우는 자리에서 일어나 우태식에게로 다가갔다. 그리고 활짝 웃으면서 말을 맺었다.

"배드 엔딩이야. 지금의 너처럼."

꙰

지금 와서 드는 생각이 뭐냐면, 사기꾼들은 시대를 막론하고 계속 활동한다는 거다.

침수 차를 침수 차가 아닌 것처럼 속여 파는 이 방식.

아주 옛날부터 이어져 오는 전통적인 사기 수법 중 하나였지만, 이런 방식이 여전히 먹힌다는 것이 통탄스러울 노릇이다.

그리고 그 방법이 내 동생에게 먹혔다는 것도 더 충격적인 노릇이고.

그래서 일단 이렇게 직접 왔는데, 와서 확인한 이 녀석의 악행은 내가 생각하는 것 그 이상이었다.

"노인분들에게 말도 안 되는 금액을 할부로 땡기고, 사회 초년생들도 가볍게 등쳐 먹고……. 이야, 이 새끼 진짜 악질이네? 너 같은 새끼들 때문에 정직하게 중고차를 판매하시는 분들까지 욕을 먹잖아."

나는 사무실에 있던 서류들을 체크하면서 눈살을 찌푸렸다.

이딴 고전적인 수법에 넘어가는 게 어이가 없기는 하지만, 결국 모든 문제의 1차적인 원인은 이 쓰레기 놈한테 있었다.

"할 말 있냐?"

"……없습니다."

"할 말 없는 일을 그럼 도대체 왜 한 거냐? 이렇게 돈 벌어서 좋아? 너, 이 새끼야, 이거 사기야. 그것도 상습적인 사기라고."

아마 이놈은 속으로 본인이 재수가 없다고 생각할 것이다.

보통 이런 일을 하는 놈들이 그렇다.

죄의식도 딱히 없고, 누군가를 등쳐 먹는 게 당연하다고 생각한다.

내 동생이 사기를 당한 것도 기분이 나쁘지만, 이런 놈들이 억울하다는 표정을 짓는 것도 기분이 나쁘다.

"야."

나는 계속해서 억울한 표정을 짓고 있는 그놈에게 말을 걸었다.

"……예."

"뭐가 그렇게 억울한데?"

그러자 그놈은 나를 바라보면서 말했다.

"제가 어떤 짓을 했건, 각성자가 일반인 때리는 거 중범죄 아니에요? 사무실에 녹화 다 되어 있는데, 이거 경찰에 신고하면……."

"너 몇 살이냐?"

"스물둘이요."

"각성자가 일반인 때리는 게 중범죄라고 누가 그래?"

"사수가요."

"끝까지 목소리가 당당하네. 평소에는 법을 그렇게 어기던 놈이, 몇 대 쥐어 터지니까 법의 보호를 받으려고 그러네. 진짜 대단하다, 대단해."

각성자가 일반인을 때리는 게 중범죄는 맞다.

일반인이 각성자를 때리면 간지러운 수준에 그치지만, 각성자가 일반인을 때리면 죽을 수도 있기 때문이다.

그 법을 악용하여 각성자를 등쳐 먹는 놈들이 요새 늘고 있다던데, 내 눈으로 그걸 직접 목격할 줄은 몰랐다.

나는 무릎을 꿇고 있던 우태식의 멱살을 들어 올렸다.

녀석이 허공에서 버둥거렸다.

"태식아, 스물두 살 태식아. 각성자가 일반인을 때리는 게 중범죄는 맞거든, 근데 나는 아니야. 네가 법을 좋아하니까 한마디 해 주는데, 너 혹시 이레귤러 특별법이라고 들어 봤냐? 나는 범죄자들을 즉결심판 해도 무죄야."

장난질도 사람을 가려 가면서 해야 한다.

만약 인욱이가 사기를 당하지 않았다면 어땠을까?

이 녀석은 계속해서 피해자를 만들어 냈겠지. 원래 이런 놈들 특징이 그렇다.

"다시 말해서 내가 너를 여기서 죽여도, 나에게 죄를 물을 사람이 없다는 거지."

주르르르륵.

우태식의 다리 쪽에 누런 액체가 흘러내린다.

역시, 이런 놈들에겐 법보다는 주먹이 더 먹힌다.

"살려…… 살려 주세요. 다시는 안 할게요. 동생분께 환불다 해 드리고, 보상금도 드릴게요."

어느새 우태식의 얼굴에서 눈물이 흘러내린다.

아까 전의 당당하던 모습은 온데간데없다.

딱 스물두 살짜리의 얼굴.

나는 바지에 오줌을 지려 버린 우태식을 향해 슬쩍 미소를 지었다.

"아까 우리 교단 성지 방문해 보고 싶다면서? 지금 바로 가자. 내가 가이드해 줄게. 맞다, 너 지하실 좋아하냐?"

이곳에서 이 녀석을 놔줄 생각은 없었다.

내 동생을 등쳐 먹은 놈을 그냥 보내 줄 수는 없지.

안 그래?

❧

인간은 자신의 흑역사를 어떻게든 숨기려고 한다.

예를 들면 여자에게 고백했다가 처참하게 차였다든지, 아니면 중고차를 사기당했다든지.

보통 그런 흑역사들은 남들에게 알려 주기 싫어한다. 당연히 부끄러운 일이니까.

그런데 도대체 내 동생 녀석은 뭘까?

"미튜브 각 달달하게 뽑았어. 이거 진짜 대박이다. 안 그래, 형? 안 그래도 요새 미튜브에 뭘 올려야 하나 걱정 진짜 많았는데…… 나는 미튜브의 별 아래에서 태어났나 봐."

사기당한 걸 자책하고 있어도 모자란데, 미튜브 각을 뽑았다고 좋아하고 있다.

허위 매물 딜러를 참교육하는 컨텐츠는 조회 수가 잘 나온다나 뭐라나?

게다가 요새 어디서 뭘 배웠는지, 명분까지 그럴듯했다.

"리멘 교단이 서민들을 괴롭히는 범법자들에게도 경고장을 날리는 거야. 우리는 불의를 보고 그냥 지나치지 않겠다. 거기에 정부 측과 연계하면 더 좋을 거고. 중고차 허위 매물뿐만 아니라, 더 나아가 일상 곳곳에 녹아 있는 범죄들까지 우리가 주시하고 있다는 메시지를 보내는 거지."

열변을 토해 내는 인욱이.

요새 인욱이의 화술이 꽤 늘었다는 생각이 든다.

"그렇게 말 번지르르하게 잘하는 놈이 사기를 당해?"

"말을 잘하는 거랑 사기를 당하는 거랑 딱히 상관없잖아. 미안해, 형. 나는 그냥…… 차를 싸게 사서 시연이한테 맛있

우리 교황님 좀
말려 주세요

는 거라도 하나 더 사 주려고……."

"시연이 이름 팔지 마라. 마음 같아서는 너도 그냥 지하실에 구금하고 싶으니까."

"넵!"

그래도 새로 차를 뽑고 나부터 태워 주려고 했던 마음씨를 높이 사고 있다.

기특한 녀석.

비록 이번에 사기를 당하긴 했지만, 이번 일을 반면교사 삼는다면 앞으로는 조금 더 나아질 것이라 믿는다.

나아지지 않는다면 어떻게 하냐고?

그럼 카드 뺏어야지 뭐.

"그 딜러는 어디에 있어, 형?"

인욱이는 커피를 마시면서 나에게 넌지시 물었다.

"일단 이곳의 지하실. 경찰들이 곧 인계하러 오기로 했어."

"그래?"

"그 단지에 대한 대대적인 전수조사가 있을 예정이야. 빌런들이 뒤를 봐주고 있다는 진술도 있어서, 이능관리부까지 동원될 수도 있고."

내 말에 인욱이가 눈을 둥그렇게 떴다.

"이능관리부까지? 스케일이 너무 커지는 거 아니야?"

"네가 쏘아 올린 공이란다. 꽤 예민한 이슈까지 얽혀 있어서 그래. 각성자들을 협박하는 일반인. 중고차뿐만 아니라 꽤 비일비재한 일이 되었거든."

이레귤러 특별법과 함께 강화된 각성자특별법.

원래 취지는 각성자에 비해 상대적 약자인 일반인들을 보호하기 위해 제정된 법이었다.

하지만 그 법을 악용하는 사람들이 점점 늘어나는 중이라고 한다.

이를테면 일부러 시비를 건 다음, 신체 접촉을 해서 합의금을 뜯어내는 등의 일.

김 실장으로부터 그와 관련된 사고를 많이 전해 들었고, 우리 교단 역시 교육생들에게 철저하게 교육을 하는 중이다.

"다들 왜 그러는지 모르겠어. 일반인들을 보호하기 위해 만든 법이잖아?"

인욱이가 내 집무실 책상에 놓여 있던 신성력 램프를 만지작거리면서 말했다.

나는 그 말에 씁쓸하게 웃으면서 대답했다.

"약자라고 선한 건 아니니까."

"……그런가."

"강자라고 악한 것도 아니지. 그렇게 따지면 내가 세상에서 제일 나쁜 놈이게?"

"그건 맞을지도?"

"나쁜 놈이 뭔지 너한테만 보여 주고 싶다."

그러자 인욱이가 벌떡 자리에서 일어났다.

"아무튼 형, 오늘 일 가지고 컨텐츠 제작해도 되지?"

"마음대로 해라. 미튜브 관리는 어디까지나 네 일이잖아?"

"좋았어."

"그리고 차는 형이 따로 신차로 뽑아 줄 테니까, 그렇게 알고 있어. 너, 요새 미튜브 관리 열심히 하고 있잖아? 보너스라고 생각해."

우리 교단의 미튜브 채널은 벌써 천만을 돌파했다.

그 거대한 채널을 총괄하고 있는 게 인욱이었으니까, 부담이 이만저만이 아니었을 것이다.

"형."

"왜?"

"앞으로 충성을 다 바칠게. 그리고……."

말을 머뭇거리는 인욱이.

인욱이는 집무실 밖으로 나가기 전, 어색한 목소리로 말했다.

"고마워."

쑥스럽다는 듯이 말을 내뱉고는 휙 나가 버리는 인욱이.

나는 인욱이의 뒷모습을 보면서 피식 웃었다.

"고맙기는."

그래도 중고차 허위 딜러를 잡는 것 정도야 잃어버린 땅에서 몬스터를 잡는 것에 비해 아주 일상적인 일이다.

이런 일상, 신선해서 좋다.

나중에 교황 은퇴하면 나도 참교육 미튜브 쪽으로 진출해 볼까? 솔직히 아까 좀 통쾌하기도 했는데…….

똑똑똑.

"김시우 교황님, 김동식 실장입니다."

"아, 들어오세요."

인욱이가 나가고 나서 얼마 되지 않아 서류 가방을 든 김 실장이 집무실 안으로 들어왔다.

김 실장은 서류 가방에서 서류 몇 장을 꺼내서 나에게 건네주었다.

"우태식이 저질렀던 사기 행각에 관한 서류들입니다. 노인분들, 심지어 몸이 불편하신 분들까지 가리지 않고 차를 팔아 댔더군요. 그 과정에서 협박을 비롯한 수단까지 아끼지 않고 동원했구요."

"질 나쁜 새끼네요. 얘네 뒤에 각성자들이 있었다던데."

"인천을 기반으로 삼는 길드 하나가 껴 있었습니다. 길드 이름은 불한당이었고, 제가 오기 전에 길드원들을 빌런으로 분류하고 왔습니다. 응당의 처벌이 있을 예정입니다."

"이래서 제가 김 실장님을 좋아한다니까요."

일 처리 한번 화끈하다.

"저희의 불찰로 인해 김시우 교황님의 동생분께서 피해를 입으신 점, 정말 죄송하게 생각하고 있습니다."

"그게 왜 정부 잘못이겠어요. 나쁜 놈들 잘못이지."

"이번 기회에 대각성자 범죄에 대해서도 대대적인 전수조사가 시작될 예정입니다. 최근 들어 보험사들의 불만이 이만저만이 아니었다고 합니다."

하나를 처리하면 또 다른 하나가 고개를 든다.

원래 문제라는 게 그렇게 꼬리에 꼬리를 물고 따라오는 법이다.

"언론에서도 대대적인 보도를 기획하고 있다고 합니다. 방송국들에 연락을 돌려 보니 벌써 몇몇 방송국에서는 탐사기획을 준비하고 있었더군요."

"항상 이슈에 목말라 있는 사람들이니까요."

이슈만큼은 기가 막히게 잘 캐치하는 언론인들.

인욱이가 말했던 것처럼 일이 훨씬 커질 것 같은 기분이 든다.

"민감한 이슈가 될 겁니다. 자칫하면 각성자와 일반인 사이의 감정의 골이 깊어질지도 모릅니다."

김 실장이 우려스러운 표정으로 말했다. 그리고 나를 바라보면서 희미하게 미소를 지었다.

나는 그의 미소가 어떤 뜻인지 금세 알아차릴 수 있었다.

"걱정하지 마세요, 김 실장님. 평화의 아이콘, 리멘 교단이 있지 않습니까? 갈등 봉합은 저희가 또 전문이거든요. 철천지원수 관계도 봉합시켰는데, 그거라고 못 하겠습니까?"

결국, 서로가 서로를 존중하게 된다면 나아질 문제들.

서로를 존중하는 세상이야말로 리멘이 바라는 세상일 것이라 확신한다.

그거야말로 종교의 순기능 아닐까?

"항상 믿고 있습니다, 김시우 교황님."

"김 실장님."

"예."

"그렇게 믿고 계신다면, 이참에 우리 쪽으로 넘어오지 않으실래요?"

"그 말을 벌써 몇 번이나 들었는지……."

"정확히 94번째죠."

"그걸 다 세고 계셨습니까?"

"그만큼 탐이 난다는 거죠."

그렇게 화기애애한 분위기 속에서 이번 사건은 마무리되어 가는 것처럼 보였다.

……이때까지만 해도 말이다.

⚜

[제목 : 현직 중고차 딜러입니다.]

내용 : 이번에 리멘 오피셜 채널에 올라와 있던 참교육 영상을 보고 글을 남깁니다. 진짜 저희 업계의 암세포 같은

놈들을 대신 처리해 주셔서 감사합니다. 업계의 종사자로서, 또 리멘 교단의 신도로서, 자부심이 넘쳐 나는 나날들입니다.

ㄴ리멘의 자비가 당신에게 있기를.

ㄴ리멘의 자비가 당신에게 있기를.

ㄴ이참에 리멘 교단에서 적극적으로 사회문제에 개입해 주면 안 되냐?

ㄴㄹㅇ 김시우 갓황님께서 나서 주시면 사회 금방 깨끗해질 듯.

중고차 사기 사건 1주 후.

인욱이는 본인이 사기당했던 영상을 빠르게 컨텐츠로 만들어서 인터넷에 올렸다.

이쯤 되면 일부러 미튜브 각을 잡기 위해서 사기를 당했다고 생각될 지경이다.

반응은 어땠냐고?

당연히 폭발적이었다.

우태식의 얼굴이 모자이크 되었음에도 불구하고 신상까지 털어 버리더라.

피해자는 셀 수 없이 많았고, 또 우리 교단 이메일에 도와달라는 메일이 쏟아지기 시작했다.

중고차뿐만 아니라 전세 사기, 보이스 피싱 등등.

메일을 따로 분류하는 직원들도 둔 상태였지만, 그들조차
도 버거워할 정도로 많은 양의 메일이 쏟아졌다.

우리 교단의 힘만으로는 처리하기 힘든 상황.

당연히 정부에서 나섰다.

〈서신우 대통령, '국제적으로 굉장히 혼란한 시기. 이런 혼란을 틈타
자신들의 배를 채우려는 행위를 강력하게 처벌할 것.'〉

〈과도하게 권력이 집중된 정부, 이대로 괜찮은가?〉

〈지지율 여론조사 결과 '잘하고 있다' 82%. 서신우 정부의 강력한 원
동력. 다음 정권도 여당이 가져가나?〉

〈일부 전문가들 '정부의 독선을 방지하기 위한 견제 수단이 전무하
다.'〉

서신우 대통령은 이번 기회에 제대로 칼을 댈 생각인 듯
보였다.

디멘션 오프닝 이후 첫 국제회의가 대한민국에서 치러지
게 되었으니, 그에 맞춰서 적극적으로 움직이려는 제스처를
취하고 있었다.

확실히 정부의 힘이 너무 강해지기는 했다.

정부와 대척점에 서 있던 전각련이 무너진 이후, 길드들
역시 파벌이 나뉘면서 서로를 견제하고 있는 상황.

어쩌면 정부가 가장 강력한 권한을 갖게 되는 건 예정되어

있던 일일지도 모른다.

"성하께서 당장 신경 쓰실 일은 아닙니다."

신목의 그늘 아래에서 뉴스 기사와 인터넷 반응을 살펴보고 있던 나에게 라파르트 대주교가 말했다.

"교단의 영향력은 충분히 강합니다. 만약 그들이 잘못된 길로 걸어간다면, 우리 쪽에서 충분히 브레이크를 걸 수 있습니다. 그리고 그건 정부 쪽에서도 충분히 인지하고 있을 겁니다. 성하께서 중심만 잘 잡아 주신다면, 큰 문제는 없을 거라 사료됩니다."

"제가 걱정하고 있는 건 또 어떻게 아셨어요?"

"성하께서 저만큼 나이를 드시게 된다면, 그 이유를 자연스레 알게 되실 겁니다."

나는 웃으면서 고개를 끄덕인 다음, 내 옆에 얌전히 앉아 있던 베스의 등을 쓰다듬었다.

"베스."

"왜 부르는가, 교황."

"잃어버린 땅 정화도 거의 끝나 가고 있는데, 정화가 완벽하게 끝나면 백두산으로 돌아갈 거냐?"

"나는 이곳이 좋다. 한반도 전체가 나의 영역이고, 이 일대의 영기는 백두산만큼이나 풍부하다. 이곳에 더 머물러도 괜찮겠다는 생각을 하고 있다."

"그렇다니 다행이네."

"……그리고 네 가족들이랑 함께 지내는 것도 꽤 나쁘지 않아. 인간들이 어째서 가정을 이루고 살아가는지 알 것 같다."

그렇게 말하는 베스의 등 위에는 페어리들이 행복하게 웃으면서 뛰어다니고 있었다.

그야말로 목가적인 풍경.

힐링 컨텐츠로 오피셜 리멘의 컨텐츠를 책임져 주고 있는 베스다웠다.

"든든하다, 우리 흑우."

"흑우. 어감이 별로 좋지 않아."

"가서 인욱이랑 많이 놀아 줘."

"인욱?"

"걔도 흑우거든."

참고로 이번 사건으로 인해 인욱이의 별명은 '흑우'가 되었다.

인터넷에서도 인욱이보고 '리멘 교단 대표 흑우'라고 부르더라.

인욱이가 그거 보고 기분 나빠 하면 어떻게 하나 생각했는데, 인욱이의 반응이 의외였다.

ㅡ나 흑우 맞아.

반쯤 체념한 듯한 목소리였었지, 아마.

우리 교황님 좀
말려주세요

하여간에 인욱이도 내 동생이지만 참 웃기는 놈이다. 긍정적인 사고방식인 건 좋다만, 가끔 보면 너무 속 편한 게 아닌가 싶기도 하고.

"아, 교황, 너에게 들려줄 이야기가 있다."

내가 베스의 등을 계속 쓰다듬으면서 이런저런 생각에 잠겨 있을 때쯤, 베스가 일어섰다.

"내 옛 동료가 기나긴 잠에서 깨어났다."

"네 동료라고 한다면, 영물?"

"그렇다."

"어디에 있는 놈인데?"

"원래는 한반도의 옆에 위치한 열도에서 지내던 동료지."

한반도 옆 열도라면 일본이라는 소린데…….

영물이라.

베스의 경우를 생각해 본다면 아군일 가능성이 높겠지.

"언제 깨어났는데?"

"깨어난 지 얼마 안 되었다. 인간의 표현으로 친다면 1시간쯤이지. 원체 게으른 놈이라서 말이야."

"그걸 왜 지금 말해 줘."

"물어본 적이 없지 않은가?"

그렇게 말하니 또 할 말이 없네.

"그래서 지금 그 친구는 어디에 있는데?"

"내가 이곳으로 오라고 했다. 10분 전쯤 출발했다고 했으니.

지금쯤이면 도착하겠군."

"……뭐?"

그때였다.

에에에에에에에에에엥-!

성지에 배치되어 있던 사이렌이 울리기 시작했다.

["실제 상황입니다. 미확인 비행 물체가 서울을 향해 날아들고 있습니다. 시민분들은 지정된 대피소로 대피해 주시고, 서울시에 위치한 모든 헌터들은 지시에 따라 집결을……."]

"베스."

"왜 부르는가?"

"대가리 박아."

"……알겠다. 어떻게 박으면 되지?"

"거기 돌 있지? 그거 돌대가리에 놓고 박아."

평화로운 일상이 깨지기까지는 10분도 걸리지 않았다.

❧

서울시 전역에 걸려 있던 경보를 해제시키려고 얼마나 뛰어다녔는지 모르겠다.

김 실장한테 전화를 넣고, 유선호 장관에게 전화를 넣고.

마지막으로 서 대통령까지.

정부 쪽에 알고 있는 모든 인맥을 동원하고 나서야 서울에 걸려 있던 비상 상황이 해제되었다.

진짜 진땀이 났다.

베스 이 녀석의 트롤링으로 인해서 서울시의 모든 것이 마비될 뻔했으니까.

"대가리 제대로 안 박냐?"

"미안하다, 교황. 한 번만 봐주면 안 되겠나?"

"한 번만 죽여 드리면 안 될까요? 영물이라서 부활하실 것 같은데요."

"열심히 박고 있겠다."

그래도 상황은 얼추 잘 정리가 되었다.

서울시에 걸려 있던 비상 상황은 해제되었고, 도시는 언제 그랬냐는 듯이 정상으로 돌아갔다.

대피 작전이 시작되기 전에 내가 딱 막은 게 컸다.

나는 안도의 한숨을 푹 내쉰 다음, 내 앞에서 눈을 반짝거리고 있는 귀여운 흰색 사슴을 바라보았다.

사슴은 슬며시 미소를 짓고 있었다.

털에 윤기도 흐르는 것이, 아무래도 여태까지 잠을 푹 잔 모양이다.

"안녕! 나는 옆에서 잠을 자고 있던 사슴이야. 이름은 딱히 없어. 괜찮으면 혹시 네가 이름을 지어 줄래?"

"우리 초면인데?"

"나는 초면 아닌데. 나는 계속 너 지켜보고 있었는데? 지난번에 내가 사는 땅에 왔을 때도 봤었어."

"그렇게 말하니까 좀 무섭네. 네가 사는 땅이라면……."

"음, 아까 내 친구가 그러던데…… 너희는 그곳을 일본이라고 부른다면서?"

야마타노오로치를 잡으러 갔을 때부터 나를 지켜봤단 걸까?

스토킹에 재능이 있는 영물이라…… 이건 좀 신선하다.

나는 어색한 표정으로 녀석을 바라보았다.

지금이야 귀여운 사슴의 형태를 취하고 있지만, 아까 이곳으로 날아올 때는 진짜 섬뜩했다.

백색의 이무기.

진짜 말 그대로 이무기의 형태였다.

당연히 그 모습을 보면 누구라도 몬스터라고 생각할 수밖에 없지.

그래도 이 사슴 녀석이 베스보단 나은 점이 하나 있다.

"미안. 솔직히 인간들이 이렇게까지 놀랄 줄은 몰랐어. 이럴 줄 알았으면 몰래 올 걸 그랬나 봐."

그것은 바로 사과를 할 줄 안다는 점이다.

눈치 하나는 제법이다.

베스가 내 옆에서 머리를 박고 있는 걸 봐서 그런가?

"그걸 아는 녀석이 그랬어?"

"나는 인간들이 좋아할 줄 알았지."

"정상적인 인간이면 무서워하는 게 당연한 거야."

"그런가?"

영물 놈들이라서 그런가, 공감 능력이 너무 떨어지는군.

나는 한숨을 푹 내쉬면서 고개를 가로저었다.

그래도 말은 통하는 놈이라는 게 다행이라고 해야 할까?
천성이 나쁜 놈은 아닌 것 같은데.

"사슴이다, 사슴."

"엄청 이쁜 사슴이야."

"녹용 한번 제대론데? 지구 인간들 녹용 보면 환장하잖아.
인기 많겠다."

페어리들이 사슴에 붙어 있는 걸 보면 알 수 있었다.

페어리들은 기본적으로 악한 것들을 싫어한다.

사실상 날아다니는 선악 판별기인 셈이다.

"내 이름을 지어 줘."

"아까부터 자꾸 왜 이름에 그렇게 집착해?"

"베히모스한테는 이름이 있는데…… 나는 없는 게 너무 속상
했었거든."

"자꾸 그러면 내 마음대로 이름 짓는다?"

"좋아!"

사슴의 이름을 지어 주게 될 줄은 몰랐네.

사슴의 이름이라…….

마침 생각나는 이름이 하나 있기는 있다.

"루돌프로 하자."

"루돌프? 무슨 뜻이야?"

"어린아이들에게 희망을 줄 수 있는 이름이지."

"희망…… 좋아! 나를 이제 루돌프라고 불러."

이름을 짓는 데 들어간 시간은 5분이 채 안 되었다.

그렇게 해서 새 친구의 이름은 루돌프로 정해졌고, 나는 루돌프에게 몇 가지 질문을 던졌다.

"그런데 왜 이제야 움직인 거야? 이야기 들어 보니까 너 한참 전에 잠에서 깨어났다면서."

그러자 루돌프는 바닥에 슬쩍 주저앉으면서 말했다.

"내가 잠이 좀 많아. 귀찮음도 많고. 그래서 그랬어. 좀 쉬고 있다가 움직이려고 했는데, 영기가 너무 부족하더라? 그래서 베히모스에게 연락을 했지. 혹시 괜찮은 곳 아냐고. 여기가 괜찮다던데?"

"우리 교단의 성지가 요양소는 아니잖아."

"헤헤, 좋은 게 좋은 거잖아. 아! 그래도 빈손으로 오는 게 예의는 아닌 것 같아서, 뭐 좀 챙겨 왔어!"

루돌프는 그렇게 말하면서 갑자기 입에서 무언가를 뱉어 냈다.

그것도 하나가 아니라 수십 개를 뱉어 냈다.

영롱하게 빛나는 수정들.

그 수정에서는 강력한 마력이 느껴지고 있었는데, 굳이 정확하게 확인할 필요도 없었다.

마정석이었다.

그것도 최상급 마정석.

"내가 잠자는 곳 주위에 있던 놈들을 정리하고 주워 둔 것들이야. 혹시 몰라서 따로 챙겨 뒀었는데, 이 정도면 혹시 선물로 괜찮을까?"

루돌프가 반짝거리는 눈으로 나를 바라보면서 말했다.

주먹보다 훨씬 큰 크기의 마정석.

그런 마정석이 수십 개라면 금전적인 가치로 감히 환산할 수 없을 정도.

"페어리 친구들, 작은 자루 같은 거 하나 만들어 줄 수 있을까?"

"물론!"

페어리들은 나를 위해 마법으로 자루를 하나 만들어 주었고, 나는 그 자루 안에 마정석들을 담았다. 그리고 활짝 웃으면서 루돌프에게 말했다.

"리멘 교단의 성지에 오신 걸 환영합니다, 고객님. 언제든지 편히 쉬다가 가세요."

"그 물건들이 마음에 들어? 내 둥지에 더 많이 있어. 내가 원래 반짝이는 걸 좋아해서, 보이는 족족 모아 두는 편이야. 나중에 더 가져다줄게!"

"어우, 우량 고객님이셨네. 내 집이다 생각하고 편히 쉬어. 막 뛰어다녀도 괜찮아. 이곳에 사람들이 많이 오는데, 그건 괜찮지?"

"나는 인간 좋아해."

"그렇다니 다행입니다."

그래도 베스와는 다르게 뭘 좀 아는 친구구나.

게다가 베스보다 머리도 잘 굴린다.

내가 마정석을 보고 표정이 바뀌니까, 둥지에 여분의 마정석이 있다고 하면서 본인의 가치를 높여 버렸다.

겉으로는 귀여운 사슴인 척하고 있지만, 그 본질은 뱀에 더 가깝다고 할 수 있겠다.

저 아무것도 모른다는 듯한 표정 좀 봐.

하지만 뱀이고 사슴이고 무슨 상관이겠어?

"앞으로 잘 부탁해, 루돌프."

"영기를 회복하기 전까지 잘 좀 부탁할게!"

"나야말로 잘 부탁해."

복덩이가 굴러 들어온 것이나 마찬가지인데 뭐.

그런데 생각해 보니 베스가 더욱 괘씸하다.

옆 동네 친구는 둥지에다가 마정석이라도 많이 모아 뒀지, 베스는 그런 것도 없었잖아?

"베스야, 너는 백두산에다가 모아 둔 거 따로 없냐?"

"없다. 나는 저 녀석처럼 무언갈 모아 두는 성격이 아니라…….."

"좀 모아 두지 그랬어."

"음?"

"계속 대가리 박고 있어."

"알겠다."

그렇게 해서 우리 교단의 성지에 친구 하나가 늘었다.

※

〈리멘 교단 성지에 등장한 흰색 사슴!〉

〈리멘 교단의 새로운 마스코트인가?〉

〈'연인과 꼭 가 봐야 할 곳' 1위로 선정된 리멘 교단의 성지〉

〈페어리들과 동물, 아름다운 꽃들이 어우러진 최고의 장소〉

날이 가면 갈수록 인기가 높아지고 있는 우리 교단의 성지.

원래 예전에는 쓰레기를 버리고 가는 사람들이 꽤 있었는데, 요새 들어서는 딱히 없다고 한다.

페어리들이 소환하는 나무 정령들이 성지를 열심히 관리해 주기도 하거니와, 최근 인터넷에 이런 글이 올라왔기 때문이다.

[제목 : 리멘 교단에 해명을 요구합니다]

내용 : 한 달 전, 여자 친구와 함께 리멘 교단의 성지에 다녀왔습니다. 그런데 그 이후부터 머리가 빠지기 시작했습니다. 여자 친구도 마찬가지였구요. 제가 인터넷을 검색해 보니, 저와 같은 증상을 호소하시는 분들이 많더군요. 그분들과 힘을 합쳐서 리멘 교단에 고소를 할까 합니다. 함께하실 분들은 덧글 남겨 주십시오.

ㄴ님 거기서 나쁜 짓 한 거 아님?

ㄴ작성자 : 쓰레기를 버리고 온 것 말고는 나쁜 짓을 한 기억이 없습니다.

ㄴㅋㅋㅋㅋㅋ아저씨 그게 나쁜 짓이에요. 쓰레기 무단 투기.

ㄴ신성한 장소에다가 쓰레기를 버리는 거면 신성모독 아니냐?

ㄴ리멘 교단이 시민들 생각해서 개방해 준 건데ㅋㅋ

ㄴ작성자 : 고작 쓰레기를 버렸다고 머리가 빠지는 건 심한 거 아닙니까?

ㄴ리멘 교단 성지는 그라운드 제로에서 돌아가신 분들을 추모하는 장소이기도 한데? 솔직히 제사상에다가 쓰레기 버려두고 온 거랑 도대체 뭐가 다름?

ㄴ이딴 쓰레기 같은 놈들을 탈모가 오는 선에서 용서해 주시는 리멘님…… 역시 자비의 여신이시다…….

리멘 교단의 성지에서 소매치기, 쓰레기 무단 투기 등의 범죄를 저지른 자들에게 리멘의 심판이 내려졌다는 소문이 인터넷상에서 빠르게 퍼져 나가고 있었다.

그리고 그건 소문이 아니라 사실이기도 하다.

성지를 더럽히는 건 신성모독이나 마찬가지인 셈.

덕분에 우리 성지에 방문하는 시민들의 시민 의식이 많이 높아지고 있었으니, 그건 그것대로 긍정적인 효과라고 볼 수 있겠다.

"그건 그렇고."

시간은 아주 빠르게 흘러가서 어느덧 2주가 지나, 국제 교류전이 열리는 날이 찾아왔다.

"센다이 성지 개발도 수월하게 진행되고 있습니다. 숙소를 비롯한 각종 부대시설의 건설이 시작되었으며, 도로 정비 작업도 시작되었습니다."

"핵심 시설들은 제가 직접 건설이 가능하니까, 부대시설만 조금 더 신경 써 주세요."

"예, 성하."

나는 아침 일찍 집무실에서 라파르트 대주교로부터 센다이 성지에 관한 보고를 받고 있었다.

센다이 성지는 일본 정부의 대폭적인 지원하에서 엄청난 속도로 개발되는 중이었다.

일본에서는 벌써 성지순례 이야기가 나오고 있을 정도로

일본 국민들의 관심이 집중되고 있을 정도였다.

　내가 센다이 성지에다가 우선적으로 설치한 시설은 축성소를 비롯한 생산 시설들.

　서울에 위치한 성지는 이제 여유 부지를 다 사용한 상황이라서, 센다이 성지 쪽을 알차게 사용할 예정이었다.

　어차피 성지의 지하를 통해서 연결되어 있으니 운송과 관련된 문제도 없을 것이다.

　"지하에 봉인되어 있는 벨페고르 덕분에 이단심문관들의 기술이 눈에 띄게 향상되고 있습니다. 중국 파견을 대비하여 실시한 시험의 결과가 굉장히 좋습니다. 다들 이제 마기를 효과적으로 억제할 수 있는 수준까지 올라왔습니다."

　"벨페고르를 잡아 온 보람이 있네요. 아주 뿌듯합니다."

　역시 실습 재료가 있고 없고의 차이는 크다.

　마왕의 화신체로부터 흘러나오는 마기는 마기 중의 마기라고 볼 수 있다.

　그런 마기를 신성력으로 억제하는 훈련은 이단심문관에게 있어서 가장 중요한 훈련 중 하나다.

　나는 고개를 끄덕이면서 라파르트 대주교에게 말했다.

　"향후 상해 쪽에 만들 성지에는 심판의 검을 배치하도록 하겠습니다. 중국에 직접 상륙하는 것인 만큼, 강력한 억제력이 필요할 겁니다."

　"그 부분을 충분히 반영하여 계획을 세우겠습니다."

"교단 재정 상황은 어떻습니까?"

"충분히 좋습니다. 리멘 재단도 성공적으로 출범하였고, 의료 시설 문제는 기존의 병원 중 일부를 인수하는 쪽으로 가닥을 잡고 있습니다."

"그동안 열심히 벌어 둔 보람이 있네요."

처음 지구에 귀환했을 때와 비교하면 스케일 자체가 달라졌다.

그때는 신전을 마련하는 것도 힘들었는데 말이다.

그래도 여러 인재들을 빠르게 영입한 덕분에 생각했던 것 이상으로 교단이 커졌다.

우리 교단의 주 수입원이라고 할 수 있는 축성소의 가치가 에덴에서보다 더 높았기 때문에 가능했던 일이기도 하다.

헌터들을 중심으로 경제가 개편되고 있는 상황에서, 축성소에서 나오는 물품들 대부분을 헌터들이 소비하고 있었으니까, 어찌 보면 당연한 결과라고 볼 수 있었다.

그렇게 상황 보고는 대강 끝이 났고, 나는 벽면에 걸려 있던 시계를 슬쩍 쳐다보았다.

오전 9시 30분.

약속 시각이 다 되었다.

"슬슬 다녀오겠습니다."

"예, 성하. 조심해서 다녀오십시오."

"돈 많이 벌어 올게요."

교단에서 관리하는 사업이 많아진 만큼, 씀씀이도 많이 늘었다.

정부에서 이번 행사의 특강비를 넉넉하게 챙겨 준다는데, 거절할 수야 있나.

나는 웃으면서 신전 밖으로 나섰고, 곧 나를 기다리고 있던 김 실장을 마주할 수 있었다.

"김 실장님."

"오셨습니까, 김시우 교황님."

"날씨가 좋네요. 싸움 구경하기 딱 좋은 날 아닙니까?"

내 말에 김 실장은 슬며시 미소를 지었다.

"그런 것 같습니다."

"가시죠."

"바로 모시겠습니다."

말도 많고 탈도 많을, '제1회 각성자 국제 교류전'의 시작이었다.

소문난 잔치

이번 '제1회 각성자 국제 교류전'에 참가한 곳들은 대부분이 다들 알 만한 나라들뿐이다.

대표적으로 미국과 일본을 비롯한 주요 선진국들부터 시작해서, 심지어 중국에서조차 이번 교류전에 인원을 파견했다.

당연히 중국 정부에서 말이다.

반군에서 이런 행사에 병력을 파견했을 리가 없잖아?

중국은 본인들이 여전히 건재하다는 걸 티 내고 싶었던 걸까?

그래도 LA에서 열렸던 각성자 포럼만큼의 강자들이 모여들지는 않았다.

그건 그들이 대한민국을 무시한다기보다는, 그만큼 상황

이 좋지 않다는 것을 의미한다.

제3세계에 거점을 마련한 빌런들이 끊임없이 위협을 가하고 있는 상황.

이번 교류전에서 개최되는 장관급 회담에서 그 문제에 대한 깊은 논의가 진행될 예정이라고 한다.

"그런데 분위기가 좋지는 않은데. 보통 이런 행사면 각국의 유망주들이 서로 교류하면서 인맥을 넓히는 게 정상이지 않나?"

이곳은 서울에 위치한 호텔의 연회장.

나는 직원이 가져다준 샴페인을 가볍게 홀짝이면서 주위를 두리번거렸다.

분위기가 어째 미래를 논의하기 위한 자리는 아닌 것 같았다.

그렇다고 마냥 험악하지도 않은 게, 딱 신경전이 진행되는 모양새였다.

"다들 호승심이 들끓을 나이 아닙니까? 연령 제한을 만 19세로 두었는데, 몸이 근질근질할 겁니다. 제가 저 나이대일 때도 그랬습니다."

내 옆에서 위스키를 들이켜고 있던 최 대표가 웃으면서 말했다.

예전에 에이든으로부터 집중 교육을 받은 이후부터 부쩍이나 에이든을 닮아 가고 있는 최 대표.

우리 교황님좀
말려주세요

최 대표가 이끄는 도깨비 길드는 이번 북진 작전에서 가장 많은 공을 세운 길드기도 했다.

"못 본 사이에 흉터가 많이 느셨어요."

원래도 엄청난 근육을 자랑하던 최 대표였지만, 근래에 들어 더 엄청나졌다.

근육 곳곳에 새겨진 흉터.

자신의 흉터들을 슬쩍 확인한 최 대표가 씨익 웃으면서 말했다.

"자랑스러운 흔적 아니겠습니까. 자고로 전사의 명예는 몸에 새긴 흉터와 비례한다 했습니다."

"에이든이랑은 자주 연락하세요?"

"간간이 연락을 주고받습니다. 테러리스트들의 대가리를 부수느라고 바쁘다더군요. 조만간 만나서 한잔하기로 했는데, 같이 가시겠습니까?"

"거절하겠습니다."

에이든이랑 최 대표랑 같이 술 마시면 사고가 날 거다.

장담하지.

나는 샴페인을 다시 한번 홀짝인 다음, 다른 질문을 던졌다.

"그런데 최 대표님."

"예, 김 교황님."

"최 대표님이 저 친구들 나이대였을 때는 지구가 이 꼴은 아니었잖아요? 그리고 최 대표님 집안이…….”

그러자 최 대표도 나를 따라 술을 한 모금 들이켰다. 그리고 호탕하게 웃으면서 답했다.

“흐하하! 제가 원래 집에서 내놓은 자식이었습니다. 아주 뜨거운 청춘이었지요.”

“지금보다 더 뜨거웠으면 그건 범죈데.”

“범죄는 안 저질렀습니다. 걱정하지 마십쇼.”

재벌가 출신의 열정맨이라…….

이 아저씨도 캐릭터 참 독특하단 말이야.

그 뒤로 우리 둘이 이야기를 한창 나누고 있는데.

“사부님.”

붉은색 드레스를 입은 그레이스가 우리 테이블로 다가왔다.

“오늘 이쁘네.”

평소에는 평상복이나 갑옷을 입고 있어서 그렇지, 그레이스도 예쁘긴 진짜 예쁘다.

우리의 천마(진), 자현이조차 최근 그레이스에게 열심히 작업을 걸고 있을 정도다.

물론 그레이스 본인은 딱히 관심이 없는 것 같지만 말이지.

오히려 그레이스가 요새 우리 인욱이한테 작업을 거는 것 같던데, 그래서 예의 주시 중이다.

내 말에 그레이스가 빙긋 미소를 지었다.

"소개를 해 드리려구요. 이번에 바티칸에서 파견된 유망주들 중 대표예요. 미카엘, 인사드려. 김시우 교황님이셔."

그레이스의 옆에는 한껏 경직된 표정의 남자 한 명이 서 있었는데, 그는 나를 향해 90도로 허리를 숙이면서 인사했다.

"구마사제회 소속 미카엘이 동쪽의 교황님께 인사를 올립니다."

"불편하면 교황이라는 칭호 없이, 김시우 각성자라고 불러도 됩니다."

"아닙니다! 우리 교황 성하께서 김시우 교황님께도 교황이라는 칭호를 반드시 붙여서 부르라고 말씀하셨습니다."

"바티칸과는 좋은 관계를 맺고 있습니다. 잘 부탁해요, 미카엘."

돈을 주고받고, 교류도 이어 나가는 관계면 좋은 관계라고 할 수 있지.

나는 웃으면서 미카엘에게 손을 건넸고, 미카엘은 내 손을 잡으면서 어색하게 웃었다.

"신성력이 상당히 정순하네요. 신앙심이 투철하신 것 같아서 보기 좋습니다."

"칭찬 감사합니다."

맞잡은 손을 통해 느껴지는 미카엘의 신성력은 아주 순수했다.

예전에 내가 대전의 난민촌에서 도움을 줬던 서 목사와 비교하너라도 우위를 가져갈 정도였다.

신성력의 잠재력만큼은 그레이스와 엇비슷한 수준.

그만큼 이 남자의 신앙이 깊다는 뜻이다.

"이번 국제 교류전 기간 동안 우리 교단의 훈련소에서 성과를 얻고 가길 바랍니다."

"최선을 다하겠습니다!"

가톨릭은 명실상부한 지구 최대의 종교 중 하나.

확실히 저력이 있다.

미국 쪽 정보에 따르면 이슬람 쪽에서도 선지자라고 불리는 각성자들이 등장하고 있다던데, 역시 신성력은 믿음이 있는 곳에서 피어난다.

"사부님, 가톨릭과 좋은 인연을 맺고 있는 귀빈들이 계셔서요. 인사를 드리고 와도 될까요?"

그레이스의 말에 나는 오른손을 가로저으면서 답했다.

"편한 대로 해, 편한 대로. 내가 언제 격 차리는 거 봤냐? 술만 적당히 마시고, 사고만 치지 마."

"사부님."

"응?"

"사부님이 제일 요주의 인물인 거 아시죠?"

"쓰읍."

"다녀오겠습니다!"

우리 교황님 좀
말려주세요

미카엘을 데리고 빠르게 시야에서 사라지는 그레이스.

나는 그레이스의 뒷모습을 보면서 한숨을 푹 내쉬었고, 우리의 대화를 가만히 듣고 있던 최 대표가 말했다.

"제자가 아주 똑똑한 것 같습니다. 어떤 게 문제인지 정확하게 인지하고 있군요."

"최 대표님도 제가 문제라는……."

"제가 거짓말은 못 하는 성격이라, 흐하하!"

다들 자꾸 나를 문제아 취급하는데, 진짜 문제아가 뭔지 확 보여 줘 버릴까?

막 나가 봐?

그렇게 이런저런 대화를 나누며 얼마나 시간이 흘렀을까?

최 대표와 함께 이야기를 나누고 있던 나는 별안간 무언가를 느꼈다.

그리고 그것을 느끼자마자 잔을 테이블 위에 내려 두었다.

"최 대표님, 바람이나 좀 쐬러 가시겠습니까?"

그러자 최 대표 역시 기다렸다는 듯이 고개를 끄덕였다.

"이거, 역시 피 끓는 청춘들입니다. 벌써 한바탕하고 있군요."

"싸움 구경은 못 참죠."

"좋습니다. 가시지요."

소문난 잔치에 먹을 것 없다더니만, 그거 순 다 거짓말이었어.

어떤 간덩이 큰 놈들이 첫날부터 싸우고 있으려나?

벌써부터 기대되는걸.

❧

연회장으로부터 한 1km쯤 떨어져 있는 어느 공사장.

나는 저 멀리서 대치하고 있는 두 소년을 바라보면서 탄식했다.

"……그 간덩이 큰 놈이 우리 애일 줄은 몰랐네."

두 소년 중 한 명은 내가 아는 얼굴이었다.

그것도 아주 잘 아는 얼굴.

"형님, 조용히 좀 하십쇼. 이러다가 들키겠어요."

우리보다 먼저 와서 상황을 지켜보고 있던 자현이가 나를 흘긋거리면서 말했다.

오늘 내가 자현이에게 맡긴 임무는 딱 하나.

승우를 지켜보는 것.

이레귤러 주제에 딱히 하는 것도 없어 보여서 부탁했는데, 그런 자현이가 여기에 있다는 건 한 가지를 의미한다.

"아니, 승우가 왜 저기에 있냐고. 자현아, 오늘 진짜 제사상 차려 줄까?"

"저는 말렸다니까요? 그런데 승우가 형님한테 비밀로 해 달라고 했어요."

"승우가?"

"그럼요. 제가 형님한테 거짓말하는 거 본 적 있어요?"

"……흠."

"아니, 진짜 왜 안 믿어 주는 거야."

믿을 만한 짓을 해야 믿어 주지.

나는 탐탁지 않은 표정으로 자현이의 등을 후려갈긴 다음, 다시 시선을 돌려서 승우가 서 있는 쪽을 바라보았다.

동양인.

어깨에 새겨진 오성홍기는 그 소년이 중국 소속의 각성자라는 것을 의미한다.

도대체 무슨 사연이 있어서 그 순한 승우가 싸우러 나온 걸까?

……부모 욕이라도 했나?

"네가 김시우가 키우는 리멘 교단의 유망주라고 들었다. 오늘 여기에서 반도와 대륙이 얼마나 큰 차이가 있는지를 보여 주겠다."

중국어를 내뱉는 소년.

승우가 어학 천재가 아니고서야 중국어를 알아들을 리가 없겠지만,

"지랄하네. 교황 성하께서는 너 따위가 감히 이름을 불러도 되는 분이 아니시다."

승우는 당연하다는 듯이 알아들었다.

그것은 어찌 보면 당연하다.

승우도 언어의 축복이 탑재되어 있기 때문이다.

그래도 명색이 우리 교단의 첫 번째 선지자인데, 저런 것쯤이야 어렵지 않지.

"그래도 나를 따라나선 용기만큼은 칭찬해 주마."

중국인 소년은 몸에 한껏 힘이 들어간 상태였다.

얼굴 가득 자리 잡은 오만함.

중국 측에서 이번에 파견한 유망주들 중에 차세대 천하 제일이라고 불리는 놈이 있다던데, 아무래도 저 녀석인 것 같다.

녀석의 몸에 자리 잡은 마력이 심상치 않다.

A급 헌터들은 가볍게 뺨을 때리는 수준.

기껏해야 18살쯤으로 보이는데, 솔직히 고등학생이 초등학생을 상대로 저렇게 도발하는 것도 참 꼴불견이다.

"역시 중국."

"역시 중국 놈들입니다."

나와 자현이가 동시에 고개를 끄덕였다.

역시 중국이다.

항상 내 기대를 실망시키지 않는다니까?

"형님, 지금이라도 가서 중재할까요? 저 중국 놈, 꽤 치는 놈인데요."

자현이가 당장에라도 뛰쳐나가려는 자세를 취하며 말했다.

그러나 나는 곧바로 고개를 가로저었다.

"한번 지켜보자고. 저쪽도 지켜보고 있잖아."

"원점을 미리 타격하는 방안은요? 원래 도발 원점을 초토화시켜야 하는데……."

자현이는 공사장의 한쪽을 바라보면서 입꼬리를 올렸다.

"몸이 근질근질하거든요. 중국이 내전 중이라더만, 저만한 놈을 보낼 여력이 남아 있었나?"

"지금은 일단 애들 싸움에 집중하자고."

"예, 형님."

우리 말고도 지켜보고 있는 놈이 하나 있었다.

마력은 전혀 안 느껴지는 걸 보니 100% 이레귤러.

이 싸움이 끝나는 대로 순리에게 전화해서 따져야겠다.

중국 쪽에서 이레귤러가 넘어온다는 이야기는 없었기 때문이다.

다시 싸움으로 돌아와서, 그 두 소년의 설전이 계속되고 있었다.

"내 스승님께서는 천하제일이시다. 그분께서 만약 세상에 관심이 있으셨다면, 대한민국과 김시우가 설치는 일은 애초에 일어나지도 않았을 거다."

중국 소년은 그렇게 말하며 검집에서 검을 뽑았다.

훈련용 검이 아니라 진검.

녀석의 칼끝이 날카롭게 빛났다.

하지만 승우도 거기에 지지 않았다.

끼기기긱.

내 것과 비슷하게 생긴 건틀릿을 착용하는 승우.

아직 성장이 끝나지 않은 어린아이가 건틀릿을 끼고 있는 모습은 부자연스러울 만도 한데, 의외로 승우와 잘 어울렸다.

"넌 오늘 뒈졌어."

평소 욕이라곤 전혀 내뱉지 않던 승우의 또 다른 모습.

나에게는 굉장히 신선한 모습이었다.

본격적인 대결이 시작되는 데까지는 그리 오랜 시간이 걸리지 않았다.

타아아아앗.

먼저 공격을 시작한 건 승우.

승우는 무식할 정도로 정직하게 앞으로 달려 나갔다.

신성력의 운용도 제법 자연스러웠고, 순간적으로 힘을 폭발시키는 과정도 부드러웠다.

레오가 신경을 썼다는 게 여실히 드러나는 부분이었다.

"멍청하기는!"

휘이이이이이잉!

상대방은 빠르게 검을 휘두르면서 바람을 일으켰다.

그 바람은 콘크리트를 베어 낼 만큼 날카로운 절삭력을 지니고 있었다.

어느 정도 거리를 두고 싸우려는 모습.

제 딴에는 거리를 조절하며 영리하게 싸우려는 듯 보였다.

하지만 리멘 교단의 전투 방식은 '영리하다'라는 단어와 한참 멀리 떨어져 있다.

우리 교단의 전투원들은 보통 이런 경우 한 가지의 결론에 이른다.

우직한 정면 돌파.

신성력을 통해 잔뜩 강화된 신체를 이용하여, 무식하리만큼 정면으로 꽂아 버리는 것.

"미친……."

일반적인 상식이라면 무리한 돌파는 자제하는 편이지만, 애초에 우리 교단에 일반적인 상식을 적용시키는 것부터가 무리다.

콰아아아아아앙—.

승우는 바람을 정면으로 뚫고 들어갔고, 곧바로 주먹을 상대방의 복부에 꽂아 넣었다.

그러자 중국 소년의 몸이 붕 떠오르면서 뒤로 날아갔다.

하지만 거기서 끝이 아니었다.

쿠우우웅.

승우는 공사장 밖으로 튕겨 나가던 상대의 몸을 바닥으로 내리꽂았다.

"그래도 승우가 상대에 대한 배려가 있네요. 공사장에서 떨어지면 안 되니……."

그 모습을 지켜보고 있던 자현이가 중얼거렸는데, 아무래도 오해가 있는 듯하다.

"무슨 소리야. 싸우는 데 배려고 뭐고가 어딨어? 잘 봐라."

승우는 곧바로 파운딩으로 들어갔다.

정신이 반쯤 나간 것 같은 중국 소년의 위에 올라탄 승우.

나는 그 모습을 흡족하게 바라보며 미소를 지었다.

"레오랑 라파르트 대주교가 승우 잘 키웠네. 이제 어디 가서 맞고 다니지는 않겠다."

콰아아아아아아앙-!

콰아아아아아아앙!

⚜

내가 알던 승우는 아주 예의 바르고 얌전한, 그야말로 바른 어린이의 표본이었다.

하지만 눈앞의 승우는…….

"네가."

콰아아아아아앙-.

"우리."

콰아아아아앙-!

"교황 성하를!"

콰아아아아아아아앙—!

"함부로 입에 담아!"

콰아아아아아아아아아앙—!

공사장을 무너뜨릴 기세로 주먹을 내려치고 있었다.

파운딩 자세 그대로.

공사장 건물 전체가 무너질 것 같아서 내가 일부러 신성력을 펼쳐서 충격을 완화시켜야만 했다.

리멘 교단의 선지자로서 지녀야 하는 전투 능력.

내가 처음 교육받았을 때를 꼭 빼다 박은 듯한 모습.

게다가 광기까지 느껴지는 것이…….

"살, 살려 줘, 제발!"

승우는 일부러 중국 소년의 얼굴을 피해서 주먹을 내려치고 있었다.

머리가 놓여 있는 곳 바로 옆.

그 바닥을 쉴 새 없이 주먹으로 후려치고 있었다.

폭탄 같은 승우의 주먹이 자신의 얼굴 옆을 계속 스쳐 지나가자, 쓰러져 있던 그 소년의 전의는 빠르게 꺾여 버렸다.

바지가 축축하게 젖어 있는 걸 보면, 아마 오줌까지 지려 버린 모양이다.

기절시키면 끝나겠지만, 승우는 지독할 정도로 일관되게 주먹을 내리치고 있었다.

"리멘 교단은 왜 하나같이……."

"지독하군."

옆에서 경악한 표정으로 그 장면을 지켜보고 있던 최 대표와 자현이가 혀를 내두르면서 말했다.

나는 어깨를 으쓱였다.

"생명은 중요하게 여겨야지. 그래도 명색이 교류전을 위해서 넘어온 친구인데, 이런 곳에서 죽으면 안 되잖아?"

내 말에 자현이가 미간을 살짝 찌푸렸다.

"저건 그냥 죽이는 게 좀 더 나을 것 같은데요, 형님. 평생 트라우마가 생길 것 같은데."

"부모 욕을 들었다잖아."

"……형이 승우 아버지는 아니잖아요. 진서준 씨, 그분이 승우 아버지인데."

"나는 항상 우리 승우를 아버지와 같은 마음으로 가르치고 있어. 레오나 라파르트 대주교도 마찬가지라니까? 그러면 뭐 아버지지."

콰아아아아앙ㅡ.

우리의 잡담은 다시 한번 울려 퍼진 폭음에 묻혀 버렸다.

그렇게 얼마나 일방적인 공격이 이어졌을까?

승우는 마침내 주먹을 멈췄고, 승우가 깔고 앉았던 중국 소년이 검을 저 멀리 던졌다.

째애애애앵.

우리 교황님 좀
말려 주세요

"그, 그만. 내가 졌다. 내가 졌어……."

그래도 근본은 좀 있는 놈인 것이, 마지막 순간까지 검은 움켜쥐고 있었다.

게다가 마지막에는 정신을 차리기도 했고.

그 말을 들은 승우가 이를 부드득 갈면서 말했다.

"교황 성하의 이름을 함부로 입에 담은 것도 사과해."

"미안……."

그때였다.

"황쉬안, 대련에서 패배한 것도 모자라서, 네 자존심마저도 버리는 거냐? 내 제자라고 하기에도 부끄럽다. 어디 가서 내 제자라고 하고 다니지 마라."

어둠 속에서 후줄근한 트레이닝복 차림의 남자 한 명이 걸어 나왔다.

그 남자는 모습을 드러내자마자 내가 있는 곳을 바라보면서 말했다.

"슬슬 나오시지요, 김시우 교황님. 애들 싸움은 끝났습니다."

그러자 내 옆에 있던 자현이가 허공에서 검을 뽑으며 말했다.

"저거 이레귤런데, 슬쩍 실력 좀 봐 볼까요?"

"공사장 무너뜨릴 일 있냐? 여기 무너지면 내일 대서특필이야. 내가 승우 보호자니까, 내가 해결한다."

"의외네. 형님이라면 바로 싸우실 줄⋯⋯."

그 말을 가볍게 씹어 주면서 앞으로 걸어 나갔다.

그리고 트레이닝복 차림의 그 남자를 바라보며 입꼬리를 올렸다.

"애들 싸움 끝났으니까, 이제 어른 싸움 하면 되나?"

눈앞의 저 후줄근한 남자.

겉으로는 빈틈이 많고, 심지어 의욕조차 없어 보이는 남자였다.

한량.

그 남자를 보고 있으면 자연스레 머리에서 떠오르는 단어였다.

"이곳에서 싸우기에는 피차 곤란하지 않겠습니까?"

"곤란한 걸 즐기는 타입이라서 상관없을 것 같은데?"

"서울 한복판에서 핵폭탄이 터지는 걸 원하시는 분은 아니잖습니까."

"사전 조사는 꽤 정확하고⋯⋯ 네가 중국 이레귤러 서열 1위지?"

"서열 따위 뭐가 중요하겠습니까만, 일단은 제가 중국에서 가장 센 놈은 맞습니다."

여태까지 봤던 중국의 이레귤러들은 하나같이 오만한 놈들뿐이었다.

왕웨이, 순리.

그래서 당연히 1위도 비슷한 놈일 거라 생각했다.

하지만 그 예상은 보기 좋게 빗나갔다.

"이세민입니다."

"한국어를 쓰네?"

"중국식 이름으로 소개하는 것보다는 이쪽이 훨씬 더 친숙하잖아요? 제가 연변 출신이라서, 뭐 일단은 그렇습니다. 저는 한국 좋아합니다."

"사투리도 안 쓰고."

"제 부인이 한국인이라서요. 하하…… 제 서울말이 꽤 괜찮죠?"

순리는 서열 1위 이레귤러를 두고 '내가 함부로 통제할 수 있는 사람이 아니다.'라는 말을 내게 했었다.

그 이유를 알 것 같았다.

이 남자의 눈에서는 인간이라면 당연히 지니고 있는 욕심 같은 것들이 보이지 않았다.

어떤 세계에서 귀환한 놈일까?

개인적으로 굉장히 궁금했다.

겉으로 보이는 나이는 기껏해야 30대 중반쯤.

미국에서조차 제대로 파악하지 못한 인물이라는 이야기는 익히 들었는데, 한국에 넘어왔을 줄이야.

"제가 또 궁금한 건 못 참는 성격이라서. 저, 혹시 괜찮으면 교황님의 제자분께 제 제자를 놔줄 수 있냐고 물어봐 주실 수 있습니까?"

그는 아직까지도 파운딩을 풀지 않은 승우를 가리키면서
말했다.

"못난 놈이긴 하지만, 그래도 제가 요새 가르치는 녀석이
라."

"승우야."

"예, 성하."

"다음부터는 위협만 하지 말고, 그냥 부러뜨리고 생각해.
치료야 다시 하면 되니까. 알겠지?"

"……네."

"그래, 고생했어. 풀어 줘."

승우는 고개를 끄덕인 다음, 슬쩍 자리에서 일어났다.

그러자 밑에 깔려 있던 황쉬안이 재빠르게 일어서더니, 이
세민의 등 뒤로 가서 무릎을 꿇었다.

"감사합니다, 김시우 교황님."

"한국에 넘어온 이유는 뭐지? 무슨 꿍꿍이야?"

"아내의 친정에 들르기 위해서 겸사겸사 왔습니다. 덤으
로 김시우 교황님과 안면도 트고……. 인맥이 중요한 건 중
국이나 한국이나 마찬가지 아니겠습니까? 아, 그리고. 선물
이 하나 있습니다."

이세민은 기둥 뒤에서 미리 준비해 둔 듯한 특수 용기 하
나를 꺼냈다.

그리고 그것을 내 앞에다가 내려놓은 다음, 입꼬리를 올렸다.

"교황님께서 좋아하실 만한 선물입니다. 보시면 압니다."

"폭탄을 설치해 둔 건 아니고?"

"못 미더우면 제가 열어 드릴 수도 있습니다."

"됐어."

초면부터 선물을 들고 왔다라…….

중국인치고는 예의가 뭔질 아는 녀석일지도.

"자현아."

"예, 형님."

"네가 까라."

원래 위험할지도 모르는 건 남의 손을 빌려서 까는 거다.

자현이는 투덜거리면서 나 대신 그 용기를 열었다.

그 순간 용기로부터 느껴지는 끔찍한 마기.

그것은 틀림없는 분노의 마기였다.

"형님, 이거…….'

"이리 줘 봐."

용기 안에는 형체도 알 수 없이 훼손된 누군가의 목이 담겨 있었다.

그 머리의 정체는 따로 고민할 것도 없었다.

화신체. 정확히는 분노의 마왕의 화신체.

"제가 적은 아니라는 걸 증명해 보이고 싶었습니다. 어떠

십니까?"

분노의 마왕은 마왕들 중에서도 가장 강대한 힘을 지니고
있던 놈이다.

아무리 힘을 제대로 회복하지 못했다고 한들, 무시할 만한
놈이 절대 아니란 소리다.

나는 그 용기를 다시 봉인한 다음, 이세민을 바라보았다.

그리고 나지막한 목소리로 말했다.

"다른 중국 놈들과 다르게 성의는 좀 있는 것 같네."

잠시 후, 이세민의 입에서 전혀 예상하지 못했던 말이 튀
어나왔다.

"저도 중국인들 싫어합니다."

"……너도 중국인 아니냐?"

"중국인이면 중국인 싫어하면 안 됩니까?"

"그건 아닌데……."

"그럼 오케이 아닙니까?"

"……기다려 봐. 생각 좀 해 보게."

아무래도 미친놈이 또 내 주위에 꼬인 것 같다.

᪈

한 가지 확실한 건 있다.

"반갑습니다, 이세민입니다. 중국에서 왔습니다. 잘 부탁

드립니다."

저 이세민이라는 놈, 제정신은 아니다.

고급스러운 연회장을 트레이닝복 차림으로 돌아다니는 모습부터 시작해서, 뻔뻔한 얼굴로 인사를 나누는 모습까지.

주위의 시선 따위는 의식하지 않는 모습.

눈치가 없다기보다는, 눈치 따위를 볼 필요가 없다고 생각하는 놈이다.

게다가 더 이상했던 건 연회장에 있던 다른 중국인들조차 이세민의 정체를 모르고 있었다는 거다.

중국의 은거 기인이라는 말이 진짜 맞는 듯했다.

"자 자, 한잔하시죠."

이세민은 샴페인 잔을 들면서 말했다.

그러자 옆에서 가만히 지켜보고 있던 최 대표가 너털웃음을 터뜨리면서 말했다.

"대인배시구만. 한잔합시다."

"다시 한번 인사드립니다. 이세민이라고 합니다."

이세민은 최 대표와 잔을 맞부딪친 다음, 떨떠름한 표정으로 자신을 지켜보고 있던 나와도 잔을 맞부딪쳤다.

내가 내민 건 아니다.

가만히 잔을 들고 있는데 일방적으로 가져다 댔다.

"아까 그 용기는 어디로 가져가신 겁니까?"

"우리 신전의 지하실. 그곳에 다른 마왕의 화신체를 잡아

됐거든."

"아, 통째로 말입니까? 역시, 리멘 교단이 이쪽으로는 전문가군요. 저는 통째로 포획할 자신은 없어서 그냥 죽여 버렸습니다."

"그 화신체는 어디서 죽인 거야?"

"우한에서 죽였습니다. 그 유명한 코비드 19의 시발점, 아시죠? 그곳에서 세력을 불리고 있더라구요. 엄청 힘들었습니다. 자칫하다가는 오른쪽 팔을 아예 못 쓰게 될 뻔했어요."

이세민은 붕대가 감긴 오른팔을 슬쩍 들면서 웃었다.

대화를 계속 나누는데도 이놈이 정확히 어떤 놈인지를 모르겠다.

게다가…….

"라파엘 님, 앞으로 친하게 지냈으면 합니다."

"저야 좋지요. 중국 친구들은 미국인 싫어하는 줄 알았는데요."

"저는 좋아합니다, 하하!"

"그렇습니까? 하하! 친하게 지냅시다. 나중에 팔 못 쓰게 되면 말씀하십쇼. 이것도 인연인데, 괜찮은 의수 하나 뽑아 드리겠습니다."

"그렇게 말하니 지금 당장 제 팔을 잘라 버리고 싶은데요?"

"안 아프게 잘라 드립니까?"

"하하하!"

"하하!"

미친놈이 한 명 더 추가되면서 진짜 미쳐 버릴 것만 같다.

저 대화 좀 봐라.

보통 미친놈들이 아니다.

진짜 골수까지 미친, 아주 그냥 제대로 미친놈들의 대화였다.

이런 게 바로 집단 광기인가?

어째서 내가 이런 미친놈들 사이에 끼게 되었는지 모르겠다.

나는 한숨을 내쉬면서 샴페인을 한 모금 마셨다. 그리고 라파엘과 어울리고 있던 이세민을 향해 말했다.

"이세민."

"예, 교황님."

"아내 친정 방문 같은 핑계는 집어치우고, 진짜 목적이 뭐야?"

구태여 시간을 끌 필요는 없었다.

그리고 이세민 본인도 시간을 끌 생각은 없어 보였고.

"음."

내 단도직입적인 질문에 이세민은 고개를 살짝 끄덕였다.

"아내에게 좋은 남편이 되고 싶었던 제 마음을 몰라봐 주시니 섭섭합니다."

"시기가 공교롭잖아."

"그렇긴 하죠. 뭐, 상황이 이러니까 그냥 솔직하게 말씀드리겠습니다."

이세민은 테이블 위에 자신의 잔을 내려놓았다.

그리고 트레이닝 상의의 소매로 자신의 입가를 닦은 다음, 말을 이어 갔다.

"교황님과 리멘 교단이 상해로 진출한다는 이야기를 순리 놈에게서 전해 들었습니다. 교황님께서는 상해를 중심으로 정화자를 소탕하실 계획 아니십니까?"

그 말에 대답 대신 천천히 고개를 끄덕였다.

"상해는 한때 정화자 놈들이 거점으로 삼았던 곳입니다. 아주 위험한 곳이죠. 그래서 말인데……."

웃고 있던 이세민의 얼굴에서 순간적으로 강렬한 적의가 드러났다.

그러나 그 적의는 나를 향한 게 아니었다.

저 멀리 어딘가에 있을, 누군가를 향한 적의.

순간적으로 연회장이 조용해졌고, 그 침묵 속에서 이세민이 말을 맺었다.

"사냥견이 필요하지 않겠습니까? 제가 얼마든지 그 사냥견이 되어 드리겠습니다."

사연이 담긴 듯한 목소리.

그 목소리에 나는 미간을 지그시 좁혔다.

⚜

연회가 끝난 후.

우리 집 앞쪽에 위치한 포장마차에서 2차가 이어졌고, 우리는 이세민의 자세한 이야기를 들을 수 있었다.

"제가 귀환한 이후로 바랐던 건 딱 한 가지, 가족들과의 행복한 삶이었습니다. 그래도 저는 복 받은 놈이었습니다. 부인과 아이들이 살아 있었으니까요."

나는 그의 말에 말없이 동의할 수밖에 없었다.

귀환자들 중에서 적지 않은 숫자가 빌런으로 변한다.

가족들, 그러니까 지켜야 할 것이 남은 사람들은 어떻게든 적응해서 살아가고자 하지만, 지구에 지켜야 할 것이 남지 않은 귀환자들의 경우는 다르다.

디재스터급 귀환자에게 디재스터라는 이름이 붙는 이유도 바로 거기에 있다고 들었다.

폭주할 경우 통제할 수 없는 재앙이 돼 버리는 귀환자.

디재스터급조차 그런데, 이레귤러급은 상상을 아득히 뛰어넘는 재앙이 될 수밖에 없다.

그런 점에서 본다면 이세민은 운이 좋았던 귀환자였다.

"저는 그 세계에서 25년 동안 지냈습니다. 검, 마법. 흔히

들 말하는 판타지 세계였죠. 그곳에서 살아남았고, 마침내 돌아왔습니다. 원래는 조용하게 살고 싶었지만…… 중국 정부에서 저를 가만히 두지 않더군요."

"이레귤러를 가만히 둘 수야 있나."

"맞습니다. 하지만 저는 그들에게 조용히 지내고 싶다고 말했고, 그들은 제 제안을 받아들였습니다."

"……신기하네. 중국 놈들이 순순히 놔줄 리가 없는데."

"제가 날뛰는 것보다야 그쪽이 훨씬 감당하기 쉬웠을 테죠. 사실, 반쯤은 협박한 겁니다."

어째서 이세민이 겉으로 드러나지 않았는지 알 것 같았다.

애초에 은거 기인이라는 말은 그 사람이 힘이 없으면 성립하지 않는다.

남이 함부로 할 수 없을 정도로 강대한 힘.

그것이야말로 은거 기인의 필수 조건이었기 때문이다.

나는 이세민의 말을 들으며 소주를 한 모금 넘겼다.

"그래도 아무것도 안 하기에는 살짝 눈치가 보여서, 주로 어린 유망주들을 육성하면서 시간을 보냈습니다. 정치질에 끼어 달라는 유치한 부탁이 많기는 했는데, 저는 이제 정치질은 신물이 났었거든요."

이세민은 그렇게 말하며 나를 따라 소주를 연신 들이켰다.

그러더니 곧 청록색의 기운을 끌어올리며, 소주잔을 잔째로 융해시켜 버렸다.

"저는 그렇게 눈에 띄지 않게 조용히 지내고 있었습니다. 가족들은 우한에서 지냈고, 저는 우한과 멀지 않은 곳에서 제자들을 육성했죠. 나름 행복했습니다. 지난주까지만 하더라도…… 정말, 정말 행복했었어요."

이세민은 품속에서 사진을 꺼냈다.

사진 속에는 시연이 또래의 여자아이가 웃으면서 이세민을 껴안고 있었다.

"제 딸아이입니다."

그 말을 들은 나는 여태껏처럼 그에게 반말을 내뱉을 수가 없었다.

이 남자의 눈에서 수많은 감정이 몰아치고 있었다.

그리움, 후회, 분노.

그리고 마지막으로 증오.

셀 수 없이 많은 감정들이 가감 없이 드러났다.

"……예쁘네요."

"제 손으로 딸아이의 시체를 수습했습니다. 마기에 물들어서, 편하게 죽지도 못하는 딸아이를…… 제 손으로, 제 손으로."

포장마차 안에 있던 최 대표, 나, 라파엘, 자현이.

모두가 말을 멈춘다.

만약 그 자리에 내가 있었다면 어땠을까?

이세민의 딸은 죽지 않았을 것이다. 내가 단동에서 거두었던 아이들처럼, 그의 딸 역시 살아남을 수 있었을 것이다.

하지만 지금은 늦어도 너무나도 늦었다.

"남아 있던 아내와 아들을 데리고 한국으로 들어왔습니다. 아내와 아들은 당분간 한국에서 지낼 예정입니다."

"……당신은 그러면……."

"제 딸아이의 복수를 해야 합니다. 도움을 받아서라도, 반드시 그 복수를 해야만 합니다."

자신의 이야기를 털어놓은 이세민이 소주를 병째로 들이켰다.

그리고 자리에서 일어서더니, 나를 향해 허리를 숙이며 말했다.

"아까 전에 제 제자를 이용해서 교황님을 부른 건 사죄드리겠습니다. 교황님께 빠르게 그 빌어먹을 것의 수급을 보여드리고 싶었습니다."

"연회장에 들고 들어오기에는 거북한 물건이긴 했으니까 이해해 드리겠습니다."

"시간이 되면…… 제 아내와 아들을 도와주실 수 있으시겠습니까? 정신적으로 정말 많이 힘들어합니다."

단장지애.

자식을 잃은 부모의 슬픔은 창자가 끊어지는 아픔과 같다고 했다.

나로서는 이세민의 마음이 어떨지, 감히 가늠조차 할 수 없었다.

이세민의 가족 중 지금 가장 괴로운 건 아마 이세민일 것이다.

힘이 있었음에도 딸을 지켜 주지 못했다는 죄책감.

언제나 인간의 깊은 곳까지 갉아먹는 것은 죄책감이다.

아비로서 자식을 지켜 주지 못했다는 끔찍한 죄책감. 지금 이 순간조차 지옥 속에서 살아가고 있을 그에게 내가 무슨 말을 해 줄 수 있을까?

나는 조용히 내 잔에 술을 따라 그의 앞으로 밀었다. 그리고 나지막한 목소리로 말했다.

"리멘 교단은 함께하는 모든 이가 가족이라고 생각합니다. 그리고 그들의 가족 역시 우리의 가족이죠. 아내와 아들 분이 어디에 계시는지 말씀해 주세요. 대주교 한 명을 보내겠습니다."

"……감사합니다."

이세민은 내가 건넨 술을 단번에 들이켰다.

그리고 곧 힘겹게 웃으면서 나에게 말했다.

"중국인을 싫어하신다고 들었는데, 제 부탁을 이렇게 들어주시는 걸 보면 마냥 싫어하시는 것도 아닌 모양입니다."

그 말에 나는 피식 미소를 지었다.

"중국인이라면 마냥 싫어합니다."

"그렇습니까?"

"하지만 자식 잃은 아버지까지 마냥 싫어할 정도로 막 나가진 않아요. 특히, 그 아버지와 같은 적을 두고 있다면 더더욱."

자식을 잃은 아버지가 우리의 동료가 되었다.

나는 자현이의 잔을 내 앞으로 가져와서 잔을 채웠다. 그리고 묵묵히 소주를 들이켰다.

오늘따라 소주가 썼다.

그것도 아주 많이.

✿

다음 날 아침.

나는 일어나자마자 유선호 장관에게 중국의 서열 1위 이레귤러가 한국으로 들어왔다는 것을 알렸다.

다소 놀랄 수도 있는 소식이었음에도 불구하고 유선호 장관의 반응은 덤덤했다.

-그렇습니까.

사이가 안 좋은 이웃의 이레귤러가 대한민국에 들어온 셈인데, 솔직히 살짝은 놀라야 정상 아닐까?

하지만 곧 이어진 유선호 장관의 말에 나는 아무런 반박조차 할 수 없었다.

-교황님도 계시고, 천자현 각성자도 있고, 심지어 라파엘

까지 있는데 딱히 걱정할 필요는 없겠지요. 게다가 가족들도 함께 들어왔다면, 사실상 나쁜 뜻은 없을 겁니다. 중국 정부와 외교적인 문제가 발생할 수는 있겠습니다만…… 거기서부터는 저희가 충분히 감당할 수 있는 영역입니다.

대한민국 정부가 세워 둔 계획이 바뀌는 일은 없었다.

이세민은 전적으로 우리의 명령에 따르겠다고 말했다.

분노의 마왕을 단신으로 저지한 이세민의 힘이라면, 상해에 세울 우리 신전의 안전은 어느 정도 확보된 셈이다.

예상치도 못했던 지원군의 합류라고 할 수 있겠다.

그렇게 각성자 국제 교류전의 두 번째 날이 찾아왔고, 나는 아침 일찍 레오와 함께 부지런히 길을 나섰다.

둘째 날의 가장 중요한 일정.

그것은 바로 '특강'이었다.

"성하, 특강 준비는 따로 하셨습니까?"

레오는 차를 운전하면서 나에게 넌지시 물었다.

"했겠냐?"

"성하께서는 언변도 뛰어나시니까 저는 딱히 걱정하지 않습니다."

"아침에 내가 다녀오라는 곳은 다녀왔어?"

"예."

"고생했네. 항상 고맙다, 레오."

내 말에 레오는 고개를 가로저었다.

"상처받은 이를 돌보는 것은 사제로서 당연히 해야 하는 일입니다."

레오는 아침 일찍 이세민의 아내와 아들을 보러 다녀왔다.

라파르트 대주교를 보낼까 했는데, 바티칸에서 넘어온 교육생들을 관리하느라 바쁘다더라.

그래서 그냥 레오를 보냈다.

"최상급 신성석까지 사용해서 축복을 걸어 주고 왔습니다. 마음의 상처는 쉽게 낫지 않겠지만, 그래도 악화되진 않을 거라 생각합니다."

"고생했어. 가족이 될 사람들한테 돈을 아끼면 안 되지."

나는 고개를 끄덕이면서 창문 밖을 바라보았다.

오늘따라 서울이 바쁘게 움직인다.

아주 오랜만에 진행되는 국제 행사 때문일까? 거리를 지나다니는 사람들의 모습에서 활력까지 느껴진다.

그 모습이 보기 참 좋았다.

그렇게 얼마나 시간이 흘렀을까?

우리가 탄 차는 마침내 특강이 예정된 장소에 도착할 수 있었다.

"도착했습니다, 성하."

"사람이 좀 많네?"

"아무래도 공식 일정이라 그런 듯합니다. 성하께서 오늘 이곳을 방문하신다는 건 거의 전 국민이 알고 있었으니까요."

나는 주차장에서 미리 대기하고 있던 수많은 인파를 바라보면서 씁쓸하게 웃었다.

사람이 참 많다.

기자들부터 시작해서 평범한 시민들, 거기에다가 대학생들까지.

대학생들이 많은 이유는 별거 없다.

이곳이 한국대학교였기 때문이다.

"김시우! 김시우!"

"여기 좀 봐 주세요!"

내가 차에서 내리기도 전에 들려오는 사람들의 목소리.

부담스러울 정도로 뜨거운 열기였다.

보통 사람들이었다면 부담스러워서 숨었을지도 모르겠지만, 적어도 나는 아니다.

"레오야, 내리자."

"예, 성하."

솔직히 말해서 나는 관심이 정말 좋다.

"반갑습니다, 여러분."

손을 가볍게 흔들면서 차에서 내렸고.

"꺄아아아아!"

"김시우!"

"김시우!"

사람들이 보내 주는 열렬한 환호를 만끽했다.

기자들이 들고 있는 카메라가 연신 플래시를 터뜨렸고, 사람들의 환호성이 계속 커져만 갔다.

나는 그 뜨거운 열기 속을 레오와 함께 걸었다.

미리 주차장에 나와 있던 이능관리부의 직원들이 인파를 통제해 주지 않았다면, 사고가 일어나고도 남았을 열기였다.

인파들을 향해 손을 흔들어 주면서 한 3분쯤 걸었을까?

김 실장이 나를 맞이했다.

"오셨습니까, 김시우 교황님."

"좋은 아침입니다, 김 실장님."

"인원들은 다 모여 있습니다. 들어가셔서 바로 특강을 진행하시면 될 것 같습니다."

"아직 강의 시작까지 20분 정도 남았는데요?"

"강사가 강사지 않습니까. 늦게 와서 무슨 소릴 들으려구요."

한마디로 내가 무서워서 다들 일찍 모였다는 건데…… 내가 그렇게 무서운 이미지인가?

한국인들은 그렇게 생각 안 할 텐데 말이지.

내가 외국인들을 함부로 대했던 적이 없……지는 않구나.

지난번에 LA에서 외국 각성자 한 명을 공으로 만든 적도 있었으니까, 이유는 있구나.

"저는 그래도 나쁜 놈들만 막 대하는데, 나쁜 놈들이 많이 왔나 봐요?"

우리 교황님 좀
말려 주세요

"그것보다는 교황님의 이름이 그만큼 유명하고 무게감이 있다는 뜻입니다."

말을 이쁘게 포장하는 우리의 김 실장.

나는 피식 웃으면서 고개를 끄덕였다.

"일찍 왔으니 그냥 강의 일찍 시작하고 일찍 끝내도 되겠죠?"

"강의 시간은 애초에 미정이었습니다. 교황님께서 원하시는 만큼 강의하시면 됩니다. 강의료는 시간에 상관없이 입금될 예정이구요."

"좋네요."

"교황님께서는 대한민국의 자랑이시지 않습니까? 저는 교황님을 믿습니다."

은근한 말투로 '돈 받고 튀지 마라.'라고 말하는 김 실장.

단 몇 마디로 5분만 강의하고 도망치려고 했던 내 계획을 사전에 방지해 버렸다.

"그럼 강의하러 들어가 보겠습니다."

"잘 부탁드립니다."

"레오도 같이 들어가도 되겠죠?"

"물론입니다."

이왕 여기까지 온 거, 그래도 제대로는 해야지.

대한민국이랑 리멘 교단을 대표해서 나가는 건데 말이야.

나는 강의실의 문 앞에 선 다음, 가볍게 심호흡을 내뱉었다.

그리고 가벼운 발걸음으로 강당 안으로 들어갔다.

한국대학교에서 신경을 썼는지, 강당이 꽤 넓었다.

그 넓은 강당 안을 빼곡하게 채운 각국의 유망주들.

하나같이 열정이 넘치는 얼굴을 하고 있었는데, 아무래도 그 열정이 화를 불러왔는지.

"야 이, 개새끼야!"

"뭐? 다시 말해 봐."

"같은 자리에 앉아 있다고 해서 다 같은 수준인 것 같아?"

강의가 시작하기도 전에 목소리를 높여서 싸우고 있는 유망주들이 보였다.

한두 명이 시비가 붙은 게 아니었다.

떼거리로 욕을 내뱉으면서 싸우고 있었던 것이다.

한쪽은 미국의 성조기를.

다른 쪽은 영국의 유니언 잭을.

딱 봐도 어떤 상황인지 이해가 갔다.

"성하, 가서 말리겠습니다."

내 옆에 있던 레오가 나에게 말했지만, 나는 손을 들어 레오를 제지했다.

그리고 강당이 쩌렁쩌렁 울릴 만큼 큰 목소리로 소리쳤다.

"싸우면서 친해지는 거지! 안 그래?"

그러자 싸우고 있던 두 무리를 비롯한 모든 유망주들이 일제히 나를 바라보았다.

"거기서 그러지 말고 올라와서 싸울래? 나 싸움 구경 좋아해."

그러자 그 무리 중 성조기를 달고 있던 한 유망주가 기합이 잔뜩 든 목소리로 말했다.

"에이든 님에게 말씀 많이 들었습니다! 저는 미국의 데이……."

대놓고 에이든과의 친분을 자랑하는 미국 유망주.

나는 그 녀석을 향해 활짝 웃으면서 말했다.

"에이든에게 말을 많이 들었다고?"

"예, 그렇습니다! 교황님께서는……."

"그럼 이야기가 더 빠르겠네. 올라와."

"예?"

내 말을 제대로 알아듣지 못했는지 눈을 둥그렇게 뜨는 데이 머시기.

나는 녀석을 향해 손가락을 까닥이며 말을 맺었다.

"뒈지기 싫으면 올라오라고."

이 시대의 참교육자

녀석은 스스로를 데이비드라고 소개했다.

그래도 싹수가 좀 있는 놈이었는지, 내가 불렀음에도 불구하고 당당한 표정으로 내 앞에 섰다.

"올라왔습니다!"

기껏해야 고등학생쯤.

다부진 몸에 단단한 눈빛.

거기에 얼굴에 여유로움이 가득한 것이, 딱 잘라 말해서 '재수 없는' 스타일이었다.

나는 데이비드의 자신감 넘치는 얼굴을 바라보면서 피식 미소를 지었다.

마력 보유량도 상당한 편.

게다가 슬쩍 보인 손바닥에 박혀 있던 굳은살은 녀석의 연습량이 어마어마하다는 것을 의미한다.

미국에서 신경 쓰고 있는 유망주인 것은 틀림없었다.

미국.

우리 교단과도 사이가 아주 좋은 우방국 중에 하나기도 하고, 대한민국과의 동맹 관계가 그 어느 때보다 단단한 곳이기도 하다.

그렇기 때문에 나 역시 우방국의 유망주를 가볍게 꾸짖고 넘어가……기는 개뿔.

"데이비드라고 했냐?"

"예! 김시우 교황님."

"에이든이 나에 대해서 뭐라고 말했는데?"

그러자 데이비드가 기합이 바짝 들어간 목소리로 대답했다.

"강하면서도 자비가 없는 실력자라고 하셨습니다!"

"그리고?"

"그리고……."

"대놓고 인맥 팔이 하는 놈들을 혐오한다는 이야기는 안 해 줬냐?"

나는 인사도 제대로 나누기 전에 자신의 지인을 팔아 대며 어떻게든 상황을 모면하려는 놈들을 정말 싫어한다.

딱 이런 놈들이다.

우리 교황님 좀
말려 주세요

디멘션 오프닝 이후, 대한민국의 첫 국제 행사인 만큼 웬만하면 좋게 좋게 넘어가 주려고 했건만…… 시작부터 싸움질이라고?

그리고 내가 한 소리 하려던 찰나에 에이든의 이름을 파는 것까지.

하나같이 내 성질을 건드리는 일들이었다.

나는 데이비드를 향해 활짝 미소를 지어 주었다. 그러자 데이비드 역시 해맑게 미소를 지었다.

"엎드려."

"……예?"

"대가리 박고 엎드리라고."

급작스러운 내 명령에 혼란스러워하는 데이비드.

하지만 그래도 눈치는 좀 있는 모양인지, 곧바로 바닥에 대가리를 박고 엎드렸다.

그 모습이 우스꽝스러웠던 걸까?

"푸흡."

"품."

방금 전까지 이 녀석과 신경전을 벌이고 있던 영국 측의 각성자들이 소리를 내어 웃었다.

나는 그 영국의 꼬맹이들을 향해서도 손가락을 까딱였다.

"방금 웃은 두 새끼. 나와."

그러자 두 명의 남녀가 재빠르게 무대로 올라왔다.

녀석들은 제법 신속한 속도로 데이비드를 따라 머리를 박았다.

다들 각국의 유망주들이라서 그런가?

굳이 말하지 않아도 알아서 잘하는구만.

올라와서 얼타고 있었으면 제대로 쓴맛을 보여 줄 생각이었는데 말이지.

"너희 셋은 내 강의가 끝날 때까지 계속 머리 박고 있는다. 알겠냐?"

"예!"

"예에!"

"알겠습니다!"

"그리고 특히, 데이비드 너는 강의 끝나고 따로 얼굴 좀 보자."

에이든이랑 전화했을 때 '별로 안 친한 놈인데?'라는 반응 나오잖아?

그날이 저놈 제삿날이다.

나는 그 셋을 향해서 이를 부드득 갈아 준 다음, 재빠르게 표정을 풀었다.

그리고 그 어느 때보다 화사한 표정으로 앞을 둘러보았다.

처음 우리가 이곳에 들어왔을 때와는 비교할 수 없을 정도로 얌전해진 우리의 유망주들.

자유분방하던 자세는 이미 사라진 지 오래였고, 하나같이 의자에 올바른 자세로 앉은 채로 나를 바라보는 중이었다.

이래서 어? 본보기가 참 중요하다고.

"반갑습니다, 여러분. 정식으로 제 이름을 소개하겠습니다. 저는 대한민국의 이레귤러이자, 리멘 교단의 교황. 김시우라고 합니다."

내가 기분 좋게 첫마디를 내뱉었음에도 아무런 반응이 없는 그들.

분위기가 마치 초상집에 온 것 같다.

나는 긴장한 표정으로 나를 지켜보고 있는 유망주들을 향해 다시 한번 웃어 주면서 말했다.

"여러분들은 손이 없어요? 박수 안 쳐요?"

나름 긴장을 풀어 주기 위해서 장난을 쳐 봤는데, 반응은 예상과 전혀 달랐다.

짝짝짝—.

짝짝.

4백 명에 가까운 인원들이 동시에 자리에서 일어나면서 우레와 같은 박수를 보내기 시작했다.

다들 하나같이 간절한 표정으로 손뼉을 친다.

각성자들이라서 그런지 박수 소리도 엄청 우렁찼다.

나는 이 넓은 대강당을 가득 메우는 박수 소리를 만끽하면서 만족스럽게 고개를 끄덕였다.

그리고 지칠 때까지 손뼉을 치려는 유망주들을 향해 가볍게 오른손을 들었다.

"그만."

그러자 순식간에 조용해지는 대강당.

"다들 이제 편하게 앉읍시다."

유망주들은 일제히 자리에 앉았고, 그 어느 때보다 이글거리는 눈빛으로 나를 지켜보기 시작했다.

수강생들의 열의가 이렇게나 뜨거우니 특별 강사로 오길 잘했다는 생각이 든다.

그나저나 오늘 무슨 주제로 특강을 해 줘야 잘해 줬다고 소문이 나려나?

그래도 대한민국 정부에서 나를 믿고 맡겨 준 건데, 이번 특강을 잘 끝내야 다음번에도 또 특강을 맡겨 주지.

"제가 오늘 여러분들에게 들려드릴 이야기는 거창하거나 특별한 이야기는 아닙니다."

나는 전문 강사가 아니다.

따라서 내가 가장 자신 있는 이야기, 그러니까 나만의 경험이 녹아 있는 이야기를 해 줘야만 한다.

"저는 오늘 여러분들에게 에덴에서 어떤 나날들을 보냈는지에 대해서 이야기를 해 드릴까 합니다."

내가 어떤 인생을 살아왔는지.

그리고 어떻게 살아남아 지구로 돌아왔는지.

그 이야기를 이 유망주 녀석들에게 해 줄까 한다.

지금의 지구는 에덴과 비교하더라도 별반 다르지 않다.

에덴만큼이나 위험한 상황이었고, 어쩌면 에덴보다 더 위험할지도 모른다.

마왕들부터 시작해서 이계의 신들까지.

이런 상황에서 내가 이 유망주들에게 해 줄 수 있는 건 딱한 가지뿐이다.

"여러분들은 동료의 시체를 품에 안아 본 적이 있습니까?"

차디찬 현실을 직시시켜 주는 말을 시작으로, 내 특별 강의가 시작되었다.

❦

그 이후 진행된 특강의 분위기는 굉장히 만족스러웠다.

우려했던 것과는 달리 유망주들은 내 말에 집중해 주었다.

다들 사용하는 언어는 달랐지만, '언어의 축복'을 통해서 그들 모두에게 내 말을 전달할 수 있었다.

다른 강사들이라면 통역을 사용했어야겠지만, 내 강의는 통역이 필요 없었다.

아마도 그래서 더 유망주들이 집중할 수 있었을 것이다.

나는 그들에게 많은 이야기를 해 주었다.

거의 10년에 가까운 시간을 전쟁 속에서 살아가면서 내가 무엇을 느꼈는지.

또 어떤 생각을 하면서 버텨 냈는지.

이번 특강은 나에게도 의미가 있는 일이었다.

유망주들에게 내 이야기를 전해 주면서 에덴에서의 내 기억들을 다시 한번 돌아볼 수 있었기 때문이다.

소중한 것들을 너무도 많이 잃었다.

그리고 잃은 것보다 훨씬 많은 것들을 지켜 냈다.

만약 내가 지독한 상실감에 파묻혀서 나아가지 못했다면 어땠을까?

아마 나는 지구로 돌아오지 못했을 것이다.

그렇게 한 1시간 동안 내 이야기를 주저리주저리 늘어놓았다.

유망주들에겐 꽤 고마웠다.

지루할 수도 있는 내 이야기를 끝까지 관심 있게 들어 주었으니 말이다.

"제 이야기는 일단 여기까지만 하겠습니다. 제가 이곳에 들어오기 전에 딱 2시간만 특강을 해야겠다 생각했거든요. 남은 시간은 질문을 받으면서 보낼까 합니다. 혹시 쉬는 시간 필요하신 분?"

그 말에 손을 드는 유망주들은 단 한 명도 없었다.

다들 좋을 때다.

집중력이 참 좋다.

나는 고개를 끄덕거린 다음, 웃으면서 말했다.

"그럼 곧바로 질문을 받도록 하겠습니다."

그러자 사방에서 유망주들이 손을 들기 시작했고, 나는 가장 먼저 손을 든 유망주를 지목했다.

"거기, 일본 여학생."

내가 지목하자 그 여학생은 자리에서 벌떡 일어났다.

내 옆에 있던 레오가 빠르게 그 여학생에게 다가가서 마이크를 건네주었고, 곧 긴장한 기색이 역력한 목소리가 강당 내부에 울려 퍼졌다.

"일본에서 온 나츠키라고 합니다. 김시우 교황님께 여쭙고 싶은 질문이 있습니다."

"편하게 하세요."

"에덴에서는 지구로 돌아오기 위해서 싸웠다고 하셨는데, 그럼 지구에서는 무엇을 위해 싸우고 계신 건가요?"

어떻게 하면 강해지는지에 대해서 질문이 쏟아질 것이라 생각했는데, 꽤 의외의 질문이었다.

무엇을 위해 싸우냐라······.

사실, 이 질문에 대한 대답은 이미 정해져 있었다.

"내 사람들을 지키기 위해서 싸웁니다."

내가 싸우는 이유는 오직 그것뿐이다.

권력, 출세.

이딴 건 처음부터 관심 없었다.

나를 믿어 주는 사람들을 지켜 주기 위해서 그저 싸우고 있을 뿐.

내 단호한 대답에 나츠키라는 여학생은 조심스럽게 질문을 이어 갔다.

"제 사람들이라고 한다면, 가족들과 친구들을 의미하는 건가요?"

"아니요."

"그럼……."

"가족들과 친구들뿐만 아니라, 저를 믿어 주는 모든 이들을 위해 싸웁니다."

나에게 있어서 '내 사람들'이라는 건 바로 그런 거다.

나를 믿어 주는 사람들.

그 모든 사람들을 지켜 주고 싶을 뿐이다.

내 대답에 그 여학생은 얼굴을 붉히면서 물었다.

"만약에 제가 김시우 교황님을 믿는다면…… 저도 지켜 주시는 건가요?"

"물론입니다."

"감, 감사합니다!"

……아무래도 유망주로서 이곳에 왔다기보다는 내 팬으로서 온 것 같은데?

나는 붉다 못해 터질 것 같은 그 여학생을 바라본 다음, 손가락으로 턱을 슬쩍 긁었다.

그 이후로 수많은 질문들이 이어졌다.

강해지는 법, 전투에서 승리하는 법 등등.

예상했던 질문들도 계속해서 쏟아져 내렸고, 나는 최대한 성실하게 그 질문들에 대답해 주었다.

간만에 의미 있는 시간이었다.

⚜

내 특별 강의는 2시간 만에 종료되었다.

유망주들이 호응해 주지 않으면 어떻게 하나 고민했는데, 막판에 질문이 쏟아진 걸 감안하면 괜한 고민이었던 것 같다.

마음 같아서는 모든 질문에 대답해 주고 싶었지만, 아쉽게도 시간이 허락해 주지 않았다.

대신에 나는 나중에 그 유망주들을 우리 교단의 훈련소로 초청해서 견학을 시켜 주기로 약속했다.

"성하, 그런데 유료로 견학시켜 주겠다는 말씀을 안 하신 이유가……."

"그건 이제 어른들의 일이잖아."

"……아."

"우리가 돈을 안 받고 무료로 견학시켜 주면 바티칸에서는 뭐라고 생각하겠어? 우수 고객님의 기분을 나쁘게 해서는 안 되지."

"이렇게 가르침을 또 받습니다. 감사합니다, 성하."

특강을 끝내고 레오와 함께 밖으로 나왔다.

그리고 그런 우리를 엎드린 채로 따라나서는 세 명.

데이비드를 포함해서 아까 강의 시작 전에 엎드려 있던 그 셋이었다.

"내 시간은 끝났으니까 이제 일어서도 된다."

내가 말하자마자 자리에서 일어서는 그 셋.

나는 그 셋 중에서 영국 유망주 둘을 바라보면서 말했다.

"너희는 다시 강당 안으로 들어가. 다음부터는 남의 불행을 보고 비웃지 말길 바란다."

"감사합니다!"

"명심하겠습니다!"

둘은 뒤도 돌아보지 않고 강당 내부로 뛰어들어 갔고, 결국 나와 레오의 앞에는 데이비드가 남게 되었다.

식은땀을 흘리는 데이비드.

나는 그런 데이비드를 향해서 넌지시 물었다.

"뭘 잘못했는지는 알지?"

그러자 데이비드가 기다렸다는 듯이 대답했다.

"함부로 남의 이름을 팔지 않겠습니다!"

"그래, 당연히 그래야지. 그게 제일 나쁜 짓이야. 네가 잘못하면 그 사람 이름에도 먹칠을 하는 거잖아?"

"죄송합니다!"

"기다리고 있어 봐. 간만에 친구 목소리 좀 들어야겠다."

우리교황님좀
말려주세요

"예?"

"에이든한테 물어봐야지. 너 에이든이랑 안 친하면……
알지? 가중처벌이야."

전화기를 들어 에이든에게로 전화를 걸었다.

잠깐의 통화 연결음 후, 곧 전화기 너머로 에이든의 목소
리가 들려왔다.

—시우. 어쩐 일이야. 전화를 다하고.

"아, 오늘 특강을 했는데 여기에 너랑 친한 유망주가 있다
더라고. 데이비드. 알아?"

—데이비드? 귀여운 애송이지. 데이비드가 너한테 무례라
도 저질렀나?

"무례까지는 아닌데, 내가 강의를 시작하기 전에 영국 유
망주들이랑 싸우고 있었어. 그래서 내가 한 소리 해 주려니
까 냅다 네 이름 팔던데?"

—하하하!

내 말에 전화기 너머의 에이든이 큰 소리를 내며 웃었다.

에이든은 한참 동안 웃은 다음, 장난기 넘치는 목소리로
말했다.

—애송이가 뭐 다 그렇지. 시우, 나를 대신해서 따끔하게
혼 좀 내 주길 바란다. 그래도 내가 꽤 이뻐하는 놈이야. 싸
울 때 배짱이 있어.

"아, 그래? 내가 혼을 내 줘도 돼?"

—물론이다. 나 대신 애송이에게 가르침을 주는 대가로 비싼 술 한잔 사도록 하지.

"나야 좋지."

　—다음에 길게 통화하자. 지금 테러리스트 목을 조르고 있어서 말이야.

"어, 그래. 수고하고."

　전화가 끝난 후, 나는 핸드폰을 주머니에 넣었다. 그리고 데이비드를 바라보면서 해맑게 웃었다.

"들었지?"

"……아아아아아."

　데이비드의 얼굴이 새하얗게 물들었다.

　귀여운 녀석.

　이걸 어떻게 요리해 주지?

✿

　부산 사람들이 항상 타지 사람들에게 하는 말이 있다.

　—부산 오면 내가 부산 풀코스로 쏠게.

　그 유명한 부산 풀코스.

　나도 부산 친구들이 있어서 부산 풀코스에 대해서 아주 잘

안다.

그리고 그 부산 풀코스에 맞먹는 게 하나 더 있다.

그것은 바로 리멘 풀코스.

한마디로 리멘 교단 성지의 모든 것을 즐길 수 있게 해 주는, 극락과도 같은 풀코스라고 할 수 있었다.

"정신 똑바로 차립니다, 교육생. 지금 교관이 나이가 어리다고 무시하는 겁니까? 교육생이 비록 본 교관보다 강할 수는 있어도, 아직 정신력은 부족합니다! 알겠습니까!"

"예! 죄송합니다!"

우리 '리멘 풀코스'의 정체는 바로 저것이다.

리멘 교단의 훈련소에서, 우리 교단의 교육생들이 누릴 수 있는 모든 것을 선사해 주는 것.

나는 우리의 악마 교관, 오재민 교관의 지도하에 쉴 새 없이 구르고 있는 데이비드를 보면서 만족스럽게 고개를 끄덕였다.

데이비드는 분명히 재민이보다 강하다.

하지만 데이비드는 군말 없이 재민이의 지시에 따라서 열심히 체력 훈련을 이어 나가고 있었다.

마력 사용도 금지.

오로지 신체 능력만으로 견뎌 내야 하는, 리멘 교단의 특제 훈련 코스.

"저 정도면 다른 유망주들을 데리고 와도 괜찮겠지? 재민이가 아주 잘 굴리네."

"현재 교육생들을 위해 정립해 둔 커리큘럼은 완벽하다고 자부합니다. 전신의 근육을 효과적으로 자극하여, 신체 능력을 강화시킵니다."

"스포츠 과학자들도 고용하고 있잖아?"

"그렇습니다. 그들의 도움 덕분에 완성시킬 수 있었던 커리큘럼입니다."

강한 힘은 강한 육체에 깃든다.

그 단순하고도 강력한 논리에 따라 정립된 커리큘럼.

에덴에서의 무식한 수련 방법에 현대의 발전된 스포츠 과학을 접목시켰다.

그러니 당연히 효과가 좋아야지.

신성력 사용자들은 신체가 강해질수록 일반인들에 비해 수십 배에 다다르는 효율을 낼 수가 있다.

그렇기 때문에 당연히 우리 교단의 훈련은 체력 훈련 위주로 돌아갈 수밖에 없는 것이다.

"그래도 에이든이 아끼는 놈답게 근성은 있는 것 같다."

"저 역시 그렇게 생각합니다. 심지어 즐기는 것 같습니다."

"너도 그렇게 생각하지?"

"예."

레오의 말대로 데이비드는 체력을 한계까지 몰아넣는 상황에서도 입가에 은근한 미소를 띠고 있었다.

비웃는 게 아니었다.

마치 이 상황이 즐겁고 보람차다는 표정.

한 가지 확실한 건, 저 녀석 역시 제대로 정신 나간 놈이라는 거다.

하긴, 그러니까 에이든이 좋아하는 거겠지.

에이든은 정상인 사람을 그다지 좋아하지 않는다. 에이든이 좋아하는 이들은 하나같이 나사가 빠진 것들뿐이니까.

그런 놈이 지극히 정상인 나를 왜 좋아하는지 모르겠네.

"치안 유지는 어떻게, 잘되고 있나? 루나가 담당하고 있잖아."

"큰 문제 없이 무난하게 이루어지고 있다고 합니다. 아직까지 불온한 움직임이 관측되지 않고 있으니, 괜찮을 겁니다."

"끝까지 긴장 놓지 말라고 해."

"알겠습니다."

아직 공식 행사 종료까지는 5일이나 남았다.

아무 일 없이 종료가 되면 좋겠다만, 이곳은 대한민국이다.

지금 세상을 어지럽히고 있는 두 개의 단체 중, 정화자가 서식하고 있는 중국의 바로 옆이란 소리다.

정화자 놈들이 이 행사를 가만히 지켜볼 가능성?

그것은 사실상 제로에 가깝다. 백설이가 더 이상 츄르를 먹지 않을 가능성과 동일하다고 보면 된다.

게다가 기분도 찝찝한 것이, 뭔가 사건이 벌어지긴 벌어질 것이다.

그래도 예전보다 기분은 한결 가볍다.

"나, 자현이, 라파엘 그리고 이세민까지…… 이 조그마한 땅에 이레귤러가 많아도 너무 많다."

예전 같았으면 나 혼자서 이 무거운 짐을 감당했겠지만, 지금은 짐을 나눠 들 사람이 많다.

특히 이세민의 합류.

중국의 서열 1위라는 타이틀을 지니고 있는 거물 덕분에 국밥처럼 든든할 정도였다.

한 나라에 이레귤러가 한 명 있기도 힘든데, 현재 무려 네 명의 이레귤러가 대한민국에 있다.

동북아시아의 원자로라는 표현이 정말 잘 어울리는 상황이라고 할 수 있겠다.

상식적으로 이런 상황에서 도발을 감행하는 건 불가능하지만, 정화자 그놈들은 상식 따위에 구애받는 놈들이 아니다.

"놈들은 반드시 온다."

우리가 대한민국 정부의 병력 파견 요청을 받아들인 이유도 결국 정화자 때문이다.

녀석들은 분명히 대한민국에 마수를 뻗을 것이다.

다만, 어떤 식으로 마수를 뻗을지가 관건이다.

"폭풍 전야 같습니다."

레오는 훈련장에서 구르고 있는 바티칸의 교육생들과 데

이비드를 바라보면서 말했다.

　나는 그 말에 천천히 고개를 끄덕였다. 그리고 나지막한 목소리로 답했다.

　"어쩌면 우리가 폭풍의 눈에 서 있는 걸지도 몰라."

　정화자가 어떤 수를 놓을까?

　아무 일 없이 지나가 준다면 정말 좋겠지만, 그것은 어디까지나 나만의 희망 사항에 불과하다는 것쯤은 나 역시 잘 알고 있었다.

　그렇게 나는 나머지 시간을 신전에서 보내며 그날 하루를 마무리했다.

　그리고 다음 날.

　《긴급 속보》 각국 장관급 회의장에서 폭탄 테러, 사상자 확인 불가능〉
　《사진》 폭탄 테러 후 현장 상공에 생성된 돌발 게이트, 추정 등급 S〉
　〈현 시간부로 서울 전역에 몬스터 공습경보 4단계 발령〉

　정화자 놈들의 한 수가 최악의 방향으로 놓였다.

❧

　오전 9시.

　누군가에게는 본격적인 하루가 시작되는 시간이었지만,

누군가에게는 더 이상의 하루가 허락되지 않는 순간이었다.

"부상자 이송부터!"

"구조 작업은 진행되고 있습니까?"

"상공에 생성된 게이트에서 몬스터들이 밀려 나오고 있습니다! 타입은 마수! 리멘 교단에서 제공한 천벌 시리즈의 사용 허가를 요청합니다!"

"서울에 위치한 모든 각성자가 소집되고 있습니다!"

"이레귤러 투입을 요청합니다!"

나는 인상을 잔뜩 찡그린 채로 테러 현장에 도착했다.

서울에 위치한 한 컨벤션 센터.

각국 장관급이 모여서 앞으로의 미래를 논의하기 위한 자리였지만, 지금 이곳에는 미래가 보이지 않았다.

불타오르는 건물.

그리고 바닥에 널려 있는 건물의 잔해들.

거대한 폭발이 있었다는 것을 증명이라도 하듯, 온통 엉망이었다.

살아남은 이들은 비명을 내지르면서 도망 다니고 있었으며, 그 사이로 이 상황을 수습하고자 하는 인원들이 분주하게 뛰어다니는 중이었다.

"성하, 오셨어요."

현장에 도착한 나를 가장 먼저 맞이해 준 사람은 루나였다.

"상황 보고부터."

"영상을 확인한 결과, 회의에 참석했던 싱가포르 대표의 몸속에서 폭발이 일어났어요. 지금 당장 파악할 수 있는 것은 그 정도."

"몸속에 폭탄을 박아 두었다고?"

"마기를 차폐하는 특수 금속을 이용해서 몸 안에 박아 두었던 모양이에요."

회의실에 들어가는 모든 이의 배를 갈라서 확인하지 않는 이상, 발견하기 힘든 형식의 폭탄이었다.

나는 고개를 끄덕이면서 앞으로 걸어갔다. 그리고 루나는 나를 뒤따르면서 보고를 이어 갔다.

"회의가 진행되었던 17층에서 폭발이 일어났고, 피해 규모는 현재 파악 중이에요."

"……회의실에 있던 장관들은?"

"총 22명 중 폭사한 한 명을 제외하고는 전원 생존. 다만, 부상자가 많아요. 성하께서 유선호 장관에게 선물한 목걸이가 최악의 상황은 막은 것 같아요."

혹시 몰라서 유선호 장관에게 최상급 신성석이 박힌 목걸이를 선물했었다.

당연히 강력한 보호의 축복까지 걸어 둔 상태였다.

그 목걸이가 유선호 장관과 다른 고위급 인원들의 목숨을 살린 셈이다.

"유선호 장관은 지금 어디에 있어?"

"제가 안내해 드릴게요."

루나는 나를 곧바로 유선호 장관에게 안내했다.

부상자들의 응급조치가 진행되고 있는 작은 천막 아래.

나는 유선호 장관의 상태를 보자마자 눈살을 찌푸릴 수밖에 없었다.

"오셨습니까, 김시우 교황님."

유선호 장관은 애써 웃으면서 나를 바라보았다.

"장관님, 팔이……."

"제 명줄이 긴 것 같습니다. 교황님께서 선물해 주신 목걸이가 아니었다면, 저곳이 제 무덤이었을 겁니다."

그는 턱짓으로 빌딩을 가리키면서 말했다.

유선호 장관의 왼팔은 떨어져 나가 있었고, 왼팔이 붙어 있어야 할 자리에는 피에 물든 붕대가 묶여 있었다.

엄청난 정신력이라고밖에 할 수 없었다. 보통 사람이었으면 기절하고도 남았겠지만, 유선호 장관의 눈은 그 어느 때보다 강렬하게 타올랐다.

"이능관리부 소속의 마법사들이 힘을 합쳐서 건물의 붕괴를 막고 있습니다. 다행스럽게도 회의의 보안 때문에 건물 안에 있던 인원이 엄청 많지는 않습니다."

"장관님의 몸부터 생각하시죠."

"다 늙은 놈의 팔 하나쯤이야 뭐가 중요하겠습니까? 제 안 사람이 고생이야 좀 하겠지만은, 그래도 살아 있으니 된 겁니다."

유선호 장관의 목소리는 단단했으며, 동시에 단호했다.

아무리 신성력을 통해서 고통을 줄여 주고 있다지만 저 뜯겨 나간 팔에서 오는 고통은 끔찍한 수준일 것이다.

하지만 그는 거뜬히 그 고통을 견뎌 내고 있었다.

"지금 문제는 저 돌발 게이트입니다."

유선호 장관은 하늘을 뒤덮은 검은색의 먹구름과 보라색 소용돌이를 바라보며 말했다.

"저 돌발 게이트가 폭주하는 순간, 시민들의 피해가 걷잡을 수 없이 늘어날 겁니다. 그러니까 지금……."

"장관님."

나는 그의 말을 가로막으면서 한숨을 내쉬었다.

그리고 신성력을 끌어올려 그의 몸에 축복을 내린 다음, 그의 두 눈을 바라보면서 말했다.

"이곳은 이제부터 저희가 알아서 할 테니까, 병원으로 돌아가서 치료부터 받으세요. 의수는 라파엘에게 따로 말해 두겠습니다. 다양한 기능이 탑재된 의수와 함께 두 번째 삶을 살아 보시죠."

게이트?

저딴 건 문제가 되지 않는다.

쿠우우웅.

"교황님, 저희 왔습니다."

"늦어서 죄송합니다."

라파엘이 전투용 슈트를 입은 채로 이세민과 함께 바닥에 착지했다.

나는 그 둘을 향해 고개를 끄덕인 다음, 다시 유선호 장관을 향해 말했다.

"S급이건, 국가위기급 마수건, 피해를 주기도 전에 마무리지을 겁니다. 그러니까 안심하고 병원으로 가세요."

그러자 유선호 장관이 무어라 말하려다가 고개를 끄덕였다.

"……그렇군요. 늙어서 그런지 쓸데없는 걱정이 많아졌습니다."

"라파엘, 노인용 의수 제작은 어렵지 않죠?"

"물론입니다. 유선호 장관님께서 원하신다면야, 주먹질 한 방에 몬스터 대가리를 곤죽으로 만들 수 있는 의수도 제작해 드릴 수 있습니다. 아, 물론 그런 의수는 단가가 좀 비쌉니다."

"들으셨죠? 장관님 의수는 제가 해 드릴 테니까, 마음 편히 치료받으세요. 그런데 의수는 김영란법에 걸리려나요?"

내 장난기 섞인 말에 유선호 장관이 희미하게 미소를 지었다.

"그건 제가 법무부 장관에게 따로 물어보겠습니다."

우리 교황님 좀
말려 주세요

"그럼 저희는 게이트부터 처리하러 가겠습니다. 루나, 너는 병력 이끌고 구호 작업에 집중하고."

"예, 성하."

미리 대기하고 있던 의료진은 대화가 끝나자마자 유선호 장관을 이송해 갔다.

그리고 나는 루나에게 명령을 내린 다음, 곧바로 이레귤러들과 함께 앞으로 나아갔다.

최첨단 슈트를 입고 있는 라파엘.

검은색 사제복을 입고 있는 나.

마지막으로 여전히 트레이닝복을 입고 있는 이세민까지.

전혀 어울리지 않는 세 명의 조합.

"김시우 교황님."

나를 뒤따라 걷고 있던 이세민이 갑작스럽게 말을 꺼냈다.

"중국인을 대표해서 제가 사과드리겠습니다."

"……그걸 왜 이세민 씨가 사과합니까?"

"정화자들을 키운 건 중국이나 마찬가지니까요. 옛날부터 나쁜 걸 키우는 데 도가 텄습니다. 바이러스든 뭐든…… 하여간에 죄송합니다."

당황스러운 자폭 공격.

나는 그 말에 뭐라고 대답해 줘야 할까 고민했지만, 그냥 대꾸를 안 해 주기로 했다.

아무리 봐도 이상한 놈이란 말이지.

그렇게 우리가 전장의 한복판으로 들어섰고, 그곳에서 몬스터들과 싸우고 있던 병력이 우리를 발견했다.

　"이레귤러 추가 투입 확인!"

　"전원 전투 구역에서 이탈합니다!"

　이레귤러들이 둘 이상 전투에 참여했을 때의 매뉴얼에 따라서, 각성자들은 전원 현장에서 빠져나갔다.

　그리고 잠시 후, 허공에서 몬스터들을 향해 검기를 날리고 있던 자현이까지 내 옆에 합류했다.

　"형님, 많이 늦으셨습니다."

　"너는 테러 하나를 제대로 못 막냐?"

　"……감지 능력이 많이 떨어지는 편이라서요. 죄송합니다."

　"자랑이다, 아주."

　나는 자현이에게 한마디 쏘아붙인 다음, 고개를 들어 하늘에 생성된 게이트를 바라보았다.

　저 너머에서 느껴지는 강대한 마기.

　"최소 야마타노오로치급으로 세 놈. 국가위기급 마수가 셋이나 동시에 넘어온다."

　한 마리만 나와도 국가를 멸망시킬 수 있다는 마수가 무려 셋이나 동시에 넘어오려고 한다.

　하지만 딱히 상관없었다.

　"한 마리도 못 잡는 사람이 오늘 밥 사기 어떻습니까?"

"밥은 좀 그렇지 않습니까? 1백억 정도 베팅하시죠."

"제가 국가 소속이라서 당장 돈이 많지는 않거든요. 형님들, 막내 주머니 좀 생각을……."

내 옆에는 세 명의 미친놈이 있으니까.

나는 건틀릿을 가볍게 착용한 다음, 라파엘표 슈트도 활성화시켰다.

그리고 그때, 옆에서 검을 들고 있던 자현이가 조용히 중얼거렸다.

"……이레귤러 어셈블."

자현아.

너 그러다가 그 회사에서 고소하면 어쩌려고 그러냐?

☙

이능관리부 소속의 신입 헌터 강주원은 첫 출근 날부터 위기에 휘말려 들었다.

머릿속이 새하얗다.

대한민국의 서울 한복판에서 폭탄 테러가 일어났고, 유례없는 돌발 S급 게이트가 서울에 출현했다.

자신의 직속 선배가 돌발 게이트의 등급이 S급으로 추정된다고 말했을 때, 강주원의 머릿속에 가장 먼저 떠올랐던 것은 가족들의 얼굴이었다.

자신이 헌터로서 이능관리부에 취직했을 때, 부모님이 자신을 얼마나 자랑스러워했던가.

불치병에 걸린 여동생의 병원비 때문에 매일같이 고통받았던 가족이었다. 강주원은 그 불행을 반드시 끊어 내고, 여동생에게 미소를 되돌려 주고 싶었다.

'가족들을 지켜야 해.'

각성자 아카데미 수료 후, A급 헌터 자격증을 발급받았다.

서울에 있는 그의 가족들을 지키기 위해서라도 한 발자국도 물러설 수 없었다.

하지만 두려움이 온몸을 잠식하는 건 그조차 어쩔 수 없었다.

캬아아아아아아악-!

끼아아아아악.

게이트에서 쉴 틈 없이 몰려드는 몬스터들.

그뿐만이 아니라 어지간한 빌딩 크기에 맞먹는 거대한 몬스터 세 마리가 게이트를 넘어오고 있었다.

디멘션 오프닝의 순간이 이랬을까?

불타오르는 빌딩, 끔찍한 괴물들, 그 모든 것이 어우러져 세기말적인 분위기를 자아냈다.

어쩌면 이대로 모든 것이 끝일지도 몰랐다.

하지만 그때, 강주원의 뒤에서 달려온 남자가 그의 대가리를 후려갈기면서 소리쳤다.

"강주원 이 새끼야, 정신 제대로 안 차려?"

"……선배님, 이거, 이거 막아야……."

"빠지라는 명령 하달했잖아! 너 통신 장비 제대로 확인 안 해?"

"……예?"

"이레귤러들이 투입된다고! 그러니까 좀 닥치고 현장에서 빠져나오라고!"

그 선배는 강주원의 목을 잡은 채로 뒤로 질질 끌고 갔다.

그제야 강주원은 주위의 상황을 확인할 수 있었다.

방금 전까지만 하더라도 몬스터와 치열하게 싸우고 있던 다른 동료들이 일제히 뒤로 물러나는 중이었다.

그야말로 일사불란한 속도.

강주원은 선배의 손에 의해 끌려가면서도 얼떨떨한 목소리로 물었다.

"이레귤러 천자현 님이 이미 투입되어서 전투 중 아니었습니까?"

"네가 지금 선배한테 물어볼 짬이야?"

"아무리 이레귤러라고 하더라도 저 거대한 몬스터 세 마리를 동시에 잡을 수는 없습니다. 저희가 어떻게든 도와주어야……."

"하, 이 새끼 진짜 답답한 소리를 하네. 그냥 까라면 좀 까! 내가 일일이 설명하면서 명령을 내려야……."

그때였다.

콰아아앙.

그들의 옆에서 거대한 굉음이 울려 퍼지더니, 곧 먼지가 사방으로 퍼져 나갔다.

그리고 그 먼지 속에서 사람 네 명이 걸어 나왔다.

강주원과 그의 선배는 동시에 그 네 명을 바라보았다. 그리고 그 순간, 강주원의 눈이 크게 떠졌다.

"그래도 뭐라도 도와주려는 마음씨가 인상 깊어요. 보기 좋습니다."

김시우.

대한민국을 대표하는 이레귤러.

그리고 그의 옆에는 두 번째 이레귤러인 천자현과 미국의 이레귤러 라파엘, 마지막으로 정체를 알 수 없는 트레이닝복의 남자가 서 있었다.

"두 분은 국방부 소속닙까, 이능관리부 소속닙까?"

김시우의 질문에 강주원의 옆에 서 있던 선배가 기합이 바짝 들어간 목소리로 대답했다.

"이능관리부 긴급대응팀 소속입니다!"

"지금까지 고생하셨습니다. 현 시간부로 이곳은 저희 이레귤러들이 통제합니다. 아, 그리고 거기 신입분."

"……예!"

"누군가를 돕고 싶다는 마음, 정말 마음에 듭니다. 끝나고 시간 괜찮으면 리멘 교단의 신전에 들러서 차라도 한잔 하시죠."

"저, 저랑 말씀이십니까??"

"옷깃만 스쳐도 인연이죠."

"감, 감사합니다!"

"예, 그럼 저희는 이만 가 보겠습니다."

김시우를 포함한 그 네 명은 가볍게 인사를 건넨 후, 곧바로 앞을 향해 달려 나갔다.

강주원은 그 자리에 가만히 선 채로 김시우의 뒷모습을 바라보았다.

그 모습을 지켜보고 있던 선배가 강주원에게 물었다.

"……김시우 교황님과 아는 사이였어?"

"……아닙니다. 오늘 처음 만났습니다."

"그런데 왜 너만 콕 집어서 오라고 한 걸까?"

"저도 잘 모르겠습니다."

"거참, 이상하네."

김시우는 강주원이 평소에 존경해 마지않았던 인물이었다.

다른 사람들을 구해 주는 영웅.

악인들에게 가차 없이 벌을 내리는 심판자.

강주원은 김시우 같은 각성자가 되고 싶었다. 그렇기에 지금 이 상황이 마치 꿈만 같았다.

하지만 어째서일까?

'등골이 서늘……'

꿈만 같아야 할 순간임에도 불구하고 뭔가 기분이 서늘했다.

마치 범의 아가리 속으로 들어가는 것만 같은 기분.

강주원은 그 미묘한 불안감을 그저 첫 전투라서 느끼는 불안감으로 해석했다.

"빨리 벗어나자."

"예, 선배님."

그때까지만 해도 강주원은 몰랐다.

김시우가 일부러 자신의 옆에 착지해서 말을 걸고 갔다는 사실을.

그것이 리멘 교단의 새로운 선지자, 강주원과 김시우의 첫 만남이었다.

※

"형님, 방금 그 친구, 아는 사람이었어요?"

자현이의 질문에 나는 손을 내저으면서 대답했다.

"아는 친구는 아니고, 알아 가고 싶은 친구."

그러자 자현이가 정색을 하면서 말했다.

"……어쩐지 형님이 여자를 안 좋아한다 했는데, 그쪽 취향이셨습니까?"

"오늘 그냥 저 마수들 잡고, 너도 그냥 잡아 줄까?"

"아니, 형님이 오해를 받게끔 말씀하셨잖아요."

"죽어, 그냥."

대한민국에 선지자가 한 명 더 출현하게 될 줄은 몰랐다.

아까 그 강주원이라는 청년, 분명히 선지자의 운명을 타고
난 이다.

정확히 표현하자면 나를 만나자마자 선지자로서의 운명을
각성했다.

리멘으로부터 그런 경우가 꽤 있을 것이라는 이야기는 들
었다.

선지자의 운명을 부여받았으나, 그 운명을 제대로 개화시
키지 못한 자들.

나로서는 반가울 따름이었다.

그래서 미리 침을 발라 둔 거다. 다른 종교에서 채 가면 솔
직히 배 아프잖아?

나는 자현이의 등에다가 주먹을 꽂아 넣은 다음, 다른 이
레귤러들을 둘러보며 말했다.

"정상적인 게이트 반응은 없습니다. 일반적인 게이트라면
시스템이 반응을 했어야 하는데, 이건 순전히 정화자의 소행
입니다."

예전에 이 녀석들은 게이트를 통해서 넘어온 적이 몇 번
있었다.

그러나 그것은 이미 생성된 게이트를 모종의 방식으로 이용한 것이었을 뿐.

이 게이트에서는 시스템의 흔적을 찾아볼 수가 없었다.

즉, 정화자가 우리만을 위해 손수 준비한 선물이라는 뜻.

"이제는 본인들이 직접 게이트를 소환해서 습격할 수도 있다, 그런 뜻으로 받아들이면 될 것 같다."

전 세계 각지로 똥을 뿌리겠다는 의지가 엿보이는 기술.

라파엘은 게이트를 바라보면서 미소를 지었다.

"그 말은 곧 정화자를 털면, 차원 이동 기술의 단서를 발견할 수 있다는 뜻 아니겠습니까. 이것 참 흥미롭네요."

라파엘의 몸에서 사이킥 에너지가 폭발하듯 방출되었다.

그리고 곧 그가 입고 있는 슈트에서 셀 수 없이 많은 무기들이 튀어나왔다.

"저 녀석들이 지상에 내려오면 화력을 집중시키기가 힘드니까 제가 먼저 한 숟가락 하겠습니다."

이곳은 도시.

라파엘의 장기라고 할 수 있는 첨단 무기들을 사용하기에는 부적합한 곳이다.

그렇기 때문에 나는 기꺼이 라파엘에게 선공을 양보했다.

게이트에서 넘어오고 있는 세 마리의 국가위기급 마수들.

각각 강아지, 고양이, 원숭이처럼 생긴 놈들이었다.

우우우우웅.

미국 유망주와 이름이 똑같은 라파엘의 오른팔, '데이비드'가 순식간에 무기로 변신했다.

일전에도 본 적 있던 광자포.

하지만 광자포의 크기가 그때보다 훨씬 더 거대하다.

자주포의 포신보다 더 거대하고 기다란 포.

"쏩니다."

거대한 에너지가 라파엘의 포에 모여들었고, 곧 위기를 감지한 몬스터들이 사방에서 몰려들기 시작했다.

하지만 그 몬스터들은 라파엘에게 도달할 수조차 없었다.

"어디를 들어와."

"손맛이 좋습니다."

자현이와 이세민을 뚫을 수 있는 놈들이 없었기 때문이다.

3초 후.

푸우우웅.

마침내 광자포에서 주먹만 한 입자가 생성되어 쏘아져 나갔다.

얼핏 보면 별로 큰 피해는 없을 것 같은 비주얼.

그러나 그 입자가 지닌 파괴력은 나조차도 상상하기 힘든 수준이었다.

파아아아아앗-!

먹구름으로 가득했던 하늘이 순식간에 섬광에 잡아먹힌다.

그 모습은 흡사 하늘에 새로운 태양이 뜬 것만 같은 모습이었다.

콰우우우우우우-!

게이트에서 튀어나오고 있던 마수들이 일제히 비명을 내지르면서 몸을 비틀었다.

입이 떡 벌어지는 위력.

나는 그 모습을 보면서 대공전만큼은 라파엘이 나보다 뛰어날지도 모르겠다는 생각을 했다.

"지구로 넘어와서 제가 유일하게 원본의 위력을 재현할 수 없는 무기입니다. 지금은 원본 출력의 60% 정도. 이 정도면 선제 격으로 충분하지 않습니까?"

"100%의 위력이면?"

"박살 내고도 남습니다. 원래는 대행성용으로 만든 무기니까요, 하하."

"……내가 SF 세계로 넘어갔어야 했다니까."

라파엘과 함께 전투를 하면 느끼는 건데, 시각 효과 부분에서는 항상 박탈감을 느낀다.

나도 저런 무기가 하나쯤 있었으면 좋았을 것을.

그러나 아쉬워하기에는 일렀다.

콰우우우우우!

거대한 마수들은 여전히 숨이 붙어 있었으며, 잠시 후 마수들의 뒤에 숨어 있었던 괴물들이 모습을 드러냈다.

창백한 피부.

그리고 인간과 비슷한 외관.

마왕들의 군단에서 리치, 데스 나이트와 함께 지휘관으로 활약하는 개체들.

"뱀파이어."

뱀파이어들이 게이트를 단숨에 넘어 지상으로 하강하기 시작했다.

"오히려 거대 마수들을 방패 삼았다? 참 영악한 놈들이야."

"오, 뱀파이어. 김시우 교황님, 혹시……."

"전투 끝나고 몇 마리 생포해서 실험체로 내어 드릴 테니까 집중합시다."

"좋습니다."

뱀파이어들은 기본적으로 흑마법을 타고난 종족이다.

마기를 이용한 흑마법을 통해서 질병을 퍼뜨리고, 저주를 걸어 댄다.

에덴의 기나긴 전쟁 속에서 뱀파이어들 역시 괴멸에 가까운 타격을 입었으나, 지금 내 눈에 보이는 뱀파이어의 숫자만 하더라도 5백은 족히 넘기는 것 같았다.

"간만이네."

나는 입꼬리를 비릿하게 올리며 신성력을 끌어모았다.

그러자 뱀파이어들이 일제히 나를 향해 달려들기 시작했다.

내가 뱀파이어를 좋아하는 이유가 바로 이거다.

내가 본능적으로 마기를 혐오하듯, 저 녀석들 역시 본능적으로 신성력을 혐오한다.

그렇기 때문에 뱀파이어들은 불길 속으로 뛰어드는 불나방처럼 신성력을 향해 이끌린다.

"신성 결계."

> 액티브 스킬 〈신성 결계 Lv.Max〉를 사용하여 해당 지역에 결계를 생성합니다.
> 리멘 교단의 성지가 그리 멀지 않습니다. 성지에 위치한 신목과 신수가 결계에 힘을 보탭니다!

전장과 도시를 분리해 버리는 거대한 결계.

이곳이 서울이 아닌 다른 곳이었다면 나조차도 아찔했을 크기의 거대한 결계였으나, 지금의 나에게는 그다지 어렵지 않은 결계였다.

서울에는 리멘 교단의 신도들이 정말 많다.

신성력이란 결국 그들의 믿음에서 기인하는 힘.

즉, 이곳은 우리 교단의 명백한 홈그라운드란 뜻이다.

콰드드득.

나는 나를 향해 날아든 뱀파이어의 모가지를 맨손으로 움켜쥐었다.

"끄으으으윽."

우리 교황님 좀
말려 주세요

뱀파이어의 입에서 고통스러운 목소리가 흘러나왔다.

녀석의 몸속의 마기가 미친 짐승처럼 날뛰기 시작했지만 변하는 것은 없었다.

화르르르륵.

내 손에서 피어오른 성화가 순식간에 뱀파이어를 산 채로 불태운다.

"끄아아아아악!"

뱀파이어의 몸이 재가 되어 흘러내린다.

산 채로 재가 되어 가는 기분은 어떨까?

아마 고통스럽고 끔찍한 기분일 것이다.

그렇기 때문에 그것은.

"모기 새끼들에게 어울리는 최후야. 안 그래?"

인간의 피를 양분으로 번식하는 이놈들에겐 더할 나위 없이 어울리는 최후다.

나는 손에 묻은 하얀색 재를 가볍게 털어 낸 다음, 나머지 뱀파이어들을 향해 활짝 웃어 주었다. 그리고 부드러운 목소리로 말했다.

"이번에는 반드시 멸종시켜 줄게. 기대해."

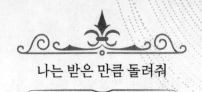

나는 받은 만큼 돌려줘

사방에서 마수들의 비명이 들려온다.

끼야아아아악―.

고막을 터뜨리기에 충분한 괴성.

원래는 저 괴성 사이에 희생자들의 비명 소리가 들려온다.

에덴에서의 전장.

그곳은 마수, 인간, 이종족 할 것 없이 죽어 나갔던 전장이었기 때문이다.

하지만 이번에는 다르다.

끼야아아아악―.

캬아아아악!

들려오는 건 오로지 마수들의 비명 소리.

이곳에서 목숨을 잃는 건 오로지 마기를 지닌 놈들뿐이었다.

"마음에 들어?"

나는 마지막으로 남은 뱀파이어의 멱살을 잡은 채로 미소를 지었다.

다른 뱀파이어들보다 훨씬 많은 마기를 지니고 있는 엘더 뱀파이어.

뱀파이어들은 높은 지능을 지니고 있는 만큼, 당연히 자신들만의 언어 체계를 지니고 있다.

내 언어의 축복은 뱀파이어들의 언어에도 동일하게 적용된다.

"보아라, 교황. 너 역시 우리와 그다지 다를 바 없지 않은가?"

엘더 뱀파이어는 입가에 붉은색의 피를 흘리면서 비아냥거렸다.

"위대한 분께서 우리를 이곳으로 인도하셨다. 너는 결코 그분을 이길 수 없을 것이다."

나는 이 녀석이 말하는 '위대한 분'이 더 이상 마왕들을 의미하는 게 아니란 걸 알고 있었다.

정화자를 이끄는 놈.

예전에 한 번 왕웨이의 몸을 통해서 대화를 나눴던 그 무명이라는 놈.

이놈들은 그놈을 맹목적으로 추종하고 있었다.

"뭐 하나만 묻자. 너는 에덴에서 온 놈이냐?"

"우리 일족이 그 한 세계에만 있을 것이라 생각하느냐? 너희 인간들은 언제나 오만해. 이 세계나, 우리 세계나. 그러니 항상 우리에게 잡아먹히는 것이다."

에덴 출신의 뱀파이어들은 아니었다.

다른 세계에서 넘어온 뱀파이어들.

도대체 정화자가 어떤 방식으로 이런 놈들을 데려왔는지는 모르겠지만, 한 가지는 확실하다.

출신 세계만 다를 뿐, 이 녀석들이 뱀파이어라는 건 달라지지 않는다.

그리고 한 가지 더.

"내가 너희의 천적이라는 것도 똑같아."

화르륵. 엘더 뱀파이어의 몸이 새하얀 불로 타오른다.

하지만 다른 뱀파이어들과는 다르게 엘더 뱀파이어는 그 고통을 기꺼이 받아들인다.

그리고 나를 노려보면서 소리쳤다.

"나를 죽인다고 해서 뭐가 달라질까? 너희 인간들은 패배할 것이다. 위대한 그분 앞에서 빌고, 가축만도 못한 취급을 받게 될 것이야!"

녀석의 광소에 맞춰서 게이트에서 마침내 세 마리의 거대한 괴수들이 모습을 드러냈다.

이 일대의 하늘을 가릴 정도로 거대한 크기.

서울을 쑥대밭으로 만들기에 충분한 놈들이 세 마리나 동시에 모습을 드러냈다.

그 모습은 마치 종말이라는 단어를 현실로 구현해 낸 것만 같았다.

세기말의 풍경.

지상에 마수들의 그림자가 드리웠고, 그 그림자가 엘더 뱀파이어의 얼굴까지 물들이려고 했다.

하지만 그림자는 빛을 물들일 수 없었다.

화르르륵.

"끄아아아아아아아악!"

그림자에 맞서 나의 성화가 더욱 거세게 타올랐고, 지금까지 비명을 참고 있었던 엘더 뱀파이어의 입에서 비명이 터져 나왔다.

나는 녀석의 목을 여전히 움켜쥔 채로 입꼬리를 올렸다.

"네가 오해하는 게 있는데, 나는 죽이는 걸 별로 좋아하지 않아. 너 같은 버러지 새끼들에게 죽음은 너무 관대하잖아? 누군가의 목에 더러운 이빨을 박아 넣고, 평생을 노예로 부려 먹는 놈들인데…… 그냥 죽이는 건 너무 관대한 처사야."

항상 말하지만 죽음은 이 녀석들에게 너무 과분하다.

누군가의 지옥이 된 놈들.

특히, 이 녀석처럼 아주 오랜 세월 동안 수많은 지옥을 만들어 냈을 놈에게는 과분한 축복이다.

나는 이런 녀석들이 끝없는 지옥에서 살아가기를 바란다.

자비, 용서.

리멘이 항상 말하는 그 따뜻한 것들을 누릴 자격조차 없는 놈들.

"저딴 덩치만 큰 호구들로 너희가 뭘 할 수 있는데?"

"끄으으으윽…… 네 소중한…… 사람들을 모두…….'

"잘 봐."

파아아아아아아앙–.

하늘을 가리고 있던 마수들 중 개를 닮은 마수의 대가리가 풍선처럼 터져 나갔다.

고양이를 닮은 마수의 목이 깔끔하게 잘려 나갔고, 원숭이를 닮은 마수의 대가리가 그대로 증발했다.

"네가 어떤 세계에서 건너왔는지는 잘 모르겠지만, 넌 지금의 지구가 그렇게 만만하다고 생각하냐?"

대가리를 잃은 마수들의 몸이 일제히 추락한다.

그러나 각 마수들을 처리한 이레귤러들은 단순히 거대 마수들을 죽이는 선에서 마무리 짓지 않았다.

그들은 떨어지는 마수들의 몸에 올라타서 녀석들의 사체를 수십, 수백 개로 갈라 버렸다.

지상의 피해를 최대한 줄일 수 있도록 말이다.

"그거 아냐? 내가 막 귀환했을 때는 잘 몰랐는데…… 지금의 지구야말로 진짜 말도 안 되는 세상이야."

마침내 마수들의 사체가 바닥에 추락했다. 그리고 곧 그 사체들 사이에서 세 명의 이레귤러가 걸어 나왔다.

마수들의 피를 뒤집어쓴 세 이레귤러.

국적은 각자 다르지만, 저 녀석들에게는 공통점이 있다.

"테라라는 어떤 미친놈 때문에 다들 이상한 세계로 유학을 다녀왔거든. 그 유학에서 살아 돌아온 놈들이야. 하나같이 미친놈들인 거지."

정화자 놈들은 본인들이 세상을 지옥으로 만들 수 있다고 생각하고 있다.

하지만 그건 어디까지나 녀석들의 착각이다.

미친놈들은 언제나 변수가 된다.

특히, 우리 같은 미친놈들은 더더욱.

"듣고 있냐, 이 이름도 없는 새끼야."

나는 엘더 뱀파이어를 통해서 나를 지켜보고 있었을 그놈을 향해 비릿하게 미소를 지었다.

그리고 그 순간, 엘더 뱀파이어의 몸에서 또 다른 목소리가 흘러나왔다.

"과일이 충분하게 익었군요. 기대가 됩니다. 김시우 교황님. 이제 직접 찾아오시는 겁니까?"

"선물 잘 받았다. 여태까지 너무 받기만 한 것 같은데?"

"교황님께서도 저희 연구 시설에 미사일을 쏘셨지 않습니까?"

"그건 중국 애들이 쏜 거고. 내가 한 짓 아니야."

"아무렴 좋습니다."

"내 선물은 곧 갈 테니까 기대해라."

"벌써부터 설렙니다. 프로포즈라고 받아들여도 될까요? 마음의 준비를 해 두겠습니다."

"오랜만에 이야기를 나눠도 참 X같은 놈이네."

"그만큼이나 제가 당신에게 중요한 존재라고 받아들이겠습니다. 조만간 직접 뵐 날을 기다리겠습니다."

그 말로 끝.

더 이상 무명의 목소리는 울려 퍼지지 않았다.

나는 여전히 고통에 몸부림치는 엘더 뱀파이어를 바라보면서 말했다.

"너는 특별히 우리 교단의 실험체로 사용해 줄게. 다크엘프 출신의 실험체도 하나 있으니까, 외롭지는 않을 거야."

엘더 뱀파이어의 몸 전체를 신성력으로 봉인한 다음, 나를 향해 걸어오고 있던 라파엘에게 던져 주었다.

그러자 라파엘의 몸에서 튀어나온 드론이 라파엘을 대신해서 뱀파이어의 몸을 붙잡았다.

"라파엘, 선물입니다."

그러자 라파엘이 활짝 웃으면서 대답했다.

"요긴하게 잘 사용하겠습니다. 취급할 때 조심해야 하는 점이 있겠습니까?"

"생명력이 아주 질긴 놈입니다. 마음껏 쓰세요."

"감사합니다. 그럼 이제…….""

나는 이레귤러들을 한번 쭉 둘러본 다음, 다시 앞을 바라보면서 말했다.

"자, 이제 큰 건 치웠고. 남은 것들도 마저 치웁시다."

자고로 청소는 꼼꼼하게 해야 하는 법.

우리는 곧바로 신성 결계 안에 갇혀 버린 적들을 향해 달려갔다.

꽃

평범한 아침을 지옥으로 만들어 버렸던 정화자의 테러가 정리되었다.

사상자가 아예 없을 수는 없었다.

사망 120, 부상 1,505.

사망자의 절반은 빌딩에서 요인들을 경호하고 있던 각국의 각성자들이었으며, 나머지 사망자들은 뒤에 생성된 게이트에서 튀어나온 괴물들에게 살해당한 사람들이었다.

"다들 와 주셔서 감사합니다."

가장 가까운 안전지대라고 할 수 있는 리멘 교단의 성지에서 진행된 긴급 기자회견.

회견장에는 이능관리부를 대표하여 김 실장이 참석해 있

었다.

가장 먼저 입을 뗀 건 나였다.

"기자회견을 시작하기에 앞서, 이번 사태로 인해 돌아가신 분들과 피해를 입으신 분들을 위해 잠시 묵념의 시간을 갖도록 하겠습니다."

이곳은 우리 교단의 성지에 위치한 훈련소의 강당.

꽤 넓은 강당을 가득 채울 만큼 많은 사람이 와 있었다.

그 많은 사람이 내 말에 따라 일제히 고개를 숙이면서 희생자들을 추모했다.

"리멘께서 희생자들에게 평안한 안식을 선사하시기를, 간절한 마음으로 기도합니다."

내 짧은 기도가 끝난 후.

내 옆에 서 있던 김동식 실장과 나머지 세 이레귤러가 동시에 자리에 앉았다.

기자회견에 참석한 관계자들은 나를 포함한 이레귤러들과 김동식 실장.

그렇게 해서 기자회견이 곧바로 시작되었다.

가장 먼저 김동식 실장이 이번 테러 사건에 대한 요약된 정보를 전달했다.

테러 과정부터 시작해서 테러의 배후로 의심되는 세력과 피해 규모, 복구 계획까지.

발표가 이어지는 와중에 곳곳에서 기자들이 손을 들면서

발언권을 요청했지만, 김동식 실장은 보고에 집중했다.

질문을 받는 것은 어디까지나 우리였기 때문이다.

30분 정도 이어진 보고.

보고가 끝난 다음, 발언권을 이어받은 건 나였다.

"리멘 교단의 교황, 김시우입니다. 질문은 제가 직접 받도록 하겠습니다."

내 말에 곧 기자들이 일제히 손을 들었다. 나는 그중에서 가장 먼저 손을 든 기자를 지목했다.

우리 교단의 기사를 항상 열심히 써 주는 세종일보의 서 기자였다.

서 기자는 마이크를 받자마자 단도직입적으로 물었다.

"김시우 교황님께서도 이번 테러 사건의 배후에 중국의 범죄단체 정화자가 있다고 추정하시는 겁니까?"

"추정이 아닙니다."

나는 주먹을 꽉 쥔 채로 말했다.

"확신입니다. 저는 정화자가 이 테러 사건의 배후에 있다는 것을 직접 확인했습니다."

"방금 전에 정부 측에서는 중국 정부에 이번 사태의 책임을 일부 묻겠다고 발표했는데, 리멘 교단의 입장은 어떻습니까?"

기다렸던 질문이다.

이번 기자회견의 가장 핵심적인 질문.

우리 교단이 이번 기자회견에 참석한 이유도 바로 저기에 있었다.

"저희 리멘 교단은 중국 내전의 중심이라고 할 수 있는 상해에 진출하여, 그곳의 무고한 민간인들을 구호할 계획을 세웠습니다. 또한 동시에 상해를 거점으로, 중국에 숨어 있는 정화자들을 본격적으로 소탕하고자 합니다. 이 부분은 이미 중국 정부와도 모든 이야기가 끝났습니다."

리멘 교단의 중국 진출 선언. 특종이라고 할 수 있는 소식이었기 때문에 곳곳에서 플래시가 터진다.

나는 기자들을 둘러본 다음, 발언권을 잠시 이세민에게 넘겼다.

그러자 트레이닝복 차림의 이세민이 마이크를 켰다.

"중국의 이레귤러, 이세민입니다. 부끄럽게도 중국의 서열 1위라는 칭호를 지니고 있습니다."

마이크 앞에 서는 게 쑥스러웠던 모양인지 살짝 어색한 말투.

하지만 한국말로 이야기를 하고 있었기 때문에 별다른 통역이 필요 없었다.

"저 역시 정화자에게 가족을 잃었습니다. 이에 따라 리멘 교단에 합류하여, 정화자와의 전쟁에 본격적으로 나서고자 합니다."

힘들게 입을 뗀 이세민이 계속해서 말을 이어 갔다.

"처음에는 현실에 관여하기 싫어서 관망만 하고 있었습니다. 정화자라는 집단이 성장하는 것을 방치했고, 그들의 불의를 그냥 가볍게 여기며 지나갔습니다. 그리고 그 대가로…… 저는 제 딸을 잃었습니다."

끝이 살짝 떨리는 목소리. 아무리 인간의 한계를 뛰어넘는 이레귤러라고 하더라도, 결국 그 역시 딸을 잃은 아버지였다.

이세민은 자신을 찍고 있는 카메라들을 천천히 둘러보았다.

그리고 나지막한 목소리로 말했다.

"아무것도 하지 않고 바라보는 것이야말로 무책임하다는 것을 깨달았습니다. 여러분들께서는 저와 같은 실수를 하지 않길 바랍니다. 제가 드릴 말씀은…… 오로지 이뿐입니다."

그의 목구멍 너머로 수많은 말이 들끓어 올랐겠지만, 이세민은 그 말들을 애써 목 안으로 눌러 담았다.

베일에 싸여 있던 중국 1위의 등장에 기자들이 술렁거렸다.

그리고 잠시 후, 한 기자가 손을 들어 질문했다.

"김시우 교황님, 지금 이건 교황님의 개인적인 발언입니까, 아니면 리멘 교단의 공식적인 발언입니까?"

"공식적인 발언이라고 받아들이셔도 됩니다. 저희는 아주 오래전부터 이번 일을 준비했습니다."

"그렇다면 지금 리멘 교단이 정화자를 상대로……."

"예, 맞습니다."

나는 잠시 숨을 죽인 다음, 정면의 카메라를 응시하며 말했다.

"정화자를 향해 선전포고를 하는 겁니다."

받은 만큼 돌려줄 시간이 찾아왔다.

❊

〈김시우, 테러 집단 '정화자'를 향해 강력한 경고!〉

〈김시우, '테러리스트와의 협상은 없다. 세상을 더럽히는 자들에게 반드시 책임을 묻도록 하겠다.'〉

〈서울 돌발 게이트 현장에서 활약한 정체불명의 트레이닝복 사내, 중국의 숨겨진 서열 1위 이레귤러 '이세민'으로 밝혀져〉

〈중국 외교부 대변인, '이세민은 중국의 서열 1위 이레귤러가 맞다. 그가 리멘 교단 측에 합류하기로 한 만큼, 우리도 정부 차원에서 전적으로 밀어줄 것이다.'〉

〈중국 내전의 변환점?〉

〈리멘 교단이 상륙하게 될 상해. 현재 상해의 상황 '비극적인 내전 중.'〉

기자회견이 끝나자마자 언론사에서 일제히 보도가 되기 시작한 우리 교단의 선전포고.

중국 정부가 이번 기자회견에 호응한 건 어찌 보면 당연했다.

이세민은 중국 정부에 본인의 의사를 피력하지 않은 채,

가족들을 데리고 대한민국으로 넘어왔다.

이런 상황에서 이세민의 선택과 자신들의 선택이 다르다고 해 버리면 사실상 이세민을 포기하게 되는 상황이 와 버린다.

따라서 울며 겨자 먹기로 이세민의 선택에 따를 수밖에 없는 상황.

트레이닝복을 입고 다녀서 허술해 보일지는 몰라도, 이세민의 선택은 정확했다.

그것이 전부 이세민이 서열 1위의 강자라서 가능했던 일이었지만 말이다.

"김시우 교황님."

내가 집무실에 앉아서 이번 기자회견에 대한 반응을 지켜보고 있는 사이, 집무실 안으로 라파엘이 들어왔다.

라파엘은 나를 향해 가볍게 인사를 건넸다. 그리고 슬쩍내 앞에 앉으면서 말했다.

"본국에서 항공모함 한 척을 지원해 주기로 했습니다."

"항공모함? 해양 몬스터들 때문에 뱃길이 제한된다는 이야기를 들었는데, 그게 가능합니까?"

"제가 일부 개조를 한 항공모함입니다. 특정 파장을 통해서 몬스터들을 쫓아내죠. 본국에서도 비밀리에 개조한 항공모함이기도 합니다."

미국의 호의.

우리 교황님 좀
말려주세요

이런 시대에 바다를 이용할 수 있다는 것만으로도 미국은 거대한 전략적 이점을 지니게 된다.

세상이 변했어도 역시 천조국은 천조국이라고 해야 하나?

어디까지나 라파엘의 능력을 이용한 방법이었겠지만, 인재를 데려오는 것 역시 그 나라의 능력이다.

라파엘은 나를 바라보면서 미소를 지었다.

"거기에 교황님의 힘이라면 몬스터들이 접근할 수조차 없겠죠. 아닙니까?"

"그렇긴 하죠."

"육로를 통해서 돌아가는 것보다야 항공모함을 통해 직접 타격하는 것도 괜찮을 겁니다. 상해와 근접한 바다까지 들어간 다음, 수송 헬기를 통한 작전은 어떻습니까?"

변수가 셀 수도 없이 많을 중국 대륙보다야 안전이 확보된 바다를 통한 작전이 훨씬 안정적일 것이다.

나는 라파엘의 의견에 동의했다.

"헬기를 제가 참 좋아하죠. 어차피 선발대만 목적지에 착륙하면 됩니다."

상해에 우리 교단이 자리 잡을 지점은 이미 구해 두었다.

그 지점에 착륙한 다음, 곧바로 성지를 생성하면 된다.

최고의 성유물 중 하나인 심판의 검이 있기 때문에 성지를 생성하는 건 그리 어렵지 않다.

즉, 딱 한 발자국. 그 땅에 한 발자국만 내디디면 된다.

"선발대를 제외한 나머지 리멘 교단의 병력은 서울 성지에서 대기할 겁니다."

"아! 성지의 통로를 이용하실 계획이시군요. 알아들었습니다. 리멘 교단에 소속되지 않은 병력만 수송하면 되겠습니다."

"그렇게 생각하시면 됩니다."

"감사합니다. 그럼 저희도 그에 맞춰서 작전을 계획하도록 하겠습니다. 작전 개시일이 다음 주 수요일 오전 9시 맞습니까?"

"예."

"딱 일주일 남았군요. 알겠습니다. 그럼 저는 이만, 이번에 사로잡은 뱀파이어를 연구하러 가 보겠습니다."

마지막으로 살아남았던 엘더 뱀파이어는 라파엘의 연구실로 끌려갔다.

라파엘이 원래는 조금 더 많은 포로를 원했지만, 그래도 큰놈이라면서 기뻐하더라.

엘더 뱀파이어를 바라보면서 군침을 삼키는 라파엘의 얼굴을 떠올리면 아직도 등골이 서늘하다.

나는 가벼운 발걸음으로 밖을 나서는 라파엘을 바라보면서 한숨을 푹 내쉬었다.

그래도 엘더 뱀파이어의 연구 성과를 공유해 주겠다니까 다행이다.

만약 라파엘이 이곳에 합류하지 않았다면 어땠을까?

아마 통제하기 힘든 상황을 여럿 만들어 냈을지도 모른다.

"에휴."

그래도 미친놈들끼리 어울리다 보니까 미친 짓에도 적응이 된다.

이쯤 되면 나도 현실을 받아들일 때가 된 것 같다.

나 역시 미친놈이니까 미친놈들과 어울리는 게 자연스러운 것이 아닐까?

그렇게 내가 현실을 받아들이고 집무실에서 잠시 휴식을 취하고 있을 때. 눈앞에 하나의 메시지창이 떠올랐다.

새로운 퀘스트 〈성전〉이 발생합니다.
해당 퀘스트는 지구의 운명을 뒤바꿀 수도 있습니다. 따라서 시나리오 등급으로 분류합니다.
[성전]
● 종류: 메인 – 시나리오
● 설명: 당신은 리멘 교단의 교황으로서 마기에 물든 적들에게 성전을 선포하였습니다. 이에 따라 본 시스템은 당신의 의지를 받아들여 메인 퀘스트를 부여합니다.
교황이시여, 사악한 이들에게 핍박받는 이들을 절망 속에서 구해 내십시오.
이 성전은 당신과 당신의 교단을 더욱더 높은 곳으로 이끌 것입니다.
● 완료 조건: 〈정화자〉의 모든 거점을 파괴할 것.
● 보상: 신성 점수 10만 점, 기간제 교단 특성 〈성전 승리〉, 특수 능력치 〈격〉
50 상승
*교단 특성 〈성전 승리〉는 1년 동안 교단에 소속된 모든 이들의 경험치 획득량을 2배로 증가시킵니다.

아무래도 이 시스템 메시지를 관장하고 있는 테라가 직접 생성시켜 준 퀘스트인 것 같다.

퀘스트 내용에서 음성 지원이 되는 기분이다.

재수 없는 표정으로 '어디 한번 잘해 봐.'라고 말하는 듯한 뉘앙스.

난 그 퀘스트를 수락한 다음, 다시 한번 숨을 뱉어 냈다.

중국 진출까지 남은 시간은 일주일.

준비 시간이 그리 넉넉하지 않다.

그나마 다행인 건 우리가 이날을 예전부터 계속 준비해 왔다는 것.

병력은 준비되어 있었고, 2기 교육생들도 이제 실전에 투입할 수 있는 수준까지 올라왔다.

아마도 꽤 긴 전쟁이 될 것이다.

중국 대륙은 엄청 넓고, 정화자들은 곳곳에 숨어 있을 테니까.

그렇기 때문에 전쟁에 나서기 전 반드시 해야 하는 일이 하나 있었다.

나는 전화기를 든 다음, 곧바로 통화를 연결했다.

잠시 후, 전화기 너머로 퉁명스러운 목소리가 들려왔다.

-손주 놈 전화 한번 받기 힘드네. 어쩐 일이냐?

"할머니, 지금 어디야? 오늘 저녁에 가족끼리 식사라도 할까 해서."

-나 지금 라파르트 할아범이랑 같이 있다.

세상에 라파르트 대주교를 '라파르트 할아범'이라고 부를 수 있는 사람이 몇이나 될까?

요새 라파르트 대주교가 자주 자리를 비운다 했더만.

할머니랑 만나고 있던 거였어?

······이건 진짜 예측하지 못한 변수다. 우리 교단에 교황을 제외하고서는 딱히 연애에 대한 교리는 없긴 한데, 그 대상이 우리 할머니라면 문제가 생······.

-왜 말이 없어?

"아냐."

-집에서 보자, 손주. 라파르트 할아범이 데려다준다는구나. 올 때 시연이도 데려오고. 알겠지?

할머니는 쿨하게 전화를 끊으셨고, 나는 핸드폰을 주머니에 넣으면서 손으로 머리를 짚었다.

이러면 족보가 어떻게 되는 거지?

······황혼 결혼까지 생각하고 계시려나?

"에이, 설마."

······이따가 할머니한테 직접 물어봐야겠다.

⚜

미야아아아.

오랜만에 가족들과의 시간이 찾아왔다.

집으로 돌아온 나를 격하게 반겨 주는 백설이.

나는 백설이에게 츄르를 슥 던져 줬고, 그러자 백설이는 날렵하게 츄르를 잡았다.

보통 고양이들은 우리가 츄르를 직접 짜 줘야 먹지만 백설이는 아니었다.

"오늘따라 츄르가 맛이 좋네. 어디서 사 왔어?"

"앞에 있는 애완동물용 수제 간식점."

백설이는 발톱으로 츄르의 절취선을 잘라 낸 다음, 미친 듯이 흡입하기 시작했다.

츄르 하나가 사라지는 데 걸린 시간은 1초.

백설이는 꼬리를 살랑거리면서 말했다.

"항상 편의점에서 대충 사 왔었잖아. 오늘 무슨 바람이 불……."

"얘들아, 들어와."

내 뒤를 따라 두 동물이 걸어 들어왔다.

한 마리는 검은색 개.

또 다른 한 마리는 사슴.

베스와 루돌프였다.

베스와 백설이는 근래에 사이좋게 지내는 편이었는데, 루돌프와의 케미는 어떨까?

"반갑다, 백설. 이쪽은 내 친구 루돌프다."

"안녕, 백설! 나는 루돌프라고 해. 앞으로 자주 볼 테니까 잘 지내보자."

우리를 위해서 일부러 작은 크기로 변신한 루돌프.

백설이는 루돌프를 이리저리 살피더니 순순히 고개를 끄덕였다.

"썰매를 잘 끌게 생긴 이름이네. 나중에 나를 썰매에 태워 준다면야 뭐, 반갑게 맞이해 줄게."

"썰매? 썰매가 뭐야?"

"아직 사회화가 덜……."

"백설아."

"……되었어도 상관없어. 지구에 적응하기 쉽도록 내가 도와줄게. 걱정하지 마, 루돌프."

앞으로 내가 없는 사이 우리 성지와 가족들을 지켜 줘야 할 놈들이라서 일부러 인사를 시킨 거다.

백설이 녀석은 눈치가 참 좋다.

그런 내 의도를 파악한 모양인지, 루돌프를 향해서 텃세 같은 건 부리지 않았다.

역시, 백설이 이 녀석에게 츄르를 먼저 먹이는 게 답이다.

이제 백설이도 어엿한 신수라고 부를 수 있는 단계.

이레귤러급에 살짝 못 미치지만, 이레귤러를 상대로도 버틸 수 있을 만큼은 컸다.

아마 교세가 더 확장되면 이레귤러급 이상으로 성장하게

될 것이다.

평소에 전투에 동원되지 않아서 그렇지, 영물들도 각자 이 레귤러급을 뛰어넘는 힘을 지닌 존재들.

적어도 집 걱정은 안 해도 될 것 같았다.

"형 왔어?"

부엌 쪽에서 앞치마를 두른 인욱이가 걸어 나왔다.

"된장찌개 끓여 놨어. 고기만 구우면 돼."

지난번 중고차 사기 이후로 부쩍이나 나에게 친절해진 인욱이.

참고로 지금 이 시간에도 인욱이의 중고차 사기 참교육 영상의 조회 수는 증가하고 있었다.

그 이슈 덕분에 경찰들이 중고차 허위 매물 집중 단속을 시작했다고 했으니, 인욱이가 쏘아 올린 작은 공이 사회에 기여를 했다고 볼 수 있겠다.

"냄새 좋네."

"그저께 할머니 댁에 가서 된장 가져왔잖아. 할머니가 직접 하셨어."

"할머니는?"

"요 앞 가게에 고기 사러 가셨지."

"그래? 그럼 금방 오시겠네. 아, 맞다. 인욱아, 얘 이름은 루돌프야. 나 없는 동안 이 집에서 지내기로 했으니까 인사 나눠. 루돌프, 얘는 내 동생."

루돌프는 인욱이에게 다가간 다음, 조심스럽게 머리를 비 볐다.

집 밖에서는 녹용을 달고 다녔지만, 실내에서는 녹용을 감 춘 상태.

예쁜 새끼 꽃사슴. 딱 그 표현이 어울리는 모습이었다.

"안녕, 나는 루돌프야. 이름이 생긴 지 얼마 안 되었구. 앞으 로 잘 부탁할게!"

"어…… 안녕. 김인욱이야."

"김인욱! 엄청 마음에 들어. 앞으로 친하게 지내자!"

인욱이를 바라보는 루돌프의 눈빛이 예사롭지 않았다.

무슨 생각을 하고 있는 건지 궁금할 정도였다. 하지만 그 눈빛은 금세 스쳐 지나갔다.

나쁜 생각을 한 건 절대 아닌 것 같은데, 무슨 생각을 한 걸까?

아무튼.

잠깐의 인사 시간이 끝나고, 백설이는 베스와 루돌프를 데 리고 안방으로 들어갔다.

그리고 곧 할머니가 집으로 돌아오셨다.

"밥부터 먹자."

오늘의 메뉴는 삼겹살.

나는 빠르게 거실에 상을 폈고, 할머니가 곧바로 고기를 굽기 시작했다.

치이이이익.

집 안 한가득 퍼지는 고기 냄새.

할머니는 버너 위에 고기를 구우면서 나에게 물었다.

"다음 주부터 중국으로 간다고?"

"그렇게 됐어. 옆집에서 자꾸 바퀴벌레가 기어들어 오잖아. 해결하려면 내가 직접 가야지."

"그래도 5년 동안 생사도 모르고 연락이 끊기는 것보다는 나아. 나한테 안 해도 좋으니까, 시연이나 인욱이한테 연락 자주 해라."

"……알았어요."

"맞아, 큰오빠. 나한테 전화 매일매일 해 줘야 돼? 위험한 곳으로 가는 거잖아."

시연이가 눈물을 글썽거리면서 말했다.

나는 조용히 시연이의 머리를 쓰다듬어 주었다. 그리고 웃으면서 말했다.

"시연아."

"응!"

"그런데 오빠 어지간하면 출퇴근할 건데? 저녁에는 집에 와서 쉴 거야."

성지의 통로를 여기에 안 쓰면 어디에다가 쓰려고.

큰일이 없는 한 어지간하면 잠은 집에서 잘 거다.

"그럼 왜 오늘 밤 먹자고 그랬어? 우린 또 멀리 가서 당분간 집 안 오는 줄 알았잖아."

마늘을 씹어 먹은 인욱이가 나를 보면서 어이없다는 듯이 말했다.

"가족끼리 이렇게 시간 내서 밥 먹으면 좋잖아."

"그것도 그렇지. 요새 이렇게 넷이서 밥 먹은 적은 별로 없었으니까."

"겸사겸사야. 그나저나 할머니."

"왜?"

"라파르트 대주교랑은……."

"고기 식는다. 고기부터 먹어라."

불리하면 항상 말을 돌리시는 할머니.

나는 인욱이랑 시연이에게 은근한 목소리로 말했다.

"얘들아, 글쎄, 할머니가……."

"라파르트 대주교님이랑 자주 만나시는 거? 나는 이미 알고 있었는데. 시연이도 알고 있어. 그치?"

"응! 라파르트 대주교님이랑 할머니랑 엄청 잘 어울려."

"……나만 몰랐던 거야?"

"어."

"응!"

갑자기 소외감 느껴지네.

나만 모르고 있었던 거구나.

나만.

"이 할미가 알아서 잘할 테니까 걱정하지 말고, 고기나 먹어."

"할머니, 왜 나한테만 말 안 해 줬어?"

"네가 물어봤니?"

"……아니요."

"물어보지도 않고선……. 고기 식는다. 빨리 먹어."

"……네."

우리 가족의 오순도순한 밤이었다.

그렇게 서서히 중국으로 향하는 날이 다가오고 있었다.

❧

일주일이라는 시간은 정말 눈 깜짝할 사이에 흘러갔다.

인욱이의 차(내가 직접 뽑아 준)를 타고 바닷가도 놀러 다녀오고.

놀이공원도 가고.

펜션에서 고기도 구워 먹고.

아주 오랜만에 할머니, 나, 인욱이, 시연이 이렇게 네 가족끼리 즐거운 시간을 보냈다.

가족들과의 시간은 정말 빨리 흘러갔다.

나에게 있어서 가장 소중한 사람들이라서 그런가?

그렇게 일주일이라는 시간이 흘렀고, 마침내 우리가 중국으로 출발하는 당일이 찾아왔다.

　-무사히 돌아와야 돼, 오빠! 연락 자주 하구!

　시연이의 인사를 듣고 집에서 나온 나는 곧바로 진해시에 위치한 해군항으로 향했다.

　정부에서 미리 준비해 준 헬기를 통해 진해시에 금방 도착했다.

　출항 준비로 분주한 이곳에는 정부 소속의 각성자들을 비롯하여 수많은 관계자가 정신없이 뛰어다니고 있었다.

　"지난번 중국에 천벌 미사일을 인계한 후 생산된 천벌 미사일 중 70% 정도가 저 항공모함에 탑재되었습니다."

　"이번 작전에 한해서만큼은 저희가 무료로 인계하겠다고 했는데……."

　"원래 가까운 사이일수록 돈 계산을 확실하게 해야 합니다. 잃어버린 땅에서 발생하는 이익이 천문학적인 수준이니, 크게 신경 쓰지 마십시오."

　현장에는 유선호 장관이 직접 나와서 작전을 지휘하고 있었다.

　라파엘이 달아 준 의수를 끼고 있는 유선호 장관.

　내가 직접 유선호 장관을 치료해 줬기 때문에 그의 회복 속도는 경이로운 수준이었다.

불과 1주 전, 반쯤 죽어 가던 노인이라고는 생각할 수 없는 왕성한 활동력.

유선호 장관은 그 어느 때보다 강렬한 눈빛을 보여 주면서 이 현장을 지휘하고 있었다.

"중국 정부에서 천벌 미사일 사용에 대해 허가를 내줬습니다."

"자기네 땅에 미사일을 쏠 수 있게 해 줬다라……. 자존심 많이 죽였네요."

"본인들이 찬밥 더운밥을 가릴 처지가 아니란 걸 알고 있다는 뜻이지요."

"상해 상황은 보고받고 계십니까?"

내 질문에 유선호 장관은 고개를 끄덕였다.

"미리 침투시켜 둔 정보원들이 실시간으로 정보를 보내 주고 있습니다. 중국 정부도 협조하고 있습니다."

"제가 순리 몇 대 패 두길 잘했죠?"

"하하! 저 역시 그렇게 생각합니다. 아, 이 발언은 비공식적인 발언입니다."

내가 유선호 장관과 이야기를 나누고 있을 때, 뒤에서 가만히 대화를 듣고 있던 이세민이 웃으면서 말했다.

"아, 교황님께서도 순리를 몇 대 쥐어 패셨습니까?"

"한국에 와서 말도 안 되는 소리만 지껄였거든요. 원래 말귀를 못 알아들을 때는……."

"몽둥이로 후려 패야지요."

"세민 씨는 지난번부터 느낀 건데, 중국인치고는 대화가 잘 통해요."

"항상 노력하도록 하겠습니다."

"형님, 잘 다녀오십시오. 형님이 안 계시는 동안 대한민국은 제가 지키고 있겠습니다."

이번에는 자현이가 나에게 허리를 숙이면서 인사를 했다.

자현이는 이번 작전에 동원되지 않는다.

자현이가 맡게 될 역할은 한반도의 수호.

내가 자리를 비운 사이 대한민국에 일이 날 수도 있잖은가?

물론 상해에 성지만 만든다면 해결될 문제.

우리 교단의 병력은 현재 성지에서 모두 대기 중이었으니, 이제부터는 내 역할이 가장 중요했다.

이번 '상해 상륙작전'의 개요는 다음과 같다.

1. 미국의 항공모함 'USS 어벤져'를 타고 상해의 인근 바다로 향한다.

2. 항공모함에서 수송 헬기에 탑승, 곧바로 상해로 향한다.

3. 목표 지점을 확보한 후, 곧바로 심판의 검을 이용해서 성지를 생성한다.

총 3단계로 이루어진 작전.

심판의 검을 통해서 생성한 성지는 강력한 마기 억제력을 지닌다.

심판의 검을 저 땅에다가 꽂아 넣는 것만으로도 상해에 존재하는 대부분의 마기 보유자들은 힘을 못 쓰게 될 것이다.

그렇기 때문에 곧바로 신전의 지하에서 심판의 검을 가져왔다.

"그런데 형님."

"어?"

"심판의 검 한번 휘둘러 보고 싶은데. 도대체 뭐에다가 꽂아 두신 거예요?"

자현이는 마대에 꽂혀 있는 심판의 검을 가리키며 말했다.

"벨페고르의 화신체. 지난번에 단동에서 잡아 온 거."

"……아."

"한번 보여 줄까? 상태 아주 예술인데."

"……아뇨. 악몽 꿀 것 같아서 사양할게요."

저 마대 안에는 벨페고르의 화신체가 봉인되어 있다.

심판의 검을 함부로 뽑았다가는 저 화신체에 묶여 있는 벨페고르가 도망갈 수도 있기 때문에 일부러 조치를 취해 둔 거다.

들썩.

"형님, 저거 들썩거리는데요."

"냅 둬. 좋은 꿈이라도 꾸나 보지. 궁금하면 직접 보라니까? 아마 죽여 달라고 애원하는 걸 거야."

심판의 검이 내뿜는 신성력은 우리 교단의 성유물 중 가장 강력한 파마의 힘을 지니고 있다.

고통에 둔감하다는 마왕조차 영혼이 타들어 가는 고통은 버틸 수가 없다.

아마 내가 입을 성화로 지져 두지 않았다면 끔찍한 비명 소리가 자꾸만 울려 퍼졌을 것이다.

"저 화신체를 볼 때마다 참 아쉽습니다."

"라파엘이 왜요?"

"마왕의 화신체로 연구를 할 수 있다면 더 좋을 텐데…… 쩝. 전 뱀파이어로 만족해야겠지요."

그러면서 은근한 눈빛으로 나를 쳐다보는 라파엘.

하지만 마왕의 화신체만큼은 어쩔 수 없었다.

"취급 위험 품목이라서 안 됩니다. 아시겠죠?"

"압니다, 알아요. 그런데 혹시 팔 한쪽만 어떻게 떼어 주시면 안 됩니까?"

"쓰으으읍."

"하하, 알겠습니다. 어쩔 수 없지요."

진짜 위험한 인물이다.

호시탐탐 실험체를 구하려는 미친놈.

"이제 곧 출항할 시간입니다."

시간을 확인한 유선호 장관이 나에게 말했다.

나는 그의 말에 천천히 고개를 끄덕인 다음, 자현이를 바라보면서 말했다.

"잘 부탁한다. 성지가 성공적으로 생성되면 서울로 돌아올 수 있으니까, 그때 보자."

"천천히 다녀오십시오. 아예 안 돌아오셔도 괜찮습니다, 형님."

자현이가 은근슬쩍 내뱉은 진심에 감동을 받았다. 그래서 녀석의 등에다가 주먹을 꽂아 넣어 주었다.

그리고 등을 돌리면서 말했다.

"라파엘, 이세민 씨? 갑시다."

"예."

"알겠습니다."

그나저나 태어나서 항공모함을 타는 건 처음인데…….

"김시우 교황님."

"예?"

"항공모함에 타실 때는 신발을 벗고 타야 한다는 거, 알고 계시죠?"

"저한테 거짓말하면 리멘님께서 신벌을 내린다는 거, 알고 계시죠?"

"흠흠."

지구로 돌아온 이후, 처음으로 경험하는 바다.

지구의 바다는 내가 기억하고 있던 바다와는 사뭇 달랐다.

원래도 바다는 위험했다고는 하지만, 아마 이 시대의 바다만큼 위험하진 않았을 것이다.

항공모함의 레이더를 통해 감지되는 각종 해양 몬스터들.

어째서 인류가 몬스터들에게 바다를 빼앗겼는지 알 수 있을 정도로, 정말 셀 수 없이 많은 몬스터가 바다에 서식하고 있었다.

바다는 지구 표면의 70%를 차지한다. 면적을 생각해 봤을 때 확실히 바다에 서식하는 몬스터가 많을 수밖에 없었다.

그래도 뭐 중국 근해까지는 큰 문제가 없었다.

왜냐하면 몬스터들이 알아서 우리들의 항모 전단을 피해 다녔기 때문이다.

천벌로 잔뜩 무장한 함대. 거기에 내가 내뿜는 신성력을 보고도 달려들 수 있는 몬스터는 없었다.

항공모함이 출항한 지 반나절쯤 지났을 때, 우리는 마침내 1차 목표 지점에 도착할 수 있었다.

끝없이 펼쳐져 있는 바다.

이제 여기에서부터는 헬기로 이동해야 한다.

내가 바다를 구경하면서 이런저런 생각에 잠겨 있을 때쯤,

미군 장교 한 명이 나에게로 다가와 고개를 숙였다.

"헬기가 준비되었습니다. 바로 이동하시겠습니까?"

"그럽시다."

그의 안내를 따라 도착한 곳에는 우리가 이번에 타고 갈 헬기가 준비되어 있었다.

그 옆에서는 어느새 슈트를 장착한 라파엘이 웃으면서 나를 기다리는 중이었다.

"오셨습니까?"

"라파엘은 그거 입고 바로 날아가는 겁니까?"

"예. 이 정도 거리면 연료도 충분합니다."

"제 슈트는 언제 개조해 주나요?"

"아시다시피 신성력을 연동시키는 게 간단한 작업이 아니라서요."

솔직히 저 슈트, 남자로서 탐이 날 수밖에 없다. 어느 영화의 영웅을 떠올리게 만드는 비주얼. 나는 입맛을 다시면서 그 슈트를 바라본 다음, 옆의 이세민 씨를 쳐다보았다.

여전히 트레이닝복을 입고 있는 이세민.

……그래도 내 쪽의 비주얼이 조금 더 나을지도.

"이세민 씨."

"예, 교황님."

"중국 상해 타격하는 거라고 해서 봐주시면 안 됩니다."

"걱정하지 마십시오. 이미 저는 마음만큼은…… 여기까지만 하겠습니다."

간단하게 이야기를 나눈 우리는 곧바로 헬기에 탑승했다.

그러자 긴장한 기색이 역력한 파일럿이 나를 돌아보면서 말했다.

"대한민국의 김시우 교황님을 만나 뵙게 되어 영광입니다! 찰스 스미스 대령이라고 합니다. 편하게 스미스 대령이라고 불러 주시면 됩니다."

"반갑습니다, 스미스 대령님."

"교황님을 모시고 싶어 직접 이번 작전에 자원했습니다."

"아, 혹시 우리 교단의……"

"리없죽의 미국 서부 지부의 회원입니다. 이번 작전 성공을 위해 최선을 다하겠습니다."

선글라스 너머로 그의 불타는 열정이 그대로 전해진다.

리없죽의 회원이라…….

요새 우리 교단의 교세가 전 세계로 퍼져 나가고 있다는 이야기는 들었다만, 그게 미국 해군까지 뻗어 나갔을 줄은 몰랐다.

리없죽의 회원들.

레오가 만든 사조직은 도대체 어디까지 뻗어 나가는가?

어디에나 있는 듯한 이 기분.

나는 그와 가볍게 악수를 했다. 그리고 그의 옆에 있던 부기장과도 악수를 나눈 다음, 가볍게 자리에 착석했다.

잠시 후.

"이륙합니다."

헬기가 이륙했고, 곧바로 비행이 시작되었다.

헬기는 끝도 없이 이어지는 바다, 그 위를 아주 빠른 속도로 비행했다.

"김시우 교황님."

내 옆에서 창문 밖을 바라보고 있던 이세민이 나지막한 목소리로 말했다.

"저는 반드시 제 딸의 복수를 할 겁니다. 복수만 할 수 있다면…… 무엇이든 하겠습니다."

증오.

그 감정은 사람에게 있어서 아주 강력한 동기가 되어 준다.

이세민에게서 느껴지는 감정은 분명한 증오였다.

"이세민 씨."

나는 이세민의 이름을 나지막하게 불렀다.

그러자 창밖을 보고 있던 이세민이 나를 바라보았다.

"정화자에게 복수하는 거, 좋습니다. 저와 같은 목표니까요. 하지만 한 가지만 기억하세요. 이세민 씨에겐 아직 지켜야 할 가족이 남아 있습니다. 본인 가족은 본인이 지키세요. 아시겠어요?"

복수 끝에 남아 있는 건 아무것도 없다.

그렇기 때문에 돌아갈 곳을 기억하는 게 중요하다.

내 말에 담긴 뜻을 알아들었을까?

이세민은 희미하게 웃으면서 고개를 끄덕였다.

"……감사합니다."

"감사하실 필요는 없습니다."

나는 다시 창밖을 바라보면서 숨을 뱉어 냈다.

저 멀리 조금씩 먹구름이 보이기 시작했다.

※

그로부터 얼마나 시간이 흘렀을까.

"목표 지점에 도착했습니다!"

잠시 눈을 감았던 난 스미스 대령의 말을 듣고 눈을 떴다.

그러자 창밖으로 보이는 상해의 풍경.

화염에 잡아먹힌 몇몇 건물들과 기둥 빼고 완전히 박살이 나 버린 동방명주.

그야말로 지옥이나 다름없는 풍경은 이곳이 상해라는 것을 알려 주고 있었다.

"낙하산은 그 옆에 보시면……."

나는 스미스 대령의 설명을 손을 들어 제지했다. 그리고 내 옆에 둔 마대를 챙기면서 말했다.

"낙하산 필요 없습니다. 이세민 씨, 낙하산 필요합니까?"

"저도 필요 없습니다."

스미스 대령은 리없죽의 회원답게 내 말의 뜻을 금방 이해했다. 그러더니 곧 나를 향해 경례를 하며 말했다.

"무운을 빌겠습니다."

"감사합니다."

인사는 그것으로 끝.

가차 없이 헬기의 문을 연 나는 천천히 아래에 펼쳐진 지옥을 내려다보았다.

"갑시다."

"예."

곧바로 헬기에서 뛰어내렸다.

그러자 지상에서는 기다렸다는 듯이 거대한 마기가 뿜어져 나오기 시작했다.

마치 드래곤의 브레스를 방불케 하는 엄청난 마기의 세례.

하지만 나는 신성 결계를 생성한 채로 그대로 그 마기 세례를 뚫고 강하했다.

그리고 잠시 후.

콰아아아아아아아아앙—.

거대한 폭발음과 함께 나는 성공적으로 땅에 착륙했다.

내 주위로 생겨나는 거대한 크레이터.

난 그 크레이터의 중심에서 슬쩍 미소를 지으면서 말했다.

"시작해 보자고."

상해 탈환전

지상에서 직접 바라본 상해의 상태는 예상했던 것보다 훨씬 심각했다.

수습되지 못한 시체들이 곳곳에 널려 있었으며, 마수들의 입가에는 방금 전까지 녀석들이 잡아먹고 있던 이들의 피가 묻어 있었다.

마수들뿐만이 아니었다.

"김시우다."

"정말로 저 새끼가 왔다고? 병신 같은 정부 놈들. 타국의 이레귤러를 이렇게 막 들여보내?"

"어떻게 해야 하지?"

마기를 받아들인 각성자들.

살기와 피에 범벅이 된 녀석들이 실실 쪼개면서 나를 바라보고 있었다.

저 녀석들은 틀림없이 머리끝까지 마기에 오염된 것이 분명했다.

그 증거로 녀석들은 정상적인 판단을 못 하고 있다.

나를 만난 순간 뒤도 돌아보지 않고 도망가야 정상인데, 저 녀석들은 영혼 없는 눈빛으로 나를 바라보고 있었다.

저런 경우는 딱 하나다.

정말로 영혼까지 빼앗긴 경우.

강한 힘을 위해 마기를 받아들인 자의 최후가 바로 저런 거다.

"제가 정리하겠습니다."

내 옆에 서 있던 이세민이 주먹을 꽉 쥐면서 말했다.

그의 손에서 강력한 에너지가 방출되기 시작했다. 하지만 나는 손을 들어 그를 제지했다.

"굳이 더러운 것들의 피를 손에 묻힐 필요는 없습니다."

"하지만……."

"마기를 받아들인 건 어디까지나 저 녀석들의 책임입니다. 그리고 언제나 책임에는 대가가 따르죠."

나는 내 앞에 있던 자루를 슬쩍 쳐다보았다.

이곳에 넘쳐 나는 마기를 느낀 걸까?

벨페고르의 반항이 격렬해졌다. 심판의 검을 꽂은 채로 몸을 버둥거리는 꼴이 참으로 추했다.

그래서 일단 자루를 벗겼다.

그러자 입의 형체가 사라진 벨페고르의 처참한 몰골이 드러났다.

어찌나 상태가 심했는지, 산전수전 다 겪었을 이세민조차도 눈살을 찌푸릴 정도였다.

"저희 이단심문관들이 실습을 열심히 했다는 증거입니다."

"리멘 교단의 이단심문관들이 어떤 사람들인지…… 굉장히 궁금하게 만드는 몰골이로군요."

"마기 보유자들의 숨통을 끊지 않고 괴롭힐 수 있는 방법을 교육했죠. 훌륭한 실험체였습니다."

"라파엘이나 교황님이나……."

"지금 뭐라고 하셨죠?"

"아닙니다."

이세민이 휘파람을 불며 시선을 돌렸다.

그리고 잠시 후.

콰아아아아아앙-.

상해의 하늘을 깔끔하게 정리한 라파엘이 소위 말하는 '슈퍼 히어로 랜딩'으로 내 옆에 착륙했다.

"교황님, 정리는 대강 끝났습니다."

"고생하셨습니다."

"방금 전에 교신이 들어왔는데, 중국 정부에서도 추가 병력을 투입했다고 합니다. 상해 외곽부터 돌파를 시도하는 중이랍니다."

"중국 쪽 병력 도착 예정 시각은요?"

"반란군의 방어 태세가 단단합니다. 아무래도 저희가 뒤를 쳐 줘야 돌파가 가능할 듯 보입니다."

이곳에 내리자마자 나는 이곳을 점령한 반란군들이 어떤 놈들인지 깨달을 수 있었다.

마기에 영혼을 팔아넘긴 자들.

한때 정화자의 거점이었던 만큼, 지금껏 내가 봐 왔던 그 어떤 도시보다 마기에 강력하게 오염되어 있었다.

이대로라면 민간인들조차 마기에 잡아먹힐 게 틀림없었다.

즉, 상해라는 거대한 도시 전체가 악마의 소굴이 되어 버리는 거다.

그렇기 때문에 우리는 이곳을 지배하는 반란군들을 악으로 규정했다.

이 전쟁은 성전.

마기를 몰아내기 위한 싸움이다.

나는 고개를 끄덕인 다음, 곧바로 벨페고르의 화신체의 등에 꽂혀 있던 심판의 검을 붙잡았다.

그리고 녀석을 내려다보면서 말했다.

"친구들이 너를 구하러 와 줄 것 같아? 애초에 마왕들끼리는 의리 같은 거 없었잖아."

"……교황, 이곳에 발을 들인 것을 후회하게 될 것이다. 이미 이곳은……."

머릿속에 울려 퍼지는 벨페고르의 목소리.

예전과는 다르게 희미할 정도로 나약한 목소리였다.

신성력이 녀석의 영혼을 끊임없이 불태우고 있기 때문이겠지.

그러나 나는 웃으면서 답했다.

"걱정하지 마. 곧 네 친구들의 영혼도 잡아 와 줄 테니까. 심판의 검에 모두 꽂혀 있으면 참 재밌겠다. 그 상태에서 성화로 불태워 버리면, 그게 마왕 꼬치구이 아닐까?"

푸우우우우욱.

심판의 검에 힘을 불어 넣으며 강하게 밑으로 박아 넣었다.

심판의 검은 화신체의 몸뚱어리를 뚫어 버린 다음, 바닥 깊숙이 박혔다.

그러자 잠시 후 눈앞에 메세지창 하나가 떠올랐다.

성유물 〈심판의 검〉을 활성화하여 해당 지역에 성지를 생성할 수 있습니다.
〈심판의 검〉의 고유 특성으로 인하여 해당 지역에 성지를 생성할 경우, 이 일대에서 벌어지는 모든 전투에 〈성전〉이 적용됩니다.
성지를 생성하시겠습니까?

고민 따위 할 필요가 없었다.

애초에 내가 이곳에 온 이유는 이곳에다가 성지를 만들기 위해서니까.

"생성한다."

내가 신성력을 가득 담아 말을 내뱉은 순간.

파아아아아아앗ㅡ.

심판의 검에서 찬란한 빛이 퍼져 나갔다.

거대한 빛기둥이 세워진다.

그리고 그 빛기둥은 태양을 가리고 있던 먹구름을 몰아내었고, 곧 이 일대를 모두 빛으로 물들였다.

그 기둥 사이에서 리멘의 기적이 일어났다.

건물의 잔해만 가득했던 폐허가 눈처럼 녹아내렸고, 곧 그 위에 눈이 부시도록 아름다운 신전이 생겨났다.

절망뿐이던 상해 위에 세워진 신전.

죽음의 냄새로 가득 찬 이곳에, 새로운 희망이 모습을 드러냈다.

서울, 센다이에 이은 우리 교단의 세 번째 성지.

상해 성지.

새로운 성지가 설정되었습니다.
성지 간의 통로가 개방됩니다!

폐허 위에 홀로 우뚝 솟아오른 신전은 이곳에서 가장 비현실적인 구조물이었다.

하지만 거기에서 끝이 아니었다.

탁탁탁.

신전 안쪽에서부터 새하얀 갑옷을 입은 병력이 절도 있게 걸어 나온다.

선두에는 판금 갑옷을 걸친 루나가 서 있었으며, 그 후미에는 레오가 검은색 사제복을 입은 사제들을 이끌고 있었다.

3백 명에 이르는 교단의 병력.

그 어느 때보다 결연한 표정의 성기사와 사제 들이 신전에서 나와 내 앞에 정렬했다.

"교황 성하."

선두에 서 있던 루나가 그들을 대표하여 내 앞에 한쪽 무릎을 꿇었다.

그리고 들고 있던 철퇴를 내려놓으면서 고개를 숙였다.

"성기사단장 루나 레벤톤, 대주교 레오 루멘. 그리고 3백 명의 성기사와 사제 들. 성전에 참가하기 위하여 이곳에 왔나이다."

성지 위에 조용하게 울려 퍼지는 루나의 목소리.

나는 그녀의 목소리를 들으면서 천천히 고개를 끄덕였다.

"성전에 참여하는 것을 허락한다, 루나 레벤톤 경."

"예, 성하."

"교단의 적들에게 리멘님의 성스러운 심판을 내리도록."

내 말에 루나는 오른쪽 손을 자신의 가슴 위에 올렸다. 그리고 입꼬리를 슬며시 올리면서 대답했다.

"교단의 적들에게 리멘님의 심판을."

그리고 잠시 후.

그녀의 뒤에 서 있던 나머지 병력도 일제히 가슴에 손을 올리면서 소리쳤다.

"교단의 적들에게 리멘님의 심판을!"

"교단의 적들에게 리멘님의 심판을!"

나는 그 모습을 바라보며 슬며시 미소를 지었다.

그런데 그때.

콰우우우우우우우우-!

신전 쪽에서 거대한 백호 한 마리가 모습을 드러냈다.

맹수는 사방을 향해 포효를 내질렀다. 그리고 천천히 내 앞으로 다가왔다.

"주인, 아무래도 집에 있기에는 심심해서. 어차피 영물들이 가족들을 지켜 줄 테니까, 나도 싸워도 되지? 이제 이곳도 리멘님의 성지잖아."

백설이가 노란색 눈을 빛내면서 말했고, 나는 피식 웃으면서 고개를 끄덕였다.

"마음껏 날뛰어 봐."

백설이의 합류를 마지막으로.

"싹 다 쓸어버려."

리멘 교단이 마침내 상해에 모습을 드러냈다.

❧

우리 교단의 첫 번째 목표는 단순했다.

상해의 외곽에서 전투를 벌이고 있는 반란군의 뒤를 급습하는 것.

상해의 질서를 되찾기 위해서는 가장 먼저 필요한 것이 반란군 소탕이었다.

반란군의 주 전력이 정부의 병력을 막기 위해 집중되어 있는 상황.

원래 이런 상황에서 가장 위험한 건 뒤통수를 맞는 거다.

우리는 첫 전투를 대승으로 장식했다.

중요한 전력들은 모두 중국 정부와의 전장에 파견되어 있었던 모양인지, 시내에 있던 반란군의 세력은 형편없었다.

마기에 찌들거나 영혼을 팔아넘긴 놈들이 우리 교단의 전투원들을 이길 리가 있나.

〈성전〉이라는 말도 안 되는 특수 효과가 적용되는 이상, 우리 교단의 교육생들은 최소 A급 헌터 이상의 힘을 발휘할 수 있었다.

일부 1기 교육생들은 S급 헌터들에 준하는 힘을 낼 수 있을 테고.

그리고 무엇보다.

콰아아아앙-.

콰지지직.

이세민과 라파엘, 그리고 나.

이 세 명의 이레귤러가 포함된 전력을 막아 낼 수 있는 여력이 녀석들에겐 없었다.

그렇게 우리는 발을 내디딘 지 3시간 만에 정부군과 반란군이 전투를 벌이고 있는 전장에 도착할 수 있었다.

라파엘의 정찰 드론을 통해서 볼 수 있는 영상들.

각성자들끼리의 전쟁이라는 것을 증명하듯, 온갖 이능들이 난무하고 있었다.

마법, 강령술, 언데드 등등.

양측의 각성자들이 목숨을 걸고 싸우고 있었는데, 전황 자체는 정부군이 밀리고 있었다.

반란군 측에 네크로맨서가 있는지, 엄청난 숫자의 언데드가 전투에 동원되었기 때문이다.

원래 네크로맨서들은 이런 대규모 전쟁에서 활약할 수밖에 없다.

압도적인 물량을 자랑하는 놈들이기 때문이다.

게다가 상해의 원래 인구 숫자를 고려해 본다면, 네크로맨서들이 만들어 낼 수 있는 언데드들의 숫자도 상상을 초월할 것 같았다.

"순리가 직접 나섰으면 조금 더 수월했었을 텐데요."

나는 라파엘의 영상을 보면서 중얼거렸고, 이세민이 고개를 가로저었다.

"신경 써야 할 도시가 너무나도 많습니다. 순리로서는 북경에서 가까운 도시를 방어할 수밖에 없을 겁니다. 현재 중국이 보유한 초월자는 저까지 해서 세 명. 한 명은……."

"제가 폐인으로 만들었죠."

"그래도 저 정도 숫자의 각성자를 동원한 걸 보면, 정부 측에서도 엄청 많이 신경을 쓴 겁니다."

"알고 있어요."

중국은 땅이 넓다.

그걸 다른 식으로 표현하면, 지켜야 할 게 너무나도 많다.

중국 대륙 전체가 화마에 휩싸인 상황.

중국 정부는 결국 일부 지역에 방어 병력을 집중시키기로 결정을 내린 것이다.

어찌 보면 효율적인 전략이라고 할 수는 있었다.

위급 상황일수록 선택과 집중이 중요한 법이니까.

하지만 각성자 대국이라고 자부하던 중국의 전략이라기에는 너무나도 초라했고 처참했다.

각성자 대국의 몰락이라고 해야 할까.

나는 고개를 끄덕이면서 천천히 앞을 바라보았다.

콰아아아앙―.

드넓은 전장 위에 새하얀 불기둥이 치솟아 오른다.

우리가 중국 측에 인계해 주었던 천벌 미사일의 흔적.

만약 지금 중국 정부 측에 천벌 미사일이 없었다면, 아마 속절없이 밀렸을지도 모른다.

"저쪽에선 아직 우리가 뒤를 잡았다는 걸 눈치 못 챈 것 같습니다. 이곳 말고도 전선이 형성되어 있는 곳이 두 곳이 나 더 있습니다."

라파엘은 드론을 거두면서 말했다.

그 말에 나는 고개를 끄덕였다.

"일단 이쪽이 가장 큰 전력끼리 맞붙고 있으니까, 우리는 이곳을 뚫습니다."

"좋습니다. 나머지 두 전선은 어떻게 하실 계획이십니까?"

"항공모함에 지원 요청 가능합니까?"

"천벌 미사일을 탑재한 전폭기들이 언제든지 출격 대기 중입니다. 다른 두 전선의 좌표는 제가 이미 전송해 두었습니다."

"그 두 곳에 화력 지원을 요청해 주세요."

"알겠습니다."

라파엘은 곧바로 항모 전단 쪽에 교신을 취했고, 나는 우리 교단의 병력을 바라보며 말했다.

"다들 지금까지 쌓아 온 실력을 유감없이 보여 줄 때다.

저놈들 뒤통수가 비어 있으니까 기분 좋게 후려쳐 버려. 다치는 놈들은 내 손에 죽을 줄 알아라. 알겠어?"

"예!"

기합이 바짝 들어간 병력.

그래도 이제 다들 병아리의 티를 벗어 내고 어엿한 교단의 일원이 된 것 같다.

나는 흐뭇하게 웃으면서 건틀릿을 꼈다.

그리고 슈트를 활성화한 다음, 저 멀리서 흑마법을 펼치고 있는 적들을 향해 달려가며 소리쳤다.

"자, 드가자!"

나를 따라 교단의 전투원들이 일제히 돌진하기 시작했다.

훗날 '상해대첩'이라고 불리게 되는 전투의 시작이었다.

⚜

상해 근해에 위치한 항공모함 'USS 어벤져'의 지휘실.

"전투가 시작되었습니다!"

"김시우 교황이 이끄는 선발대가 반란군의 후미를 기습!"

"엄청난 돌파력입니다!"

지휘실의 화면 속에서는 상해에서 벌어지고 있는 전투가 실시간으로 중계되고 있었다.

유선호 장관은 화면에 비치는 전투를 바라보면서 눈살을

가볍게 찌푸렸다.

"전황은……."

"김시우 교황이 적들 사이로 뛰어들어서 강령술사들의 목을 뽑고 있습니다!"

"후미 돌파!"

"저항이 없습니다. 아니, 저항할 수 없습니다!"

영상 속의 리멘 교단은 압도적인 모습이었다.

백색의 판금 갑옷을 두른 성기사들이 일제히 돌진하는 모습.

따로 이동 수단에 탑승한 것도 아니었지만, 그들은 모두 방패를 든 채로 앞으로 달려 나가고 있었다.

일부 반란군과 마수들이 그들을 막기 위해 몸을 들이밀었지만, 결과는 정해져 있었다.

콰지지직.

콰아아아아앙―!

그 누구도 리멘 교단의 돌진을 막아 낼 수 없었다.

압도적인 힘.

불과 반년 전까지만 하더라도 일반인이었던 사람들이 대다수였으나, 지금 리멘 교단의 전투원들이 보여 주는 힘은 상상을 아득히 초월하고 있었다.

"반란군 측에서 긴급하게 준비한 1차 방어선 돌파!"

"2차 방어선 공략도 곧바로 시작됩니다!"

유선호 장관은 곳곳에서 들려오는 목소리를 들으면서 작게 고개를 끄덕였다.

그리고 그의 옆에 있던 전단장, 리암 미 해군 소장은 감탄사를 내뱉으며 말했다.

"언데드들이 저렇게 처참하게 갈려 나가는 건 처음 봅니다. 유선호 장관님, 리멘 교단의 전력이…… 정말 대단합니다."

언데드들은 전장의 공포라고 불리는 존재들이다.

그리고 그런 언데드를 부리는 네크로맨서.

그들은 하나같이 끔찍한 빌런으로 분류되는 존재들이었다.

특히, 최근에 유니언과 정화자 소속의 네크로맨서들은 세계 각지에서 끔찍한 테러를 벌였다.

시체만 충분히 공급된다면 단신으로 엄청난 재앙을 일으킬 수 있는 존재.

미국의 블랙리스트 중 최상단을 기록하는 빌런들 중 대다수가 네크로맨서일 정도였다.

하지만 그 정도로 악명 높은 네크로맨서들이.

["끄아아아악!"]
["막, 막아! 제발 막아 줘!"]

화면 속에서는 속절없이 죽어 나가고 있었다.

그들은 살기 위해 주위에 있던 언데드들을 모조리 동원했다.

하지만 그들이 동원한 언데드들은 김시우와 접근하자마자 하얗게 불타 없어졌다.

완벽한 상성.

김시우는 사방으로 새하얀 불길을 내뿜으면서 반란군의 중심을 헤집었다.

그리고 그뿐만이 아니었다.

["상위 언데드 개체들부터 우선 타격한다!"]
["알겠습니다!"]

리멘 교단의 지휘관들의 명령에 따라, 리멘 교단의 병력은 일사불란하게 움직이며 언데드들을 정리해 나갔다.

유선호 장관은 그 장면들을 지켜보면서 속으로 생각했다.

'교단 전체의 전투력이 올라와 있다. 정말…… 말도 안 되는 속도야.'

여태까지 리멘 교단은 김시우의 단일팀이라는 느낌이 강했다.

교단에 소속된 다른 이들이 약해서가 아니었다.

김시우라는 인물이 지닌 존재감이 워낙에 컸기 때문이다.

하지만 이번 전장에서 리멘 교단의 전투원들이 보여 주는 임팩트는 정말 대단했다.

개개인이 신성력을 내뿜으면서 전장을 뒤바꾼다.

루나, 레오의 일사불란한 지휘하에서 그들은 전장의 판도를 바꾸는 게임 체인저가 되어 버렸다.

"저건 단순히 방어선을 돌파하는 수준이 아닙니다."

리암 소장이 침음성을 흘리면서 말을 이어 나갔다.

"적의 지휘 체계, 사기, 저항 의지. 그 밖의 전투에서 이기기 위해서 필요한 모든 것을 가루로 만들어 버리고 있는 겁니다. 저들은…… 가장 빠르게 이기는 방법을 알고 있는 것만 같습니다."

김시우를 필두로 한 이레귤러들은 네크로맨서들을 비롯한 핵심 전력들을 집중적으로 제거한다.

그리고 나머지 전투원들은 반란군 틈 사이를 헤집으면서 반란군들의 결속을 저하시킨다.

유선호 장관은 리암 소장의 말을 들으면서 예전의 기억들을 떠올렸다.

처음 김시우가 지구로 돌아왔을 때, 김동식 실장이 유선호 장관에게 제출했던 보고서.

그 보고서에는 이런 내용이 담겨 있었다.

[김시우 귀환자는 10년에 가까운 시간을 전쟁 속에서 살아왔다고 이야기함. 이레귤러 판정 전에는 귀환자들의 흔한 허세로 치부했으나, 이

레귤러 판정 후에 판단이 바뀜. 거짓을 이야기할 성격은 아닌 것으로 보아, 신빙성이 높음.]

　인간들끼리의 전쟁을 겪어 보지 못했던 유선호 장관에게는 여태까지 크게 와닿지 않았던 이야기다.
　하지만 유선호 장관은 지금 이 순간, 10년을 전쟁 속에서 살아왔다는 게 어떤 의미인지를 깨달을 수가 있었다.

　["끄아아아아악!"]
　["꺄아아아아악!"]

　김시우 교황의 손은 무자비했다.
　일말의 고민도 없이 철저히 적을 분쇄하는 힘.
　망설임, 고민조차 없는 손 속. 마치 그들을 죽이는 게 당연하다는 듯, 김시우 교황은 쉴 새 없이 전투를 이어 나간다.
　게다가 김시우 교황뿐만이 아니었다.
　레오, 루나.
　리멘 교단의 지휘관을 맡고 있는 모두가 가차 없이 몸을 움직이고 있었다.
　"저들은 성직자라기보다는…… 차라리 군인에 가까운 것 같습니다. 그것도 산전수전 다 겪은 베테랑들 말입니다."
　리암 소장의 말에 유선호 장관은 천천히 고개를 끄덕였다.

"베테랑일 겁니다. 애초에 이레귤러들은…… 다들 그런 존재들인 거 알지 않습니까?"

유선호 장관은 김시우 위에서 날아다니면서 비행형 마수들을 처리하는 라파엘을 바라보면서 말했다.

그리고 저 멀리에서 거대 마수들을 아작 내고 있는 이세민도.

이레귤러들은 저렇다.

전쟁에 너무나도 익숙해진 사람들.

인간의 범위에서 아득하게 벗어나, 걸어 다니는 병기가 된 사람들.

그래서 인간성을 잃기 가장 쉬운 사람들.

그건 디재스터급의 귀환자들에게도 똑같이 적용되는 문제였지만, 김시우만큼은 달랐다.

끝까지 소중한 사람들을 지키려는 사람.

그는 지키기 위해 싸우는 사람이다.

그렇기에 그는.

"믿을 만한 사람입니다."

어떤 경우에도 가족들을, 그리고 자신의 사람들을.

더 나아가 그 사람들을 품고 있는 땅을.

어떻게든 지켜 낼 사람이었다.

유선호 장관의 말을 들은 리암 소장은 다시 한번 고개를 끄덕였다.

"그렇습니까."

"예."

화면 속의 전투는 점점 더 클라이맥스를 향해 다가가고 있었다.

⁂

벌써 몇 명의 적들을 보냈는지 모르겠다.

네크로맨서가 무려 1백 명을 훌쩍 넘어가는 숫자.

녀석들이 부리는 언데드의 숫자는 족히 1만은 넘어가고 있었다.

시간이 지날수록 녀석들의 저항은 강해진다.

콰아아앙ー.

네크로맨서들이 만들어 낸 거대 병기, 살점 골렘들이 전장에 투입되었고 하늘에서는 본 와이번들이 날아다니면서 우리들을 공격하기 시작한다.

전장이란 원래 이렇다.

언제라도 변수가 발생하기 쉽다.

그리고 그 변수가 상황을 통제하기 힘든 지경까지 몰고 가게 되면, 그때는 이제 패배하는 것이다.

내가 에덴에서 모든 전투에서 승리했던 건 아니다.

힘이 부족했을 때, 패주하여 겨우 목숨만 붙어서 도망간

적도 있었다.

"라파엘."

–확인했습니다. 개인 무장으로 소지하고 있던 천벌 미사
일을 통해서 제압하겠습니다.

라파엘은 슈트를 통해 공중을 날아다니며 착실하게 비행
몬스터들의 숫자를 줄여 나갔다.

하늘에서 라파엘이 내뿜는 사이킥 에너지와 천벌 미사일
의 새하얀 빛이 터져 나왔다.

그 빛은 이 넓은 전장을 일순간 물들일 만큼 강렬했다.

나는 그것을 슬쩍 확인한 다음, 곧장 패널을 계단 형식으
로 운용했다.

그리고 그 패널을 밟고 가볍게 허공으로 뛰어올랐다.

콰드드득.

살점 골렘 한 마리가 나를 향해 건물만 한 손을 내리쳤다.

시체들의 두개골이 곳곳에 박혀 있는 끔찍한 손.

그러나 나는 건틀릿에 신성력을 잔뜩 불어 넣은 다음, 그
대로 돌파를 시도했다.

파스스스.

살점 골렘의 팔이 하얀 재가 되어 흩날린다.

끼아아아아아악–.

골렘의 몸 곳곳에 연결되어 있는 희생자들의 얼굴에서 마
기가 응축된 비명 소리가 터져 나왔지만, 나는 애써 그것을

무시했다.

귀곡성에 홀리면 안 된다.

살점 골렘에 사용된 순간, 그들은 이미 죽었다.

저것은 어디까지나 사기를 꺾기 위한 위협 수단일 뿐.

"신성화 지대."

액티브 스킬 〈신성화 지대 Lv.Max〉를 시전합니다.
일대가 당신의 신성력으로 물듭니다.

내 몸을 중심으로 강력한 신성력이 사방으로 뻗어 나갔다.

그리고 잠시 후, 거대한 살점 골렘의 몸이 밑에서부터 녹아내리기 시작했다.

나는 균형을 잃고 쓰러지는 살점 골렘의 대가리를 통째로 박살 내 버렸다. 그리고 바닥을 향해 쓰러지는 그 몸체에 올라타서 곧바로 다음 목표를 향해 몸을 날렸다.

라파엘이 제작해 준 슈트의 특수 기능 중에는 드론을 통해서 전장을 내려다볼 수 있는 것도 탑재되어 있었다.

우리가 네크로맨서들을 비롯하여 적의 핵심 전력을 타격하자마자 전황이 크게 뒤바뀐다.

고전을 면치 못하고 있던 중국 정군이 조금씩 밀고 들어오기 시작했고, 반란군의 방어성 중심에서는 또 다른 움직임이 포착되었다.

우리 교황님 좀
말려 주세요

방어선의 중심에서 무언가 의식을 벌이고 있는 해골들.

그것들은 리치가 틀림없었다.

ㅡ보이십니까? 저 녀석들, 산 제물들을 바치고 있습니다.

"예, 보여요."

리치들은 공포에 잔뜩 질린 민간인들을 앞에 두고 의식을 진행하고 있었다.

저런 경우 목적은 하나다.

산 제물을 바쳐서 무언가를 강림시키려는 속셈.

산 제물로 사용될 민간인의 숫자는 족히 천은 넘는 듯 보였다.

저 정도 규모라면 답은 하나다.

마왕들 중 하나를 이곳에 강림시키려는 속셈.

대한민국이었다면 천 명으로는 어림도 없었겠지만, 이곳이라면 상황이 다르다.

상해 전체가 마기에 오염되어 있는 상황.

대한민국이 우리 교단의 홈그라운드였듯, 이곳은 정화자의 홈그라운드다.

녀석들 역시 우리가 참전하는 경우를 가정하고 있었던 모양이다.

ㅡ어떻게 하시겠습니까?

"이세민 씨랑 알아서 해결하겠습니다. 라파엘은 화력 지원에 열중해 주세요."

-알겠습니다.

　나는 라파엘과의 통신을 짧게 끝냈다. 그리고 곧바로 내 옆에서 네크로맨서를 학살하고 있던 이세민을 향해 소리쳤다.

　"마왕의 화신체가 이곳에 있는 것 같습니다. 강림 의식이 시작 중이니까 같이 갑시다."

　그러자 이세민은 손으로 잡고 있던 네크로맨서의 대가리를 악력으로 깨부쉈다.

　그가 입고 있던 검은색 트레이닝복이 피에 잔뜩 물들어 검붉은 색으로 보일 지경이었다.

　"이곳에서 개체 수를 줄이고 있겠습니다."

　"여기에서 북서쪽으로 1.5km 방향입니다. 이곳은 이세민 씨에게 맡깁니다."

　"예."

　의식을 방해하지 못하게 하려는 속셈인 걸까?

　전방의 방어선이 붕괴되고 있음에도 불구하고 녀석들은 우리 쪽에 끊임없이 병력을 투입하고 있었다.

　마기에 물든 각성자.

　고위급 언데드.

　온갖 끔찍한 피조물들까지.

　모두가 우리를 향해 내달린다.

　하지만 딱 그뿐이다. 오로지 내달리기만 할 뿐, 고작 녀석들 따위로 우리를 막을 순 없었다.

"금방 다녀오겠습니다."

나는 신성력을 가득 모아서 거대한 창을 소환해 냈다.

평소에 즐겨 사용하던 성창에 비교하면 족히 열 배는 될 정도로 거대한 크기.

무식할 정도로 거대한 신성력이 창의 형상으로 날뛰기 시작한다.

"갑니다."

그 창을 있는 힘껏 적들을 향해 던졌다.

파지지지지직-.

성창에 담긴 막대한 신성력이 적군으로 들이찬 평야를 관통한다.

괴물들로 가득한 들판 한가운데 길이 생겨난다.

그 길의 끝에서는 당황한 기색의 리치들이 서둘러 의식을 진행하고 있었다.

화르르륵-.

길의 양옆으로 불길로 만들어진 벽이 솟아올랐다.

괴물들이 함부로 들어설 수 없는 통로.

나는 곧장 그 불길 속을 내달렸다.

그래도 대가리가 빈 놈들은 아닌지, 그 길의 끝에서 저지선이 형성되기 시작한다.

"막아! 마왕님들을 부르는 의식이 얼마 남지 않았-."

콰지지직-.

그 저지선을 그저 몸으로 부딪쳐서 곤죽으로 만들어 버렸다.

그리고 마침내 의식이 벌어지는 장소에 도착할 수 있었다.

산 제물들이 사슬에 묶인 채로 벌벌 떨고 있는 이곳.

곧바로 내가 리치들을 향해서 다가서려고 할 때, 나는 잠시 몸을 멈출 수밖에 없었다.

산 제물로 잡혀 온 사람들 중, 눈물을 흘리고 있던 어린 소녀와 눈이 마주쳤기 때문이다.

"살려…… 살려 주세요."

중국어로 작게 중얼거리는 어린 소녀.

나는 리치들을 정리하기 전, 그 소녀를 향해 애써 힘겹게 미소를 지으며 말했다.

"이제 악몽에서 깨어나게 해 줄게."

⚜

의식의 현장에는 리치와 데스 나이트를 비롯한 상위급 언데드들이 다수 포진해 있었다.

심지어 리치의 진화 버전인 아크 리치 한 마리와와 데스 나이트의 진화 버전인 어비스 나이트 두 마리까지 자리에 있었으니, 진짜 엄청난 전력이라고 할 수 있었다.

하나하나가 디재스터급 각성자를 가뿐하게 상회하는 수준

의 언데드들.

이레귤러가 없는 채로 이런 곳을 뚫으려고 했으니, 중국 정부군이 고전을 한 것도 이해가 간다.

나는 웃으면서 녀석들을 향해 다가갔다.

"하던 것들 해. 방해 안 할 테니까."

존재만으로도 주변을 공포로 몰아넣을 수 있는 언데드들이었으나, 녀석들은 지금 하나같이 얼어붙은 채로 멈춰 있었다.

그건 아주 당연한 거다.

우우우우웅.

내 몸에서 흘러나간 신성력이 녀석들의 전신을 속박했다.

이 자리에 내 허락 없이 움직일 수 있는 언데드는 없었다.

나는 녀석들의 천적이었으니까.

"마왕을 부르고 있었냐?"

이곳의 중앙에 그려진 마법진을 향해 천천히 다가갔다. 희생자들의 피로 그려진 마법진에서는 거대한 악이 꿈틀거리고 있었다.

수많은 희생자들의 심장이 배치된 마법진.

그리고 마법진의 중심에는 번데기처럼 생긴 이상한 물체가 꿈틀거리고 있었다.

보는 것만으로 역겨웠고, 또 그만큼이나 끔찍했다.

하지만 나는 에덴에서는 수도 없이 봐 왔던 장면이었기 때문에 그저 덤덤할 뿐이었다.

화르르르륵-.

내 발끝에서 퍼져 나간 성화가 사방을 불태운다.

해골로 만든 토템도.

희생자들의 피로 물든 대지도.

하나도 남김없이 불타오르기 시작했다.

나는 주먹을 가볍게 쥐었다 펴면서 말했다.

"들어와."

성화가 이곳을 외부와 격리한다.

순식간에 들판 위에 투기장이 세워진다.

신성력을 살짝 거두자 속박으로부터 벗어난 상위급 언데드들이 일제히 달려들기 시작한다.

데스 나이트들의 흑검에서 마기가 출렁였고, 리치들의 손에서 가공할 위력의 흑마법들이 마구잡이로 쏟아져 나왔다.

나는 그 모든 공격들을 눈에 담으면서 빠르게 몸을 움직였다.

휘리리리릭-.

신성력이 담긴 패널들이 엄청난 속도로 기동하면서 리치들의 두개골을 부서뜨린다.

라파엘이 장착한 AI는 이 짧은 시간 동안에 수많은 것을 학습했다.

그 결과, 처음과는 비교할 수 없을 정도로 부드럽고 빠르게 움직인다.

까아아아아아아앙-!

어비스 나이트와 데스 나이트 들은 리치들이 무너지는 것에 개의치 않고 나를 향해 검을 내려쳤다.

녀석들의 흑검이 눈앞에서 반짝거린다.

엄청난 마기가 담긴 흑검은 보는 것만으로도 심연으로 굴러떨어지는 것만 같은 공포감을 선사한다.

하지만 나에게는 아니었다.

"병신들."

나는 수십 개의 흑검을 단번에 부러뜨렸다.

그리고 빠르게 주먹을 휘두르며 1선의 데스 나이트들을 무너뜨렸다.

내 신성력은 처음부터 이것을 위해 존재하는 힘이었다.

리멘에 대한 신앙심, 다른 이들을 돌보기 위한 힘이라기보다는, 처음부터 '마'를 멸하기 위해 존재했던 힘이다.

당신의 신격에 또 다른 속성이 부여됩니다.
〈파마의 속성〉을 획득합니다. 당신의 권속들과 신도들은 〈파마〉의 특성을 부여받습니다.
당신의 상위 신인 〈리멘〉의 신도들에게는 적용되지 않습니다.

리멘의 신성력을 의미하는 흰색의 신성력만 모습을 드러낸 게 아니다.

일전에 보았던 회색의 신성력.

그 신성력이 이번에도 모습을 드러냈다.

내가 신격에 오르면서 생긴, 온전히 나만의 신성력.

그 신성력은 리멘의 신성력과 얽히면서 빠르게 확산되기 시작한다.

파스스스스-.

신성력에 노출된 언데드들이 먼지로 흩어진다.

나는 사방으로 흩어지는 먼지들을 뚫어 내면서 앞으로 달려 나갔다.

두쿵.

내 신성력을 감지한 걸까?

번데기의 고동이 더욱 거세진다.

번데기가 꿈틀거릴 때마다 엄청난 마기 파장이 사방으로 터져 나왔다.

저 번데기 안에 들어 있는 건 틀림없이 마왕의 화신체다.

-영혼까지 부패되어 죽어라.

내가 저 번데기를 어떻게 요리할까 고민하던 찰나, 패널의 공격으로부터 살아남은 리치가 나를 향해 저주를 퍼부었다.

하지만 그저 '퍼부었을 뿐'이다.

패시브 스킬 〈신성 불가침〉이 사이한 저주를 방어해 냅니다.

고작 저딴 저주로는 내 몸에 흠집조차 낼 수 없었다.

저건 그냥 발악이다.

통하지 않을 걸 알면서도 시도하는 발악.

명색이 아크 리치라고 하더라도 내 앞에서는 그냥 평범한 해골바가지일 뿐이다.

쾅지지직—.

나는 아크 리치의 몸을 발로 차서 넘어뜨린 다음, 곧바로 신성력을 퍼부어 주었다.

그러자 하얀색 뼛가루로 변해 버리는 아크 리치.

그곳에 있던 모든 언데드를 정리하는 데 걸린 시간은 고작 3분이었다.

"에피타이저는 끝났고."

방해꾼들은 사라졌다.

나는 손을 가볍게 턴 다음, 번데기를 향해 다가갔다.

탄생의 순간이 가까워진 걸까? 쉴 새 없이 고동치던 번데기가 어느새 잠잠하다.

쩌저저적.

번데기의 껍질이 소리를 내며 부서지기 시작했다. 그리고 잠시 후, 그 안에서 새하얀 피부를 지닌 한 남자가 모습을 드러냈다.

나체 상태의 남자.

그 남자가 땅에 발을 내딛는 순간.

쾅아아아아아.

주위를 가득 메우고 있던 마기가 소용돌이치듯 녀석을 향해 빨려 들어갔다.

블랙홀처럼 마기를 빨아들이는 그 남자.

녀석은 마기를 게걸스럽게 먹어 치우며 천천히 눈을 떴다.

남자의 붉은색 눈동자가 요사스럽게 빛난다.

녀석은 나를 보자마자 입꼬리를 슬며시 올렸다.

"오랜만이야, 교황. 지난번에 꼭 만나고 싶었는데 못 봐서 섭섭했어. 잘 지냈지?"

나는 단번에 녀석이 누군지 알아차릴 수 있었다.

탐욕스러운 돼지 새끼.

바알.

지난번에 대한민국에 모습을 드러냈다가, 천벌을 수십 차례 처맞고 소멸한 병신.

"진짜 오랜만이네."

"너, 지구로 넘어와서 이상한 것들 잔뜩 만들었더라? 그것 때문에 고생했어."

바알은 여유로운 말투와 함께 미소를 지었다. 그리고 나를 바라보면서 말을 이어 갔다.

"우리 에덴에서처럼 싸워 보자. 그때의 그 흥분감을 잊을 수가 없어."

녀석은 그 순간에도 게걸스럽게 마기를 먹어 치우고 있었다.

방금 전에 소멸한 리치들과 데스 나이트들이 남긴 마기도 예외는 아니었다.

"아직 내가 몸 상태가 정상은 아니야. 그러니까 조금만 기다려 줘. 금방 힘 회복할게."

"……내가 왜?"

"너도 나와 제대로 된 승부를 겨루고 싶을 거 아니야."

"아아."

나는 녀석의 궤변에 천천히 고개를 끄덕였다.

예전부터 이 돼지 새끼의 지능이 덜떨어진다고는 생각했었다.

실제로 바알이 이끄는 군단은 일곱 마왕 중에서 최약체에 속했다.

왜?

지휘관이 머저리니까.

"너도 전사라면 얼마든지 기다려 줄 수 있……."

콰드드드득.

나는 순식간에 거리를 좁혀서 바알의 목을 움켜쥐었다. 그리고 비릿하게 웃으면서 말했다.

"내가 왜?"

마왕의 화신체라고 해서 무조건 강한 게 아니다.

녀석들의 영혼이 깃들었다고 한들, 충분한 마기를 모은 상태가 아니라면 위험한 수준이 아니다.

어째서 이 번데기가 이 전장 한가운데 있었는지는 알 것 같았다.

화신체에 마왕을 강림시키기 위해서는 셀 수 없이 많은 피와 영혼이 필요하기 때문이다.

즉, 바알 이 녀석은 지금 반쪽짜리도 안 되는 마왕.

이런 좋은 기회를 내가 그냥 넘어갈 수야 있나.

나는 내 손에서 버둥거리는 바알을 바라보면서 말했다.

"벨페고르가 널 반겨 줄 거야."

"……벨페가 너한테 잡혀 있다고? 그럴 리가. 그 교활한 놈이 너에게……."

"가서 네 두 눈으로 직접 확인해. 나는 개인적으로 너도 꼬치를 좋아했으면 좋겠어."

나는 웃으면서 녀석의 목을 비틀었다.

우드드득.

섬뜩한 파열음이 울려 퍼졌다.

⁂

내가 직접 적들의 수뇌부를 분쇄시키자, 전황은 급속도로 기울어지기 시작했다.

이레귤러들과 우리 교단의 병력이 뒤에서부터 몰아치기 시작하자, 반란군들은 정신을 놓아 버렸다.

방어선 유지도.

그렇다고 후퇴도.

그 어떤 작전도 실시할 수 없을 정도로 혼란에 빠진 적들.

오합지졸로 변해 버린 적들을 정리하는 건 누워서 떡 먹기나 다름없었다.

1차 방어선을 뚫지 못해 지지부진하던 중국 정부군도 마침내 방어선을 돌파했고, 빠른 속도로 승기를 잡아 나가기 시작했다.

방어선 돌파 이후의 전투는 섬멸전으로 흘러갔다.

지휘 계통을 상실한 마수들이 날뛰기는 했지만, 녀석들은 이세민과 라파엘의 손에 의해 금세 숨통이 끊겼다.

그렇게 전투 시작 6시간 후.

"성하, 보고하겠습니다."

"그래."

"사망자 0. 중상자 47, 경상자 102. 이상, 병력 피해 상황 보고였습니다."

"고생했다."

마침내 전투가 종료되었다.

나는 레오의 보고를 들은 다음, 곧바로 질문을 던졌다.

"중상자들의 상태는?"

"목숨을 잃을 뻔한 부상을 입은 중상자들이 대부분이었습니다. 미리 구비해 온 최상급 성수와 최상급 신성석을 통해서 응급조치는 해 두었습니다. 상해의 성지로 돌아가는 즉시, 서울로 이송하여 치료가 필요할 것 같습니다. 47명을 제외한 나머지 병력은 간단한 응급조치면 충분합니다."

"……다들 고맙다."

이 정도 규모의 전투는 처음이었을 텐데, 사망자가 없다는 건 정말 기적에 가까운 일이었다.

아마 레오와 루나가 쉴 새 없이 돌아다녔을 것이다.

나는 레오의 등을 두드리면서 고개를 끄덕였다.

"전장 정리는 중국 정부군에 맡길 테니까, 너랑 루나는 성지로 먼저 복귀해라."

"알겠습니다."

"위급한 환자들은 곧바로 서울로 돌려보내. 라파르트 대주교에게 의료진을 준비하라고 연락해 두고."

"예, 성하."

레오는 다시 한번 고개를 숙인 후, 곧바로 뒤로 물러났다.

그리고 레오의 옆에 서 있던 루나가 철퇴에 묻은 피를 닦아 내면서 말했다.

"도시 정화도 바로 시작하셔야죠."

"그래야지."

"그럼 성지에서 기다리고 있겠습니다, 성하. 고생하셨습니다!"

루나는 전장에서 유달리 활력이 넘친다.

우리 교황님좀
말려주세요

전장의 광기를 부담스러워하지 않는 것이 루나가 지닌 장점 중에 하나였다.

나는 멀어지는 그 둘을 바라보면서 작게 한숨을 내쉬었다.

그리고 내 발밑에 굴러다니고 있던 바알의 몸을 발로 걷어차며 말했다.

"라파엘."

그러자 잠시 후, 허공에서 라파엘이 내려왔다.

라파엘은 슈트의 헬멧을 해제하면서 고개를 끄덕였다.

"부르셨습니까, 교황님."

"다른 곳의 전투 상황은 어떻게 됐어요?"

"화력 지원이 성공적으로 이루어졌습니다. 빠르면 1시간 내로 나머지 전선도 정리가 될 것 같습니다."

"좋습니다."

천벌 미사일을 잔뜩 생산해 두길 잘한 것 같다.

내가 라파엘과 전황에 대해 이야기를 나누고 있는 사이, 온몸에 피를 뒤집어쓴 이세민이 저 멀리서 다가왔다.

나는 이세민에게 정결의 축복을 사용해 주었다.

그러자 그의 몸을 더럽히고 있던 피가 사라졌다.

"……감사합니다."

"별말씀을."

이세민 역시 오늘 전투에서 많은 공을 세웠다.

우리 병력을 위협하던 살점 골렘들 대부분을 혼자서 파괴

했고, 적의 전열을 완벽하게 무너뜨렸다.

이레귤러다운 활약이었다.

그가 어떤 세계에서 살아 돌아왔는지 자세히 묻지는 않았지만, 분명히 전쟁에 익숙한 듯 보였다.

"그래도 일단 중국 데뷔전은 성공적이군요."

라파엘은 발밑의 바알을 바라보면서 미소 지었다.

나는 그 말에 고개를 끄덕였다.

"한 방 먹이는 데는 성공했습니다. 다만."

"다만?"

"이제부터 상황은 더 복잡하게 흘러갈 겁니다. 물리적으로도, 정치적으로도. 아마 적들도 그걸 알고 있었겠죠. 그래서 일부러 상해를 쉽게 포기한 걸지도 모릅니다."

나는 저 멀리서 우리를 향해 다가오는 중국 정부군을 바라본 다음, 다시 시선을 돌려 발밑의 바알을 쳐다보았다.

그리고 눈살을 찌푸렸다.

명색이 마왕의 화신체인데, 이놈을 이곳에다가 방치한 이유가 뭘까?

……정화자 놈들.

도대체 무슨 생각을 하고 있는 거지?

회복

상해의 접경지대에서 정부군을 방어하고 있던 반란군들은 전부 무너졌다.

그 이후의 전개는 아주 급박하게 흘러가기 시작했다.

방어선이 무너진 것을 확인한 중국 정부는 보다 많은 병력을 상해시에 투입했다. 상해를 회복하고야 말겠다는 강력한 의지.

하지만 중국 정부의 의지와는 다르게, 상황은 조금 더 지저분한 쪽으로 진행되어 갔다.

콰지지직─.

나는 어느 건물의 지하에 자리 잡은 정화자의 제단을 박살 내면서 눈살을 찌푸렸다.

"이게 벌써 몇 번째지?"

내 질문에 대답해 준 건 루나였다.

루나는 본인의 앞에 쓰러져 있던 데스 나이트의 두개골을 향해 철퇴를 다섯 번 정도 내리친 다음, 이마의 땀을 훔쳐 내면서 답했다.

"열아홉 번째네요."

"징글징글하네. 이건 그냥 뭐 바퀴벌레 수준 아니냐?"

"동감."

상해는 서울 면적의 열 배에 다다르는 대도시다.

정화자 놈들은 이런 대도시 곳곳에 자신들의 제단을 세워 뒀다. 그 제단의 목적은 뻔하다.

산 제물을 마왕들에게 바치는 것.

마왕의 화신체에 마왕을 강림시키고, 그 화신체를 강화시키기 위해서는 산 제물이 반드시 필요하다.

중국은 엄청난 인구를 자랑하는 국가.

정화자가 어째서 이 땅에 자리 잡았는지, 이유가 훤히 보였다.

화르르륵. 나는 제단의 나머지 구조물에다가 불을 질렀다. 그리고 루나와 함께 그곳에서 빠져나왔다.

"이래서는 오염을 제거하는 데에만 하세월이겠는데요?"

루나는 철퇴를 어깨 위에 올린 채로 말했다.

루나의 말대로 오염 제거에만 한세월이 걸릴 것 같았다.

하지만 어쩔 수 없는 것이, 상해 성지의 안전을 위해서라도 상해만큼은 꼼꼼하게 정화를 해야만 했다.

"비축해 둔 최상급 신성석은 다 소모한다고 봐야지."

"값이 너무 비싸다."

"그래도 걱정하지 마라, 루나야. 어차피 우리 돈 아니야."

"예?"

"중국 정부에서 모든 금액을 부담하기로 했다는 거, 잊지 않았지?"

최상급 신성석은 최상급 마정석을 통해서 만들 수 있다.

이번 정화 작업에 사용되는 최상급 신성석에 대한 값어치는 모두 중국 정부가 부담하기로 했다.

그건 아주 당연한 거다.

물론 우리 교단의 재정 상황으로 충분히 커버가 되었겠지만, 이곳은 상해. 중국 땅이다.

내가 정화에 대한 이야기를 순리에게 슬쩍 흘리자 순리는 당연히 자신들이 부담해야 할 금액이라고 말했었다.

아마도 그건 우리 교단에 상해를 빼앗길지도 모른다는 불안감 때문이었을 것이다.

"중국에서 모든 금액을 부담해. 최상급 신성석은 물론이고 이번 작전에서 부상을 입은 우리 교단 병력의 치료비부터, 작전에 사용된 천벌 미사일까지."

"지금 중국에 그 막대한 금액을 지급할 능력이 있을까요?"

나는 루나의 질문에 슬쩍 미소를 지었다.

"지금 당장 있을 필요가 있겠어?"

"그러면⋯⋯."

"국가 부채. 아주 좋은 거잖아. 중국 정부가 스스로 해체하지 않는 이상 안전 자산이기도 하고. 뭐⋯⋯ 해체하면 그것도 나름대로 좋겠지만."

중국을 두고두고 괴롭힐 수 있는 일이다.

중국 정부를 우리 교단의 영향력 아래 둘 수 있는 좋은 방법이기도 하다.

금전적인 관계로 엮어 두는 것.

그 예산을 마련하기 위해서 이래저래 군비도 감축해야 할 거고, 더 이상 예전의 중국으로 돌아갈 수는 없을 것이다.

물론 그 과정에서 우리가 적극적으로 움직일 필요는 있다.

녀석들이 빚을 갚겠다고 무리하게 국민들을 수탈하기라도 한다면 원망과 비난의 화살은 우리에게 쏟아지게 되리라.

그렇기 때문에 우리가 미리미리 해 둬야 하는 게 있다.

"상해는 앞으로 선교 특구로 지정될 거다. 순리랑 이야기 끝났고, 상해가 정화되는 대로 선포될 예정이야."

"선교 특구라고 한다면⋯⋯."

"그 누구도 이곳에서 선교하는 걸 막을 수 없어. 물론 다른 종교도 선교를 할 수 있겠지만, 우리 교단의 성지가 있는 곳에서 선교를 하고 싶은 종교인들이 얼마나 있겠어?"

우리 교황님 좀
말려 주세요

서울의 교회, 절을 비롯한 종교 시설들이 맥을 못 추고 있는 것과 같은 논리다.

게다가 상해에 넘어오기 전, 중국 정부는 다음과 같은 특수 조항에 동의했다.

'중화인민공화국은 앞으로 종교의 자유를 적극적으로 보장할 것이다.'

녀석들이 얼마나 급한 상황인지를 알 수 있는 대목이었다.

결국, 이 전쟁을 끝으로 이 땅에는 새로운 가능성들이 피어오르게 될 것이다.

"다른 종교와의 경쟁에서 이기기 위해서라도 우리가 열심히 노력해야겠지?"

"물론이죠."

"전쟁이 어떻게 끝나더라도…… 중국은 이전과는 전혀 다른 방향으로 바뀌게 될 거야."

중국 내전은 모든 것을 바꾸고 있다.

동북아시아, 더 나아가 세계의 판도까지.

동북아시아의 정화자, 유럽 북미의 유니온.

이 두 집단은 지금 2차 세계대전의 추축국과 비교되고 있는 상황이었다.

이런 상황에서 우리가 정화자를 지워 버릴 수만 있다면?

"미국이 우리를 도와준 데에는 모두 이유가 있는 법이야."

미국을 비롯한 서구권 국가들에 가해지는 압력이 놀라운

수준으로 줄어들 것이다.

제3세계에 자리를 잡고 있는 온갖 빌런 집단들이 유니온에 동조하고 있는 상황.

대한민국, 일본, 그리고 내전을 끝낸 중국의 힘이 더해진다면, 전세가 금세 바뀌게 될 터였다.

루나는 내 말을 들으면서 천천히 고개를 끄덕였다.

"성하."

"왜?"

"이제 노련한 정치인 다 되셨어요. 국제 정세에도 능통하시고…… 저는 눈물이 앞을 가리네요. 주먹 하나만 믿고 날뛰시던 게 엊그제 같은데……."

"자기소개 하냐?"

"아, 그런가."

이미 나는 국제 정세에 개입한 운명이다. 그 속에서 움직이고 있는데, 그 판조차 읽지 못하는 건 무능하다고 생각한다.

내 작은 움직임이 다른 어딘가에선 엄청난 파장이 될 수도 있다는 것.

그 사실만큼은 절대로 잊지 않으려고 한다.

"성지로 돌아가자."

나는 건물 밖으로 나오면서 말했다. 그리고 천천히 하늘을 쳐다보았다.

처음 도착했을 때는 먹구름으로 가득 찼던 하늘이었지만

이제는 좀 달랐다.

먹구름 사이로 한 줄기의 햇빛이 내려온다. 그리고 그 햇빛은 우리 교단의 성지 위에 살포시 내려앉고 있었다.

᠅

"의료 인력이 필요합니다!"

"여기, 여기. 제 아이를 좀 치료해 주세요. 저는 괜찮은데 우리 아이가⋯⋯."

상해 성지는 사람으로 가득 차 있는 상태였다.

심판의 검이 생성한 성지는 반경 10km 크기로, 정말 엄청난 크기였으나 상해의 난민들은 내가 생각했던 것 이상으로 많았다.

신전을 제외한 나머지 지역에는 임시로 난민 캠프가 설치되었다.

우리 교단의 가용 인력들 대부분이 성지 간 통로를 통해 물자를 운송하는 것에 집중해야 했을 정도로, 이곳에는 부족한 게 너무나도 많았다.

"미리 준비 안 해 뒀으면 큰일 날 뻔했네."

나는 신전의 계단 위에서 성지를 둘러보면서 한숨을 푹 내쉬었다.

사람으로 가득 차서 인산인해를 이루고 있는 이곳.

만약 성지가 지닌 정화 기능이 아니었다면 전염병까지 걱정했어야 할 정도로 인구밀도가 극심했다.

"레오."

"예, 성하."

"이단심문관들을 통해서 최대한 치안 유지 좀 해 줘라. 불순한 움직임이 있으면 바로 보고해 주고."

이런 곳일수록 범죄가 일어나기 십상이다. 물론 이곳에서 범죄를 저지르면 신성모독으로 분류된다. 이제 이곳은 우리 교단의 성지기 때문이다.

내 말에 레오가 고개를 숙이면서 대답했다.

"알겠습니다."

"그래도 확실하게 하는 게 좋잖아."

상해 성지는 서울, 센다이 성지보다 훨씬 거대한 크기다.

그만큼 심판의 검이 보유한 신성력이 어마어마하다는 소리였다.

다만, 심판의 검을 실전에서 사용하지 못한다는 단점이 있겠지만, 심판의 검까지 사용해야 할 적이 나타난다면 이미 성지가 위태로운 상황이다.

당연히 심판의 검을 뽑고 싸우는 수밖에.

"주인."

내가 성지를 둘러보면서 이런저런 생각에 잠길 때쯤, 다시 고양이의 형상으로 변한 백설이가 나에게 다가왔다.

우리 교황님 좀
말려 주세요

"나 피곤해."

"그러게 평소에 운동을 좀 했어야지."

"칭찬해 주면 어디가 덧나?"

"……잘했어."

백설이는 예상외의 원군이었다. 백설이에게 따로 부탁하지는 않았는데, 알아서 넘어와서 알아서 활약을 했다.

첫 전투에서 백설이가 보여 준 활약은 정말 엄청났다.

거대한 마수들조차 단번에 목을 물어뜯어 죽여 버리는 임팩트. 집채만 한 백호가 마수들을 물어뜯는 모습은 정말 장관이라고 할 수 있었다.

나는 백설이의 머리를 부드럽게 쓰다듬어 주었다.

"여태 먹인 츄르값은 한 것 같다. 집에 가고 싶지 않냐?"

"그냥 여기에 있다가 주인이랑 같이 돌아갈래. 오늘은 집에 안 가?"

"이곳이 안정화되어야 생각해 볼 것 같아."

"그럼 나중에 내 츄르 좀 가져다달라고 해 줘."

"활약했으니까 그 정도 부탁은 들어줄게. 조금만 기다려."

"좋아!"

아까까지만 해도 사람의 목을 물어뜯던 놈이 츄르를 먹고 싶다고 조르는 모습이라……. 뭔가 굉장히 이상하면서도 어울린다. 저게 백설이의 매력이 아닐까?

"흐으으음."

아무튼, 지금 이 시간에도 중국 정부군은 전투를 이어 나가고 있다.

우리 교단의 도움을 받아 상해에 진입하는 데 성공하자, 그들은 곧바로 다음 단계로 넘어갔다.

상해를 수복하고 안정화하기 위해서 가장 먼저 필요한 것.

보급로 개척.

육로를 통한 보급뿐만 아니라 공중, 해상으로도 보급을 받아야만 한다.

전쟁에서 이기기 위해선 보급이 끊기지 않는 게 중요하다.

지금은 일단 우리 교단의 성지 통로를 통해서 급한 대로 보급을 실시하고는 있지만, 성지 통로의 크기상 천벌 미사일 같은 거대한 무기들을 보급하는 건 불가능하다.

따라서 가장 시급한 건 홍차오공항, 푸동공항, 그리고 상해항. 이 세 곳을 수복하는 것.

홍차오공항은 우리 교단의 성지와 가까이 있어서 쉽게 수복했지만, 푸동공항과 상해항은 아직까지 반란군의 손에 넘어가 있는 상태였다.

"주인이 직접 안 가도 괜찮겠어?"

눈치 좋은 백설이가 내 고민을 눈치채자마자 바로 물었다.

나는 웃으면서 고개를 끄덕였다.

"라파엘이랑 이세민 씨가 그쪽에 붙었잖아? 시간문제야."

"생각해 보면 주인은 미친놈들을 참 잘 믿어. 도대체 뭘 보고 믿는 거야?"

"원래 미친놈들이 한번 마음먹으면 어떻게든 해내잖아."

"와, 역시 미친놈이 미친놈을 잘 아는 건가?"

"지금 뭐라고 했냐?"

"아냐! 주인 오늘 피곤한가 보다. 나 아무 말도 안 했는데, 환청이라도 들었나 봐! 나 슬쩍 돌아다니면서 아픈 사람들한테 신성력 좀 나눠 줄게. 이따가 봐!"

빠르게 딜을 넣고 냅다 도망가 버리는 백설이.

어찌나 빠르게 도망가던지, 잡을 엄두조차 나지 않았다.

작은 고양이 한 마리가 인파 속으로 쏙 들어가 버리니까 찾기도 힘들고.

"많이 컸네."

요새 들어 틈이 날 때마다 딜을 박는 걸 보면, 진짜 백설이도 많이 컸다.

언제 한번 주종 관계를 다시 세울 필요가 있을 것 같았다.

띠리리리링—.

내가 한숨을 내쉬면서 주위를 살피고 있을 때, 슈트에 내장되어 있던 통신기에 전화가 걸려왔다.

"여보세요."

—김시우 교황님.

"아, 라파엘."

발신자는 라파엘.

호랑이도 제 말 하면 온다더니.

목소리가 밝은 걸 봐서는 아마도 작전의 목표를 달성한 모양이다.

—푸동공항, 상해항. 두 곳 모두 수복하였습니다. 중국 정부군의 피해가 크긴 하지만…… 그래도 시설들의 상태가 괜찮습니다.

"그래요?"

—예. 제가 좀 고생은 해야겠지만, 그래도 금방 수리할 수 있을 것 같습니다.

"다행이네요."

보급로를 뚫는 데에는 성공했고.

상해에 기반을 마련하는 것에 초점을 둔 첫 번째 작전은 성공적으로 끝난 셈이다.

그럼 이제.

"다음 단계로 넘어갑시다."

—예, 알겠습니다.

두 번째 작전을 시작할 때가 되었다.

나는 전화를 끊은 다음, 크게 숨을 들이마셨다.

다음 권으로 이어집니다

우리 교황님 좀
말려주세요